一位女作家的自白

门

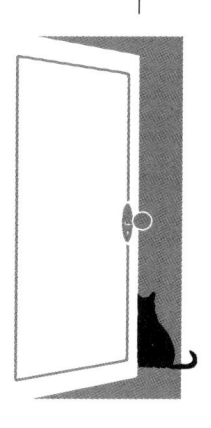

〔匈牙利〕萨博·玛格达 著

郭晓晶 译

Az ajtó

Magda Szabó

人民文学出版社

Szabó Magda
AZ AJTÓ

© Szabó Magda, 1987.
Simplified Chinese edition copyright © 2023 by Shanghai 99 Readers' Culture Co., Ltd.
All rights reserved.

图书在版编目(CIP)数据

门:一位女作家的自白/(匈)萨博·玛格达著；郭晓晶译.—北京：人民文学出版社,2023
ISBN 978-7-02-017967-1

Ⅰ.①门… Ⅱ.①萨…②郭… Ⅲ.①长篇小说-匈牙利-现代 Ⅳ.①I515.45

中国国家版本馆 CIP 数据核字(2023)第 073964 号

责任编辑　卜艳冰　周　展
装帧设计　汪佳诗

出版发行　人民文学出版社
社　　址　北京市朝内大街 166 号
邮政编码　100705

印　　制　杭州钱江彩色印务有限公司
经　　销　全国新华书店等

开　　本　890 毫米×1240 毫米　1/32
印　　张　8.75
字　　数　180 千字
版　　次　2023 年 5 月北京第 1 版
印　　次　2023 年 5 月第 1 次印刷

书　　号　978-7-02-017967-1
定　　价　59.00 元

如有印装质量问题,请与本社图书销售中心调换。电话:010-65233595

目 录

门 1
合约 4
基督的兄弟姐妹 21
维欧拉 34
邻里 50
穆拉诺的镜子 60
垃圾清理 76
波莱特 97
政治 110
纳多里-乔鲍杜尔村 123
拍摄电影 142
大限时刻 147
斋日 161
圣诞惊喜 177
行动 185
除去头巾的她 200
颁奖典礼 209
失忆 225
舒图 241
尾声 253
遗产 261
解决之道 271
门 277

门

  我很少做梦。即使做梦，通常也会从梦中惊醒，全身湿透。这种时候我便重新躺下，等待狂跳不止的心复归平静，沉思着黑夜中这种无法抵抗的神奇力量。我在童年或少年的时候，既不做好梦，也不做噩梦，但是衰老总是一遍又一遍地将过去沉积物中已然变坚硬了的恐惧向我冲卷而来，之所以那么可怕，是因为它们要比我亲历它们的任何时候都更令人感到压抑和悲凉，想来在现实生活中，我从来没有尖叫着从梦中醒来。

  我的梦境永远是一样的，分毫不差，回顾那些幻象，我总是梦到相同的内容。梦到我站在我们家门口的楼梯口，在一扇铁框架上嵌着防爆玻璃的门的里侧，试图打开门锁。外面街道上停着一辆救护车，透过玻璃窗看到医护人员闪闪发光的剪影扭曲地变大了，他们的脸不仅肿胀还泛着光晕。钥匙转动，但无论我怎么努力都无济于事，我无法打开门，我必须让救护人员进入屋内，否则就会耽搁对病人的抢救。门锁纹丝不动，就像是被焊接到了铁框上一样，我大声呼叫，但是三层楼的居民谁也没有注意到我，事实上也不可能注意到我，因为我发现，我只是张口却说不出话来，就像鱼一样。梦境中的惊恐的顶点是我头脑中突然浮现的这个念头，我不仅无法打开门救人，而且还失声了。经常就是在这个时候，我被自己的尖叫声吓醒，然后打开灯，努力控制自己醒来之后剧烈的喘息。在我们卧室里摆放的依旧是那些熟悉的家具，在我们的床头上挂着家族先人的肖像，他们身上穿着巴洛克或比德麦雅式风格①的匈牙利传统服装，全是笔挺的高领和饰有荷叶边的外套。我全知全能的先人啊，他们一同见证了我多少次在晚上冲到楼下去给医疗人员和救护车开门，多少次默然地伫立在那里，静候沙沙作响的树叶声以及透过门缝传来的野猫叫声打破清晨街上的寂静，我无数次思忖，倘若我和钥匙的斗智斗勇失败了，最终也没能打开门，那又会怎样。

  这些肖像无所不知、无所不晓，他们也知道我宁愿忘记的事情根本不是梦境。有一次，我一生中唯一的一次，我不是在睡眠时脑缺血的状态下，而是真真切切地看到一扇门在我眼前打开，那扇门从来就不曾打开过，屋里的人守着自己的孤独和无助的痛楚，哪怕头上的屋顶在噼啪作响地燃烧。这个门锁只有我才有权利打开：那个转动钥匙的人，要比信任神还要信任我，在那生死攸关的时刻，我就是神：睿智、谨慎、善良、理性。可我们都错了：信赖我的那个人也错了，自视过高的我也错了。当然，现在再说什么都无济于事，已经发生了的事情早已无从补救。所以穿着鞋底增厚的医用工鞋、戴着悲剧假面和急救人员制服帽的复仇三女神厄里倪厄斯②啊，请你们经常光顾我的梦乡吧，手执双刃宝剑，围在我的床边。每天晚上我熄灯的时候，心里就静静地等候她们，并且盘算着，在入睡的耳畔突然响起门铃，把难以

---

① 指1815年到1848年在中欧地区流行的一种中产阶级的艺术和生活方式。——译者注，本书注释均为译者注。

② 厄里倪厄斯是希腊神话中的三位复仇女神的统称。

名状的恐惧卷进声音的旋涡，把我带到那扇从未开启的门前。

我的信仰不相信神父所说的那种个人忏悔，他们一遍遍地告诉我们，我们是罪人，应该被谴责，因为我们以各种各样的方式违反戒律。我们这样就能获得宽恕，神既不需要我们做出解释，也不要求我们告诉详情。

现在我要做出解释，并告知详情。

神洞悉我的五脏六腑，所以这本书并不是写给他的；它也不是写给那些见证一切的亡灵的，在我惊醒和沉睡的每时每刻，他们都密切地注视着我。这本书是我写给大家的。我勇敢地活到了今天，我希望也能够这样死去，勇敢而坦诚，但前提条件是，我必须承认：是我杀死了艾梅兰兹。即便我原本是想救她，而不是毁灭她，那也无法改变这个事实。

合　　约

　　当我们第一次交谈时，我就想端详她的面容，但是出于不安，她没有给我这个机会。她像一尊雕塑站在我面前，一动不动，不像是出于小心谨慎，倒像是遭受了某种挫折。从她的额头上我感觉不到什么，当时我并不知道发生了什么，我只在她濒死的时候才看到她没戴头巾的样子，在那之前，她总是包着头巾出门，就像一位虔诚的天主教徒或一位安息日的犹太女人，因为她们的信仰禁止她们裸露着额头靠近主。那时正值夏天，我们站在花园里，站在逐渐变紫的暮色下，没有理由做任何防护，根本就不需要。她格格不入地站在玫瑰花丛中。人们能够感觉到，假如我们生为植物，哪个人会是哪种花，而她显然不具备玫瑰的气质，那些胭脂红的花朵放浪地盛开，而且玫瑰也并非纯洁无瑕的花。我立刻感觉到，艾梅兰兹不是那样的花儿，虽然我对她还一无所知，根本不知道她是一个什么样的人。

　　她总用头巾包住她的脑袋，投射下来的阴影正好遮住了她的眼睛，后来我发现她原来拥有一双蓝眼睛。我也想知道她头发的颜色，但头发总是遮着，仿佛头巾与她已合成了一体。我们初见的那个傍晚颇为重要，因为我们要共同决定彼此能否接受对方。我先生和我是几个星期前才搬来新家的，比起之前我能够独自打理的那套只有一个房间的公寓，这里明显要大得多。之前我能够独自打理，不需要帮忙，是因为我的职业生涯被冻结了十年，现在一切都刚重新起步，我要在这个新的地方成为一名全职作家，我有了更多的机会和无数的事情，要么伏在写字台前，要么被从家里叫去完成任务。因此当我跟这位缄默不语的老妇人面对面地站在这个花园里时，我清楚地知道，假如没有人帮我接管家务的话，我就不太可能出版我在被禁言的那些年里创作的作品，也不可能表达我想说的话。搬完了那些图书馆藏书似的书以及那些需要小心照料、摇摇晃晃的家具，我便开始寻找能够帮我做家务的人。我问遍了身边的熟人，最后还是一位老同学帮我们解决了难题。她告诉我们，她的一位亲戚曾经雇过一位老太太料理家务很多年，久到她都记不清时间了。她特别诚心诚意地推荐，只是希望这位老妇人能有时间为我们工作。老同学保证，这妇人绝不会吞云吐雾地抽烟，将整栋房子烧掉，也不会勾搭男人、不会手脚不干净。如果她喜欢我们的话，甚至会经常带来东西，因为她是一个狂热的礼物赠予者。她没有嫁过人，也没有孩子，只有一个侄子，还有一位警官会定期探望她，而且周围的人都很喜爱她。我那位老同学提到她时语调热情，充满敬重，还说艾梅兰兹是一位房屋管理员，差不多相当于公职人员。她希望这位老太太能接受我们，因为如果我们没有赢得她的喜爱的话，她不会为了钱而接受这份工作。

事情的开头并不怎么鼓舞人心。在我邀请艾梅兰兹找时间来我家进行简短的交谈时，她表现得不太热情。我在她当房屋管理员的那幢公寓楼的庭院里找到了她。她住得离我们非常近，近得以至于我从自家的阳台上就可以看到她的家。她正用式样陈旧的工具洗涤那些堆积如山的衣物；她把床上用品浸在一口大锅里煮，下面就是火焰，而她则手握一柄硕大的木勺，从本来就已经够折磨人的沸腾热气中捞着被单。火焰的光芒包围了她。她体格高大，骨感，虽然年纪很老，但是很强壮，不胖，肌肉发达，散发出的力量如同瓦尔基里①一样；她头上包着头巾，看上去很像战士的头盔。我们约好时间，她上门来找我们，所以现在我们就站在这儿，站在这个暮色沉沉的花园之中。在我跟她交代要承担什么家务时，她只是一言不发地听着，我在跟她说话时心里暗想，过去我很难相信上世纪的作家怎么会在小说里将一个人比作湖泊。我感到羞愧，就像以前许多次那样，我为自己居然会质疑经典而感到羞愧。艾梅兰兹的脸色除了平静别无其他，波澜不惊得宛如清晨时刻的水面。我全然不知她如何看待我所提供的工作机会。因为她的表现显然在说，她既不需要工作，也不需要钱。看起来，她能否接下这份工作，显得对我来说才更加重要。她的面孔隐在那条庄重头巾投下的阴影里，仿佛平静如镜的湖水，没有泄露任何信息。当她最终回应我的时候，也没抬起头来，可能我们需要以后再谈。因为她现在服务的一家人令人失望；男女主人都酗酒，他们成年的儿子也堕落了，不愿供养他们。所以她不会继续在他们家工作。假设有人可以为我们作证，并且对她保证我们当中没有一个人会打架闹事或者会酗酒，那么我们或许还可以再谈谈。我吃惊地站在这里，这是有生以来我们第一次被要

---

① 北欧神话中的女武神，她们在战场上以及大海沉船中挑选战死或遇难的勇士，赐予战死者美妙的一吻，并引领他们前往天上的英灵殿。

求出示能担保自己为人的证明。"我不洗任何人的脏衣服。"她说道。

她有着一副清亮、严肃的女高音嗓门。她肯定已在首都生活了很长一段时间，要不是我曾经受到语音学的训练，我都不会从她的元音中听出她来自外地。我问她是不是豪伊杜地区①人，本以为她会为此感到高兴，但她只是点头表示承认，说她来自纳多里，或者更准确地说是纳多里隔壁的小村庄——乔鲍杜尔。随后她马上岔开了话题，那方式表明她丝毫不想就此展开。就像其他很多我只在多年之后才弄明白的事情一样，她其实是感觉我的提问咄咄逼人，窥探隐私，而她并不愿意提起过去。艾梅兰兹从来没有学过赫拉克利特的哲学，但她还是懂得比我多，我一有机会，就会返回昔日的村庄追寻逝去的岁月，追寻那些再也不可能重现的事物、曾经投在我脸上的老屋的阴影、那已经失去了的我过去的家。当然，我什么都没有找到，河流在哪里转弯呢？它裹挟着我的人生碎片席卷而去。艾梅兰兹比我更加睿智，明知不可能，仍会努力尝试，她是在为将来能为过去做些什么而积蓄力量，当然，她对这一切的理解一直深深隐藏在时间里。

在那天我就知道，当她第一次说出这两个地名：纳多里和乔鲍杜尔，她便不会旧事重提，出于某些原因，它们已经变成一种忌讳。算了，那我们就谈些现实的事情吧。我想，我们应该商量按小时付薪酬，这样对她来说会更有利。但是她并不急于做出

---

① 位于匈牙利东部的一个区域。

决定，她说，等她了解了我们的情况，知道了我们的家到底有多邋遢、多凌乱，清楚了自己将承担多少工作之后，才能决定我们应该付多少钱给她。她还会向别人打听我们的情况——当然不会向我的那位老同学打听，想来她很可能会偏袒我的。在了解了这些情况之后，无论是拒绝还是接受，她都会告知我们。我怔怔地看着她平静地转过身，有那么一瞬间我脑中闪过一个念头，这位老太太真是稀奇古怪，如果她直接拒绝了我们或许对所有人都好。不过现在也为时未晚——我完全可以冲着她的背影嚷道，这件事情无效作废。但我没有叫嚷。

　　仅在一周之后，艾梅兰兹重新出现了。与此同时，我们也不止一次地在街上和她碰过面，但她只是跟我们打一个招呼便走开了，仿佛既不想匆忙间做决定，亦不想在尚未答应之前便把我们拒之门外。最后当她按响我们家门铃时，我一眼便注意到她是盛装而来。我立刻领会到她那身衣服的含义，不禁因自己身着露肩露背的夏日清凉连衣裙而局促不安地原地踏步。她穿着黑色的衣服，一身做工精细、布料柔软的长袖连衣裙以及一双系带的漆皮鞋。就如同我们还没有结束上次的对话一样，她宣布她会从第二天开始工作，并在本月月末前后告知她每月的酬劳将会是多少，说话时，她目光犀利地盯着我裸露的肩膀。让我高兴的是，我丈夫倒是可以免于这种谴责，即使在酷暑中他也没有改变战前在英国养成的习惯，依旧打好了领带、穿着西装坐在这里。他们两个打扮得那么庄重，站在我的身边，仿佛在给一群原始人做文明示范，其中也包括我，他们想以此引导我们注意自己的仪表，要符合人类的尊严。假如在这个地球上有某谁在某个时刻以某种形式与艾梅兰兹较为接近，那这个人便是我先生。自然而然地，正是由于这个原因，他们直到很久以后才真真正正地接近了对方。

　　老妇人依次和我们握手，然而她跟我的肢体接触则是能避则避。若是我碰到她，她会立即拨开我的手指，像是驱赶一只苍蝇。那天傍晚她并没有开始工作，因为这样做并不合适，也很不礼貌。她只是来应聘的。临行前她这样和我先生告别："祝愿主人晚安。"他怔怔地看着她。这个星球上，恐怕没有人比他更不切合这个美妙的词语了，但直到她逝世，她都是这样问候他。他花了好长一段时间，最后才适应了他的新称呼，并且能够做出回答了。

　　我们并没有达成正式的协议，既没有规定艾梅兰兹应该在我们的房子里工作多少个钟头，也没有具体规定她上门的时间。可以想象，有时候我们可能一整天都看不见她人影，然后到了晚上十一点她又会出现。她也不会进里面的房间，而是打扫厨房和食品储藏室，一直持续到凌晨才结束。有时候会出现这样的情况：我们会连续一天半都无法使用浴室，因为她会把毛毯浸泡在浴缸里洗涤。她的工作时间是和效率相匹配的，这位老妇人就像机器人一样。搬动笨重的家具时，她也毫不考虑自己。从她的力量和工作承受力来看，仿佛在她的体内住着一个令人惊骇的超级人类，在她根本没必要承担这么多活计的情况下更是如此。显而易见，艾梅兰兹陶醉在她的劳动当中。她酷爱劳动，一旦闲下来，反而会感到手足无措。无论做什么，她都做得无可挑剔，另外，她几乎悄然无声地在公寓里面活动——既不显得亲近，也不好奇，而是避免不必要的交谈。她提的要求比我想象中更多，但她也给予了我们许多。若是我提到要招待客人，或是客人不期而至，她都会询问我是否需要帮忙。我通常都会谢绝，因为我不想朋友们得知，我在自己的家中居然无名无姓。艾梅兰兹只给我先生找到了一个称呼，而我既不是"作家"，也不是"夫人"。在她最终弄清我在她的生活中所处的地位之前，在她判定我在她的关系网里到底是谁、该怎么称呼并可以开口称呼我之前，她不会以任何方式称呼我。当然在这一点上，她是对的，任何没有原由的定义都是有失偏颇的。

很遗憾，无论在哪个方面，艾梅兰兹都无可挑剔，可有时也令人难以接受。对我小心谨慎地赞赏她的话，她并不禁止，但是不希望我们经常地回应她，不需要我们夸奖她，她对自己的成就了然于心。她时常穿着一身灰色衣服，在节假日或是特殊场合再换成黑色的。为了保护她的裙子，她会系围裙，而且每天都会更换。她对纸巾非常不屑一顾，而偏向使用雪白的上了浆的亚麻手帕。当我发现原来她也有一些弱点时，我真的感到心情舒畅。譬如说，有时她会大半天都毫无原由地不理睬我，无论我怎么询问她，她就是缄口不语。而且我不可能注意不到，每当打雷或者闪电的时候，她都会对暴风雨很恐惧。无论手头在做什么活计，一旦雷阵雨快要降临，她就会停止干活，并且既不交代，也不解释就跑回家，躲在她的家里。"她毕竟上了年纪，"我跟我先生说道，"老太太，不可能没有狂躁症。""她的这种恐惧既像是狂躁又不像，"他摇摇头说道，"肯定是因为什么事，只不过她觉得和我们无关罢了，究竟何时她才会跟我们透露一点她的实质性信息呢？"据我回忆，她从未透露过。艾梅兰兹不是一个话多的人。

就在她为我们工作了一年多后，我有一天想请她帮我接收一个包裹，那个包裹预计午后才能送达。由于我先生要出门监考，我也只约到那天看牙医，于是我便在门上钉了一张纸条，告诉邮差当我们不在家时，他应该去哪里找人接收。然后我便跑到艾梅兰兹家，之前她在我们家收拾时，我忘记了跟她交代一声，要替我做什么。她刚刚打扫完我们家，应该回家还没几分钟。没有人开门，可我听到里面有人翻找东西的声响，所以门把手一动不动也就不足为奇了。没有人见过艾梅兰兹的门敞开过。即使有人能够非常艰难地恳请她出来，她进入房间的那一刻便会再次把所有的门锁上，所有的邻居也已经习以为常了。我请求她快一点，因为我着急要走，还有事情要她帮忙呢。我话音刚落，里面便同时沉默了下来，但是当我旋动把手时，她倏地一下窜了出来，速度快得令我误以为她要攻击我。她走了出来，砰的一声关了身后的门，还冲我吼道别在私人时间纠缠她，她的酬劳中没有这项工作。我羞愧难当地站在那里，脸红到了脖子根。她的爆发简直是匪夷所思，假如她真的因为我打搅了她的私人空间，并出于莫名其妙的理由感觉尊严上遭到了侵犯，也完全可以平静地表达。我喃喃地跟她表明来由，她不置一词，反而站在那儿瞪我，好像我捅了她胳膊一刀。还好，我不失礼貌地跟她道别后便径直回家了，又致电牙医取消了预约。我先生早已出门，只剩下我一个人在家里等候包裹。我没心思看书，就在公寓里踱步，止不住地想我是做了什么蠢事才招致这种刻意的践踏和令人受伤的拒绝。此外，这一点都不像这位老太太的做派。她的言行通常都很得体，得体到令人尴尬。

我独自待了很久，包裹还没送达，我白白等待了一天。这一天变得如此酸涩，我丈夫也没像往常一样准时回家，考试结束后还和学生在一起。当听到前门传来钥匙转动的声音时，我正在浏览一本再版的画册，不过随后并没有响起那句我们彼此之间的问候语，由此我知道来人不是我先生，而是艾梅兰兹。在这个尴尬的夜晚，我最不乐意见到的就是这张面孔了。到了现在，我想她肯定回归了冷静，是来跟我致歉的。可她看也没朝里屋看一眼，也没开口说话，我就听见她在厨房忙碌着。没过一会儿，门锁咔嗒一声，随之她也离开了。当我先生一到家，我便马上去取我们的常规晚餐，两杯开菲尔酸奶。在冰箱里，我发现了放在冰块上的一盘粉色的鸡胸片，这是之前有人切好的，那刀法堪比外科医生。次日，我跟艾梅兰兹致谢，感谢她的和解之餐，并且把洗干净的餐盘递给她。可她不但没有说诸如"别客气，祝我们安康"的话，甚至连盘子是她的也一起否认，拒绝接过那只盘子，直到现在，这只餐盘还在我家。好一会儿之后，在我致电追问那个还未送达的包裹时才发现，我白白耽搁了整个下午，这个包裹就在食品储藏室里，在搁板底下，她把鸡肉带过来的时候也带了包裹进来，她就站在我们的前门那里等，把我的口信一字不落地交代给邮差，没告诉我一声便把包裹拿了进来，然后消失回家了。这是我们生活中的一个重要事件。在之后的很长一段时间里，我都以为她的精神有点不正常，并觉得我们应该体谅她大脑那种特殊的运作方式。

很多事情也强化了我的这个看法，尤其是通过一位工匠先生透露给我的那些信息。他和艾梅兰兹住在同一幢公寓里，空闲时就做点零工，照我猜测，从他住在这里开始——估计都有一千年了——都没有人进入过艾梅兰兹家的门。他还说，她从不邀请客人进屋，若是有人突然喊她出来，她的态度会极其恶劣。她在屋里养了猫，并且从不放它出门。有时候你还可以听到动物喵喵叫的声音，但你看不到里面有什么，因为窗户都被木板遮盖住了。除了那只猫，她还会在里面藏什么东西呢？就算她有什么贵重物品，把它们锁成那样也是个很糟糕的主意。任何人都会觉得她在藏匿什么真正的宝贝，因此担心遭到攻击。她从来不离开附近一带，最多去参加某个熟人的葬礼，送他们最后一程，但也总是会急匆匆地赶回家，似乎一直在担心会出现危险似的。所以如果她不允许你入内，也不必感到内心受伤。不管是夏天还是冬天，她统统在门廊招待她弟弟尤日的儿子和中校。他们也早就清楚他们是不可以进屋的，对此只一笑置之，习以为常。

听完这些话，我的脑海中勾勒出了一幅很是令人震惊的画面，甚至更加担心了。怎么会有人过着如此与世隔绝的生活呢？假如她养了一只小动物，为什么不让它出来活动呢？这幢公寓自带一个小花园，还圈着栅栏。我想，她的脑子肯定受过伤。我始终如此认为，直到她的一位长期崇拜者，也就是实验室技术员的遗孀奥德尔卡，在一次史诗般的高谈阔论中透露，艾梅兰兹养的第一只猫是一个非常厉害的猎人，它猎杀了一位战时移居此地的租客——一个养鸽户——的"存货"。之后，那位男子采取了一种极端激进的解决之道。当艾梅兰兹跟他解释说"猫不是可以跟它讲道理的大学教授，它有一种天性，如果它吃得很饱，就喜欢杀戮"时，那个人根本没有警告艾梅兰兹要把那只猫锁好，而是趁机逮住那个出色的猎人，把它吊死在艾梅兰兹家的门把手上。当老太太回到家后，她只能站在那里，站在她的门廊下，听那个养鸽户在那里放言高论：他很抱歉自己不得不采取这种方式来捍卫他一家仅有的生计。

艾梅兰兹一句话也没说，她解开了吊死猫的铁丝——因为刽子手使用的不是绳子而是铁丝。那只猫的尸体令人惊惧，喉咙那里豁开了一条巨大的口子。老妇人将它葬在同样埋葬着斯罗卡先生的花园里。她不得不重新掘开斯罗卡先生的墓，而这再次令她的名誉受损，因为屠猫刽子手惊动了警察。幸运的是，这件事情还是渐渐地平息了。可是艾梅兰兹的举动并没有让那位养鸽户产生一丝感恩之情，他永远对艾梅兰兹怀着满腔怒火。她也看穿了他的心思，一旦遇到公事，她便通过中间人——也就是工匠——给养鸽户捎口信。然而那些鸽子就像是被什么黑暗势力缠住了一样，一只接一只地倒了下来，然后死亡。所以警察又来调查了，在那个时候，中校还只是一名少尉。那个养鸽户指控艾梅兰兹给他的鸽群下了毒，但是解剖了鸽子的胃部之后并没有发现什么线索。本地的兽医确定它们是由于染上某种未知的鸟类病毒死亡的，而且别人家的鸽子也相继死亡，所以利用这种事情找他邻居还有警察的麻烦完全没有必要。

在这个时候，整栋楼里的人都联合起来抗议这位谋害了猫的凶手。布罗达里奇夫妇在公寓里最有声望，他们递交了一份意见书给当地市政府，说凌晨时鸽子无休止的咕咕声打扰了大家的睡眠，工匠则说经常有鸟屎拉在他的阳台上，女工程师也抱怨这群鸽子使她出现了过敏症状。市政府并没有取缔养鸽户的养殖权，但是警告了他。人们大失所望，他们希望能够替艾梅兰兹报复那个把猫吊死的人，那个真正的罪犯。

惩罚如期而至。那个谋杀了猫的凶手紧接着就遭遇了一场灾难，他最近运来的鸽子也同样神秘地死亡了。于是他又想控告，只是这一次少尉甚至懒得去做解剖，还痛斥他浪费警察的时间。这个刽子手最后也反应了过来，在他搬去郁郁葱葱的郊区之前，还跑到艾梅兰兹的门廊辱骂她，而且采取了终极行动：尽管他没有找到丝毫罪证，但还是弄死了艾梅兰兹新养的猫。即使在搬走之后，他还是一如既往地纠缠当局，一次又一次地指控房屋管理员。面对这般困扰，艾梅兰兹泰然处之，并报之以无比的风趣诙谐，以至于当地市政府和警察都开始喜欢她。没有人把那些指控当真，他们逐渐认识到这位老太太的品格就是容易招惹无端的指控，好比磁山容易激起闪电。警察专门为艾梅兰兹建立了一份档案，里面存有各式各样的宣誓证书，轻而易举地化解了那些中伤。一旦收到指控信，即使是刚上任的警官也能通过文风和措辞分辨出是不是那个养鸽户写的，比如讲话喜欢东拉西扯，爱用巴洛克式的繁复措辞。警察们会定期去艾梅兰兹那里坐坐，喝喝咖啡和聊聊天。随着少尉一步步晋升，这位即将成为上校的男士一有机会就会带上新就职的警察向她介绍。艾梅兰兹也会预备好他喜欢的香肠、香喷喷的烤饼和薄煎饼等等食物。来自乡村的年轻人看到她便想起他们的老家、他们的祖母，还有身处远方的家人。反过来，他们从不把那些针对她的指控告诉她，令她烦心，包括什么在战时谋杀并抢劫了犹太人、给美国人当间谍、传递秘密情报、还在家里定时收到贼赃以及什么囤积了可观的财富。奥德尔卡透露的内幕倒是让我稍稍放心了一些，尤其是当我去警察局询问身份证遗失事项之后。就在我站着述说细节的时候，中校正好经过大厅。他听到我的名字，趁着新证件还未制成，他邀请我小坐一会儿。我本来以为他肯定是因为读过我的作品才关注我的，但是结果证明我是自作多情。他只是想了解艾梅兰兹的情况，想知道她最近做些什么。他得知老妇人在我们家工作，便急切地询问她侄子家的小女孩是不是已经康复出院。我都没听说过有这么一个小孩。我想，一开始我肯定是很怕艾梅兰兹的。

尽管她已经为我们工作了二十余年，但在最初的五年里，她总是用精密的仪器测量我们之间的实质性交流究竟能到达怎样一种能让她容忍的程度。我很容易交朋友,也能和素昧平生的人侃侃而谈,艾梅兰兹却只专注于最重要的事,她总能快速仔细地完成她的活计,对自己铺天盖地的工作了然于心,还要应付别的事务。她的一天二十四小时都被安排得满满当当。不过,即使她不允许任何人进她家门,她的邻居们还是汇集了各种各样的消息。她家的门廊俨然是一个电报中心。所有人的所有消息都是在这里传播的——去世、丑闻、好消息以及什么麻烦。她也乐于照料病人。几乎每天我都能在街上遇到她端着托盘,尽管食物总用盖子盖着,但我还是能从外形上辨认出她端的是什么。那个洗礼碗很大,要是听说谁需要一顿美餐,她便会给谁送去。艾梅兰兹总是准确地知道哪里需要她。她激发了大家的信任,人们知道他们可以在她面前敞开心扉,因为她并不会出于报答把自己得知的秘密吐露出来,而只会回应一些老生常谈和日常的事情。她对政治不感兴趣,在艺术方面兴致索然,对体育更是一无所知。但她知道她那些邻居的婚姻状况,只是从来都不发表评论。要说她最热衷的还属研究天气,因为她去不去墓地完全取决于她对一场可能来临的暴风雨的恐惧。如我之前所说,她是很害怕暴风雨的。天气不但能够决定她参加哪种社交活动,而且在秋冬季节,她醒着的每一刻钟都受天气支配。若是寒冬已至,她的所有活动都取决于天上会有什么东西落下来。她的工作包括清扫几乎每栋建筑旁边的道路。至于听收音机,她一秒钟的时间都没有,除非是在深夜或凌晨;可她在街上走走,看看星星,观察它们的光辉是明亮还是黯淡,就能说出次日天气如何。她有一位远祖便是这么行事的，比天气预报还能提前许多。她甚至终生都在使用祖先发明的气象名词。她还负责为十一栋独立的建筑清除积雪，工作时你都很难看得清她本人。一丝不苟地装备好后，她就像一个硕大的布娃娃，穿的也不是平时的漆皮鞋，而是一双巨大的橡胶靴，在那里辛苦地工作。你可以想象一下，她即使在寒冬腊月也会雷打不动地出现在街上、而非待在家里的情形，再想一想她那异于常人、居然不需要休息的表现。情况大致真是这样。艾梅兰兹从来没有真正地躺下来过。她清扫完毕，也只会换一下衣服。她的家具里不包括床铺。要知道，她通常在一张小型沙发里小憩，那是一张所谓的"双人沙发"。她说她只要一躺下，便会感到浑身乏力，坐着反倒很好地支撑了她那作痛的背部。一躺下，她就觉得头晕目眩。不，她才用不着什么床。

当然，一旦真正的暴风雪来临，她根本没有时间靠在双人沙发上小憩。她刚清扫完第四幢房子，通往第一幢房子的道路便覆盖了厚厚的积雪。她立刻拖着硕大的靴子，拿着一柄比她本人还要庞大的桦木扫帚在一幢幢房子之间来回忙碌。我们也开始习惯了，只要遇到那样恶劣的天气，她根本不会来我们家。我从来没跟她抱怨过这事，她不来的理由虽然从未说明，但是显而易见，反正在我们的头上有屋顶遮着。她也会找到合适的时间过来为我们打扫卫生；我们可以等到她得空的时候再做扫除，届时她会补偿我们的。而且，不管怎么说，灵活一点对我并无坏处。一旦风雪的威力稍退，艾梅兰兹便会重新出现，并且把公寓收拾得井井有条。她会不加解释地在我们的餐桌上放一份甜点或一盘甜甜的蛋糕。这些悄悄馈赠的食物里传递着跟我们头一次获赠时相同的信息，那次她就在莫名其妙的粗鲁无礼之后送来了一盘切好的鸡肉。"你们做得很好，"这道菜如是说，仿佛我们是小学生一样，而且不许节食，"懂事的孩子就应该得到他们应有的嘉奖。"

我始终不知道她怎么能适应这种孤身的生活，并且适应得如此恰到好处。她几乎从不坐下，要么是在扫地，要么就是捧着洗礼碗在哪里奔波，或者追寻某个被遗弃的动物的主人——假如她找不到主人，就试图把那个可怜的流浪儿偷偷塞给其他人。多数情况下她做到了，但如果失败了，那么无家可归的动物就会在附近消失，好像它从未在垃圾箱附近饥肠辘辘地嗅来嗅去一样。她受雇于多个场所，工作历时很长，同时也赚取了丰厚的报酬，但是她拒绝接受任何形式的小费。不知怎地，我倒是理解这种行为，但她拒不接受礼物就令我很是困惑了。这位老太太只热衷于馈赠，无论是谁想给她一个惊喜，她绝不会喜笑颜开，反而是大发雷霆。这么多年来，我不止一次地送给她各式各样的礼物，思忖着她总该会接受一件我送的东西吧，可是我从未得逞过。她会粗暴地告知我，无论她做了什么，都不图任何额外的报答。我被触及了痛处，再也不想挑战她的底线。我的先生还笑话我，提醒我说还是别再讨好她了吧，不要试图改变人的本质。她跟他倒是挺合得来，即便她毫无时间观念，像个幽灵一般飘忽不定，还彻彻底底地藐视正常的人生。她把我们照顾得无微不至，还从不接受任何东西，甚至是一杯咖啡。艾梅兰兹简直就是一位理想中的家政帮手。要是她做得不够，要是我必须和每一个认识的人建立深厚又富有意义的关系，那可就是我的问题了。我就跟当时的其他人一样，很难接受艾梅兰兹曾决心跟我们保持一定的距离。

基督的兄弟姐妹

　　实话实说，我们许多年来对她来说都是微不足道的存在，但是自从我先生病倒，病得危在旦夕之后，这种情况就倏地一下改变了。这位老太太似乎对我们漠不关心，由此我很确定，就算我一五一十地把这件揪心事告诉她，她的感情至多会动容到准备一顿安慰餐而已。所以当我先生患上肺脓疡时，我直接陪他去做手术了，并未知会她一声。楼里还有周围的人都不知道我们去哪儿了，艾梅兰兹也不知道。她也不知道什么术前探访，所以她全然不知发生了何事。最后当我回到家时，她还系着围裙坐在单人沙发上洗餐具，围裙里还兜了一堆乱七八糟的茶匙。那场手术持续了将近六个小时，要是谁坐在那里，一边目不转睛地盯着手术室门上的应急灯，一边还担心病人可能会失去意识，就能理解我走进公寓时的状态了。艾梅兰兹一开口便抱怨我说，当遇到人生中再重大不过的事件时，我居然会这样像对外人似的瞒着她，只是若无其事地跟她聊一些眼前的事。她不满地看着我。我将她像局外人一样排除在外，并向她隐瞒了一次生死攸关的手术可能让我产生的所有恐惧。不，她才不会感觉被冒犯，而是十分生气。我回应她说，在此之前，我从来不觉得她会对我们有丝毫的关心，因此，我怎么会认为眼下发生的这件事与她有关？另外，我并无意冒犯她，但她能否饶了我，让我一个人安静地待一会儿？我很想能够早一点休息，今天已经非常累了，而且事情很多，并没有完。她立刻离开了。我想着我应该是彻底得罪了她，她肯定会一去不返。我昏昏沉沉地睡了过去，睡得很是不安，大约过了半个钟头，我被她在公寓里活动的声音惊醒，然后她便出现了，还带着一个冒着热气的高脚杯。

那是一件真正的艺术之作，杯身是浓烈的皇家蓝，杯底是一个铁制底座。底座周围雕琢了一双手，椭圆的形状好似花环，其中女士的手腕上戴着一串手链，男士的手上装饰了花边，他们一同托举着一块金色的小牌子，牌子上刻有蓝色珐琅字样"永远"①。我端起它放在灯光下，里面盛着热气腾腾的暗色液体，闻起来好似丁香花。

"喝了它！"她命令我。

我喝不下，只希望清静一点。

"喝下去。"她再次命令道，就像冲着一个没礼貌的蠢孩子说话一般。她一看到我把杯子放下，还拒绝张口，便自己拿起酒杯。几滴滚烫的热红酒溅到我身前。我尖叫起来，她一把扣住我的手，把杯子顶到我的牙齿边。如果我不想她把这杯酒全都泼到我身上，那就必须把它喝掉。虽然有点烫嘴，味道却很可口。五分钟后，我就不再发抖了。这还是艾梅兰兹头一次陪我坐在沙发上，她把空酒杯从我手中取走，等待我一五一十地讲述那不为她所知的六个钟头，以及可能发生的结果。但是我怎么都开不了口，既不能解释我经历了什么，也无法表达我心里到底有多害怕。此刻，酒劲也发挥出来了，我又灌了一大口下去。我知道自

---

① 原文为法语。

己已经睡着了一会儿，因为我突然醒过来时，发现灯还亮着，就像我刚回到家的时候一样，不过时钟显示现在已经是凌晨两点。她一定动过我们的床，因为我身上盖着一条薄被，只有床上才有这条被子。她用她那惯有的波澜不惊的口吻说道，没必要整夜整夜地去想那些事，别担心了，一切都会好转的——她经常能在邻居的狗都还没有一点反应的时候就预感到死亡。无论她的厨房还是我的厨房都完好无损，连一块玻璃都没有碎。如果我不相信也没有关系，那也是我的权利。也许我更应该求助于教会？若是那样，她会给我拿一本《圣经》来，毕竟我没有任何义务向她吐露这些情况。

那个时刻，我既没有想到什么热红酒，也没留心她在我身边守了多久，只感受到了她的嘲弄。她的话又一次伤害了我。我每个星期日都会悄悄地去教堂，就是为了避免她对我指指点点，难道这还不够吗？她甚至都没兴趣理解我，我还要怎么跟她解释那种礼拜的方式之于我的意义；解释有多少位看不见的亲人聚集在我坐的长椅旁边，那些亲人有着和我同样的信仰，也和我一样地在那儿祈祷；解释那六十分钟肃穆的仪式如何让我确信，自己终于能跟逝去的双亲交谈一个小时。艾梅兰兹全然不知，她还抗议这般做法，犹如一些原始部落的酋长挥舞自己的旗帜——一件镶着亮片的晚礼服——将之作为抗议基督的旗帜。

这位老妇人对教会的抵触近似十六世纪的那股狂热。她不单单排斥神职人员，还排斥神本尊以及所有的《圣经》人物，只有一个圣若瑟①除外，因为她敬重他的职业，她的父亲也是一位木匠。我曾经站在篱笆外面见过她出生的那座房子，那温和的光芒散发出一种质朴的高贵之感。那座房子有两个屋顶，那些屹立在走廊的廊柱一下子令人联想到巴洛克时期农民的居所及远东地区的寺庙的模样，这一设计毫无疑问折射出了已故的塞莱达什·约瑟夫②的品位和性格。奶牛树已经长得枝繁叶茂，艾梅兰兹现在都把它称作魁梧的无花果树了，旁边还有一个鲜花正在灿烂绽放的花园。我前去拜访时，它还是纳多里最漂亮的房子，里面还有木匠合作社的工作室和作坊。艾梅兰兹那种伏尔泰式的反教会主义③是完全说不通的，很多年以后我才明白它的起源。这个问题深深地困扰着我，直到在她的另一位当菜贩的朋友——舒图——的帮助下，我才能把所有零碎的信息拼凑好，整个故事也才变得清晰完整。

艾梅兰兹并不是因为多年来都生活在封锁状态当中，才培养出了她那种对抗宗教的态度。那时一战结束，第一次和平时期刚刚到来，这种对抗并不是因为世界土崩瓦解而派生出来的什么哲学立场，纯粹只是因为她在报复一个瑞典寄过来的救济包

---

① 《圣经·新约》中的耶稣养父、圣母玛利亚的丈夫，为达味家族的后裔。由于匈牙利居民主要信奉天主教，故本书中涉及《圣经》的人名、地名、引文等翻译均采用思高本。

② 匈牙利人的姓名，姓在前，名在后。

③ 法国启蒙时代的思想家、哲学家、文学家伏尔泰（1694—1778）支持社会改革，常常抨击天主教教会的教条和当时的法国教育制度。

裹——她的每一个教友都收到了斯堪的纳维亚一个教会寄来的包裹。在那之前，人们不太在意艾梅兰兹的信仰是什么，也从未见她参加任何教会活动。她总是忙于劳作，年轻的时候更甚，大多数情况下，她星期天都要洗涤衣物，还要处理各种杂事。每当其他人动身去参加弥撒，她便用她的小锅炉烧水，然后开始洗刷。她清楚地知道国外的教友给圣会赠送了礼物，因为她的朋友波莱特跑到她家知会了她。艾梅兰兹之前从未在教堂露过面，可是当教堂里开始派发礼物的时候，她突然穿着隆重的黑色礼拜服出现了，还站在那里等别人喊到她的名字。邻居们全都认识她，可他们完全没想到艾梅兰兹是来领东西的。负责为瑞典访问团翻译的夫人们则尴尬地看着这个干瘦的老太太面无表情地站在这里等待。他们这才发现，原来她一次都不来做礼拜，也能称得上是圣会的人。可是，所有的羊毛衫和棉衣都已经发放完了，筐底下仅剩几件晚礼服——一些好心的瑞典女士不分场合地把自己的旧物捐赠出去，还自以为很得体。他们也不希望她两手空空地回家，于是建议她或许能在剧院或社区艺术中心出售这件衣服，或者换些食物。艾梅兰兹将晚礼服丢到他们组织者的脚下，即便他们并非像艾梅兰兹想象的那样真是在故意戏弄她。从那天起，她不再是因为耽于工作而不去教堂。她发过誓，再也不去了，即使她偶尔有一个钟头闲着也不会去。自此，什么神啊、教会啊，在她眼里就是那群"慈善"的女士，她更是从不放过任何一个可以挖苦她们的机会。每次她撞见我在礼拜仪式开始前半小时手捧《圣咏集》出门时，我也不能幸免于难。

当我们第一次碰上这种场景时，我还不知道晚礼服那件事，我还很好心、很无知地邀请她跟我一起去教堂。她拒绝了，还很直截了当地跟我说，你们这些尊敬的女士之所以急着去教堂，不过是为了卖弄你们五花八门的打扮而已。就算她用不着清扫街道她也不会去。我吃惊地看着她，因为从一开始我便觉得她或许是《圣经》里那位玛尔大①的姐妹。她一生都在无休止地辛勤劳作并且帮助他人。不过是什么令艾梅兰兹与圣徒如此相像呢？当我最终明白原因——那件晚礼服——时，我大为愕然并询问她原由。她却当着我的面大笑，丝毫不似她的做派；她不是那种会哭泣或者开怀大笑的人。

她告诉我她才不需要什么神父、什么教会，她也从未捐赠过。早在战时，她便已经看够了神的杰作。她也并非跟那位木匠还有他的儿子有仇，他们都是普普通通的劳动人民。这位人子受到政客的蒙蔽，一旦他给统治者制造麻烦，统治者们就把他卷入某事，以便把他处决。她真为他的母亲感到无比悲哀，这位母亲就没度过一天松心的日子。最奇怪的是，如果说这位母亲第一次睡了一个好觉，那么肯定是在耶稣受难日，要知道在那之前，她一直都在担心她的儿子。

当艾梅兰兹发表长篇大论，把基督描述成政治阴谋牺牲品，如同一桩阴谋案中倒霉的角色，并最终离开了满心忧虑的童贞之

---

① 指伯达尼的玛尔大，是公元1世纪的一位犹太妇女。她是伯达尼的玛利亚和拉匝禄的姐姐，也是耶稣复活拉匝禄的见证人。

母时，我真以为上天会打一道雷劈了她。艾梅兰兹知道自己惹恼了我，并为此感到得意。我昂起头朝着教堂的方向出发了，她则狠狠地瞪了我一眼。这是我第一次觉得她真是一位出类拔萃的人物，她声称自己对政治不感兴趣，但她那些神秘的日常举动，却能表明她已经理解了我们在战后那些年经历的事情。我想，在以前，她的内心肯定是存在某种感觉的，真应该有人去找一位神父唤醒它们。但我随即意识到，她只会对神父口出不逊。艾梅兰兹是一位基督徒，可是没有神父能让她意识到这点。那件晚礼服早已消失得无影无踪，但是亮片①的光芒却深深地烙进了她的意识之中。

当然，那晚她只想激怒我，可令人奇怪的是我反而镇定了下来。我想，要是她真的察觉到了什么麻烦，她才不会嘲笑我，真是感谢主，她也确实如此，就是拿我取乐。我挣扎着起身，但她不让。如果我听话，她就给我讲故事，但是不能再动来动去了，得闭上眼睛休息。于是我躺下了，艾梅兰兹则依旧站着倚在壁炉那儿。我对她知之甚少，这些年来我结合了各种零碎的消息也才拼凑出了一幅相当模糊的画面，实际上等于什么也不知道。在这个虚幻的夜晚，这个交织着生命和死亡的寒冷的凌晨，艾梅兰兹终于谈起她的往事，舒缓我内心的恐惧。

---

① 原文为法语。

"'你是基督的兄弟姐妹。'我母亲常常这样说,因为我的父亲就是一位木匠和家具师。他的弟弟是我的教父,也是一个工头,但在我的洗礼仪式后不久便过世了。和塞莱达什家族的人一样,他也有一双巧手。我们的父亲知识渊博,是个了不起的人。至于我母亲,她就像童话里的公主,一头金色的长发垂到地上,她都能踩到它了。外祖父为她感到十分骄傲,也不允许她下嫁一个农夫,他很是厌恶手艺人。他送我母亲上学念书,还要我父亲承诺永远不会让我母亲抛头露面,不过他食言了。我父亲在世时,她只需要看书。可是好景不长,在我不到三岁时,这位可怜的先生就去世了。很奇怪的是,我的外祖父极其痛恨他,说他居然有那个胆量去死,好像他是故意去死,好令他生气似的。战争的到来令所有的事情都变得格外艰辛。一开始我并不相信母亲爱上了那个作坊的工头,只是她无法独自经营那个作坊,所以她才嫁给他。我的继父不太喜欢看书,不过那也不是什么大问题。所有人都被征兵入伍,这位可怜人十分惶恐,担心有一天会轮到他头上。不过他对我母亲很好,也一直在容忍我们。虽然他要我退学,校长对此也很不悦,但他也称不上坏蛋。可我得给一群帮工煮饭,因为我母亲做不来这事儿,我还要照看家里的双胞胎。我们的继父对他们并不刻薄,不过这也难怪。要是你见过两个跟童话一般的孩子,那就是他们了,他们就是母亲活生生的写照。我的弟弟尤日——你认识他的儿子,就是常来看望我的那位——长得不像我们当中的任何一个。我和尤日甚少见面,自从我父亲死后,我母亲的父亲——也就是外祖父迪维克先生把他带走了,还一直抚养他，他在乔鲍杜尔生活的时间比跟我们在纳多里生活的时间还久。直到现在，我母亲家尚存的亲人还是生活在那里。当他们把我从学校带走时，校长是极力阻挠的。他说这是一个巨大的遗憾，完全埋没了人才。继父说要是谁插手人家的家事才是多管闲事，最好别想着劝我回头，不然他就打爆那个人的头。他娶了一个带着四个孩子的寡妇，还可能随时被招募到军队。这位女士无法独自挑起这个担子。难道我非得去工作他才会很开心吗？他是故意如此的吗？作坊里和田里没有一个帮手能帮他。哪里都需要粮食，可现在连畜生都要饿肚子了。好了，他跟校长发表了他的意见，然后我也去工作了。他并不是恶人——你不能这样认为——他只是慌得要命。你肯定见过人们害怕时是怎么样的，又会做出什么事来。我不恨他，虽然刚开始我不会干活，经常遭到他的打骂。我们是种了田，可在那之前跟我有什么关系呢。我只需出门玩耍，哪里用得着干活呢。我的继父一直都很紧张，嘴里骂骂咧咧，因为周围总有人收到了征兵信。一天下午，我把双胞胎哄睡下了，整个房子也最终安静下来——尤日不在我们家，他和我外祖父生活在一起——母亲跟我继父说道，不要一直絮叨他的恐惧，这样会使它们一语成谶。他一脸惊慌、嘟嘟囔囔地走开了，他之所以担心最坏的情况发生，是因为一旦被征兵，他就再也见不到我们了。他确实再没见到我们，因为他是在纳多里应征的第一位牺牲的士兵。母亲完全不懂如何打理我们的作坊。当时又禁止买卖木材，因此房屋停建了，工人也全部离开了。但在一开始的时候，她认为没有男人的帮忙我们也能挺下去——她可是农夫的女儿,她了解这片土地,无论如何她一个人也能挺下去。你应该看看她有多辛苦。我也尽我最大的能力去帮她——我又不是傻子——但我们还是毫无所获。我九岁的时候就开始给大家煮饭,还要照顾双胞胎。当我继父的死讯传来,我才发现她是真的爱我继父。现在她要悼念两个男人了,一位是我父亲,一位是我继父,虽然我继父连座坟墓都没有。从此她的生活变得愈加艰难了。别以为就你一个人有知有觉。她柔弱无助,也正值青春年华。有一天,两个小东西变得格外难缠,我便想起一个主意。我想说当时我也只是一个孩子,只是因为贪玩没有完成她交代给我的琐事她就揍了我一顿,于是我就想:'我要离家出走。我要去乔鲍杜尔见尤日,外祖父对他就很好。就算他会喊尤日干活,那活儿也不多。'我还要带双胞胎一起去。母亲想做什么就做什么,我们可是解脱了。我想,我自己可以步行过去。我认识路的,那个村子就在隔壁。所以在一个天朗气清的早晨,我们仨就启程了,我的两只手牵着两个金发碧眼的小孩。可是我们刚走到打谷场,双胞胎就想休息,还想吃东西,没过一会儿他们又想喝水。我习惯将用绳子穿着的锡壶挂在脖子上,所以我跑向了农场的水井。我老早就观察到两个小孩总是要水喝,所以我出门就会带水壶,当然稍远的话我就不会了。那口水井就在附近,也不是那么近,一个小孩哪知道什么是远什么是近?正当我到达水井那里,一场暴风雨降临了。在我们家乡,我从未见过一场暴风雨来得那么迅速,雷声那么震耳欲聋,暴风如此猛烈,转瞬之间就令天地变色,那不是我见过的那种黑色,而是紫色,从头至尾都无比绚烂刺眼,好像火烧云一般。闪电在那里翻腾,声音几乎要把我的耳膜震裂,我把水壶加满后立刻跑回去找他们,找那两个金发碧眼的小东西,因为回过头的时候我并没有看到他们,只看到闪电击中了他们身旁的那棵树。等我跟跟跄跄赶到他们的身边,到处都弥漫着烟味。他们那时候已经死了,可我意识不到这一点,因为你想象不出那东西会是人。然后暴雨来了,倾盆大雨把我浇了个透,我站在我的弟弟和妹妹中间,怔怔地看着两具烧焦的残躯。要说他们真的像什么,那就是烧得黑乎乎的柴火,就是小了点,面目狰狞了点。我呆呆地站在那里看来看去,两个金色的小东西去哪了?眼前这两个奇形怪状的东西才不是我的弟弟和妹妹。所以你会奇怪我母亲居然要投井自尽吗?她只能如此,只能这样,还有我歇斯底里的叫喊声。我大声尖叫,以便暴风雨过后大马路上的人和家里的人都能听到我的叫喊。母亲穿着睡衣光着脚就跑了出来,她扑到我身上打我。她不知道我在逃离她的泪水、坏脾气,还有她无休止的焦虑和抱怨。她不知道自己在干什么,她绝望地攻击、捶打和摧残着距离她最近的有生命的东西,好像她在反抗命运本身一样。然后她看到了双胞胎,明白过来我为什么叫她,她的脸色顷刻之间变得惊骇起来,然后像鸟一般厉声尖叫着从我身边跑过,在雨中飞驰而去,乱蓬蓬的头发就那样拖在地上。我亲眼看见她在干什么,可我动弹不了。我就那样站在那棵树和那两具尸体旁边,那时候已经不再电闪雷鸣,假如我跑去向人们呼救,可能还会救下她。我们就住在马路边——院子后面就是打谷场——可我仍然跟着了魔似的站在那儿,脑子里一片空白。我的眉毛在滴水，我的大脑却麻木了。没有人比我更爱这两个小东西，我就这样怔怔地看着两具尸骸，直到那一刻我都不相信他们的死和我有关。我没有大声呼救，只是呆若木鸡地站在那里，茫然地想我母亲一直待在井底干什么？她打算干什么？她又能做什么？这位可怜的女人逃离了我，逃离了这个骇人的画面，还逃离了她的命运，她受够了。有时候，就是那样。有那么一瞬间，你就会想以那种方式终结一切。我环顾四周，看看这个，看看那个，不久便坦然离开了。家里没人，我也没必要进去了。于是我站在大马路上喊住了第一个路人，请他去找我母亲谈一谈，因为她下到水井里了，我的弟弟妹妹——也就是头发黄黄的那两个——也在大树下消失不见，那里只有两个黑乎乎的东西。这位邻居正在散步，听完便立刻跑去找她，最后他什么都明白了。他们一边托校长照看我，一边派人去找我外祖父。外祖父把我带走了，可他并不想抚养我，只要我弟弟尤日。当一位布达佩斯的绅士在寻找一位厨子时，他立刻就把我交给了那人。葬礼一结束，我就被带走了。我并不明白葬礼意味着什么，虽然我确实见到了我爱的那些亲人，两口棺材都开着板子，我母亲躺在一口棺材里，双胞胎躺在另一口里。母亲的模样就跟双胞胎的模样一样令人费解，双胞胎的金色头发好像熔化了一样——头上什么也没有，事实上他们连脑袋都没有了。他们不像真实的孩子，我都哭不出来，也无法悲伤，这太不可思议了，简直令人无所适从。你知道我存钱的用处吗？我要打造一座墓穴。我要让它像一个完美的世界，哪里都不会有比它更漂亮的墓穴。它的窗户五彩缤纷，各个不同，里面还有搁板，每层搁板上面置有一口棺木——分别是我父亲的、母亲的、双胞胎的，还有我的，若是尤日的儿子忠厚的话，另外两个位置就是他的了。早在战争之前，我就开始筹备这件事了，不过后来，我在别的方面也需要用钱。出于一个正当的原因，他们向我开口，所以我就给了。这也无妨，我再攒一次就行了。但是钱又被人盗走了，于是我再次开始存钱。我一直都有收入，国外有人寄给我。从那之后，我每天都在工作，现在我攒的钱足够我打造一座墓穴了。每每我参加葬礼，我都要去看看有没有比我计划中的墓穴更漂亮的，不过从未找到。我的墓将是最无与伦比的那一座。每当日出日落，曼妙的阳光便会穿透绚烂的玻璃洒到棺木上。我的继承人会负责打造那座墓穴，所有人都会在墓前驻足。您信吗？"

维欧拉

对我而言，情感生活总是格外重要，特别是那些与我亲近的人在见面时能展现出愉悦的心情。艾梅兰兹第二天早上那种彻底的冷漠并没有特别伤害我的自尊心，但这毕竟还是令人失望的，因为她在如此不真实的夜里不仅陪伴在我身边，而且还把我引进了她少年时代的生活。那天凌晨我睡得很是踏实，感觉世界依然是美妙的，而且一点也没有怀疑手术的成功，因为艾梅兰兹所说的话融解了我内心的恐惧。在此之前，她戴着的头巾似乎掩盖着她这一辈子所有的秘密，而现在，她俨然已成为一片乡野大地中的主角，她背后是混沌的苍穹，面前是一具具烧焦的尸体，水井的汲水吊杆上则划出一道清脆的闪电。我真切地以为，有种东西在我们之间彻底消融了，艾梅兰兹已不再是陌生人，而是一位朋友，我的朋友。

我在家里醒来时没有见到她，出发去医院时在街上也没见到她。但是，房门前人行道上的积雪已被清扫干净，这肯定是她做的。我坐在车里，在心里为她辩解道，艾梅兰兹此时正在别人家忙着呢。我没有难过，没有心痛。我感觉医院会有好消息给我，而且确实是有好消息。我在外面一直待到午饭时间，饿着肚子回到家，我想她一定会坐在我房里等着我回来，但我想错了。这是一种异乎寻常的感受，没有人对你带进家门的消息到底是吉是凶感兴趣。尼安德特人①第一次学会哭泣的原因一定也是这

---

① 尼安德特人是生存于旧石器时代的史前人类。

样，他站在独自战胜并拖回来的一头野牛旁边，可是没有人听他讲述自己的英勇壮举，没有人看到这个战利品，也没有人看到他的伤口。房内空无一人，我走遍每个房间找她，喊她的名字。我简直不能相信，她居然会在不知道我的病人到底是死是活的这一天置身别处。雪停了，毫无疑问，没有任何东西能够迫使她出现在街上。艾梅兰兹不见踪影。我走进厨房，突然不觉得饿了，但还是热起了午饭。理智告诉我，我没有权利寄希望于这位老太太什么，但理智又无法控制一切，它无法阻止猛然袭来的思念和忧郁。艾梅兰兹这天没来打扫房子，沙发上的毯子还像我刚起身掀开它那样堆着。我收拾了一下房间，拖了地板，之后又去了医院，希望有更好的消息。重归的自信感更加坚定了。我下定了决心，如果再见到她，我不会告诉她医生所说的一个字，不会用我自己的琐事去烦她，当然她也并不对这些感兴趣，谁又能保证她在这热红酒之夜说的是实话呢。她说的都是些不可能的事情，就像文学作品里的那些民间歌谣。我为什么总要想着艾梅兰兹呢？我脑子有问题吗？很晚的时候她过来看了一下，说还要下雪，而且明天有可能她还是没时间过来打扫，以后有空的时候再补上，又问了一句主人的身体状况好多了吧。对于她的询问，我丝毫不感兴趣。我心绪烦乱地翻着一本书，告诉她我丈夫挺好的，你就安心去吧。艾梅兰兹道了声晚安，随即转身走了。她其实看见了我忘在厨房的空酸奶杯，但并没有把它拿去扔到垃圾桶里。她也没管壁炉里的火，这天夜里也没再回来，没有热红酒，什么也没有。过了两天，她过来把屋子仔细打扫了一遍，也不再问主人的情况了。显然她的直觉已感受到我丈夫已经好转了,她不喜欢说没用的话。

不过在这之后,她在我家的时间比平时更少了。我们两人的生活规律都是被客观情况左右的,我的是医院,她的是下雪。家里不再接待客人了,真的是没时间总待在家。快到圣诞节的时候,我丈夫出院回家了,艾梅兰兹也非常礼貌地祝愿他完全康复。按照她的职责,她也要为我们送来病人康复期间所用的配餐。不过即使在外面街上碰到她送餐,我也不能直接从她手上接过来。到了家里,我才仔细打量起这盛汤的洗礼碗来。这器皿应当是一件艺术品,它像是旧式的那种形状丰满的杯器,有两个提耳,下方则是小圆形,底部赫然印着匈牙利国旗,还配有科苏特①的名字和头像。这里面盛的是泛着油光的鸡汤。艾梅兰兹见我对这器皿感到赞叹,便说,这确是个好东西,是格罗斯曼太太在"犹太人法"②时期送给她的,当然本不是盛汤用的,而是用作花盆,但种花又太可惜了。她还有好多件漂亮的瓷器,以及装热红酒的玻璃器皿,那些也是格罗斯曼太太家的。

这器皿是蛮不错的,不过我心里好生厌恶。因为让我恼怒的是,艾梅兰兹又回到了以前的老样子,只是在一个乱作一团、

---

① 科苏特(1802—1894),匈牙利民族解放战争领袖,早年从事反对哈布斯堡王朝的活动。1849年4月宣布匈牙利脱离奥地利帝国独立,成立共和国,出任元首。后革命失败,流亡国外。

② 匈牙利先后在1938年、1939年、1941年和1942年四次制定针对犹太人的法律,对他们进行制裁和迫害。

没有了主人的家里收拾东西而已。在第二次世界大战之前的那些年，我在政治环境中的经历还是幸运的，而且我能从接触到的外国人那里听到比在当地匈牙利朋友圈里听到的更多的消息。假如我把自己人生中经过的这一段人们还很少提及的历史写出来，那么我青年时代的经历就不会显得平淡无奇了。我还知道当时的火车上运的是什么人，往哪里去，结果是什么。我很想让艾梅兰兹赶紧把这件东西端走，并觉得应该向她讲清楚理由。我不想刺激丈夫，现在我严格限制他接触外界，如果让他看到了这个某位已经死在毒气室里的人留下的物品，他也会抱着病重的身体从床上跳下来。诚然，艾梅兰兹当年的想法和很多人是一样的，即使她不拿，别人也会拿的。最终我还是默默地让艾梅兰兹把汤盛完了。作为一种报复，我没有告诉她这是我丈夫吃得最香的一顿饭。艾梅兰兹又在厨房收拾了一阵子。我感觉到，虽然她以前对我的表扬毫不在意，但这次似乎在等待我的认可。然而我竟然连一声"谢谢"都没有说，只是将空的洗礼碗往她面前一放，随后就径直进到卧室。我能感到她的目光落在我的背上，这让我很高兴，因为这一次，对事情一头雾水的人由我换成了她。这回是我赢了，带着我的骄傲和鄙夷。我想我终于明白了她为什么始终不让别人进入她的家。那位工匠的怀疑是有道理的。在那扇尘封的门里面可能藏有许多当年那些被掳掠杀害的人留下的贵重物品，又不便拿出来炫耀，生怕有人会认出来哪件，这样她艾梅兰兹就不得不承担后果了。她当年不遗余力收罗来这些物品都是徒劳的，她根本无法把东西卖掉，因为这会有被认出的危险。这是怎样的情形！格罗斯曼一家连个坟墓都没有，而艾梅兰兹家却像积攒起了一座泰姬陵。她还说她不打开房门是因为里面藏着一只猫！为了自圆其说，她囚禁这只小动物，这样的借口还不错，只是缺了点什么，对于格罗斯曼的嫁妆她闭口未提。

艾梅兰兹总是比我更骄傲，无论她是否感到惊讶，她都从来没问过为什么我们的关系忽然变得冷淡了。我说过我先生待人拘谨，特别是对艾梅兰兹，虽然他从未直接说出来，但这么多年来，只要这位老妇人一出现，他就显得浑身不舒服。神气活现的艾梅兰兹就像一种能把好事糟事都激活的新元素，并不是那么容易就能从我们两口之家的世界里剥离出去的。她也不再总给我们带来小礼物了，现在我也不像以前那样认为她应负有责任。我相信我发现了她的秘密，我也不再觉得她异乎寻常地聪明了——如果她有足够的脑子，在一九四五年倒是可以想办法上学读书的。如果战后她接受良好的教育，现在说不定会成为大使或政府部长。不过她想要的并不是文化，而只是收罗东西，现在又想用这个抢来的瓷盆发善心。在这个令我焦躁的清晨，她一直絮叨得我头晕，那些词句像是来自集市上的歌手，或是从她外祖父家阁楼上的什么低级小说里读来的东西。风暴啦、闪电啦、水井啦，尽是些莫名其妙的内容，够了！现在，她对政治的冷漠和反宗教的态度也更加明显了。不过她更加聪明的地方是不参加任何社交活动。布达佩斯地方不小，但说不定也会有格罗斯曼家的亲戚的，万一谁听说她家的房子门窗紧闭，稍微琢磨一下，肯定也会得出跟我一样结论——这样的人为什么还要去教堂？为什么还要有信仰？这个冬天非常寒冷，艾梅兰兹有许多活儿要做，我的每一分钟都要花在生病的丈夫身上。我们与她也很少有机会碰面，所以说我们与她之间从来没有进行过认真的交流。

后来我捡到一条狗。

我丈夫已能出去走动了，能逐渐找回原来的自我，但我还是得经常照顾他。结婚近三十五年以来，他已经不止一次奇迹般地从死神的魔爪下逃脱，每一次他都能从困境中获得新生，并且最终赢得胜利，自始至终，彻彻底底——对我丈夫而言，在人生各个方面的胜利都如同呼吸般至关重要。那天是圣诞节，我和他到值班医生那里开了些药，我们在细雪中，在天色渐黑的黄昏中踱步回家，在途中我们发现街边有一条已经被积雪埋到脖子的小狗。在一些表现远东战俘营的战争影片中可以看到这样的行刑方法，就是把沙土埋到人的耳朵，没过嘴巴，人只能通过鼻子示意，当然不是叫喊，而是绝望地哼着。这条狗也这样哼哼着，它期望着，不管是谁，只要有人能把它救出来。这条小狗是一位不错的心理学家，它知道不会有人在这基督诞生的夜晚放任一个生灵就这样死去。就连一向不喜欢动物的我先生，也无法抵抗那一刻袭来的惊愕，他确实很不愿意让一个陌生的家伙进自己的家门，更何况是一条狗，它不仅需要吃的，还要人对它付出情感，但丈夫还是从冰冷的雪里抱起了这个小家伙。当然我们并没有想要长期养着它，我们希望过后能有人收养它；我们也知道，小狗不能这样埋在雪里，不能待在这里，否则到第二天凌晨就会冻死的。牲畜仅仅意味着麻烦。小家伙的眼神看上去并不是非常想吃东西，而是需要看医生。"这是一个特殊的礼物。"丈夫说道，此时我已把小狗紧紧搂在大衣里，扣上扣子，它惊恐的黑脑袋在我大衣毛领后面嗅来嗅去，腿上和肚子上的雪化成水从大衣里面滴落下来。"人很少能得到真正的圣诞节惊喜。"丈夫在一旁接着说。艾梅兰兹已经在家里做完了大扫除，每个房间都窗明几净。抱着小家伙一步步往回走的路上，我们苦思冥想，这条狗该放在什么地方呢？最后我们决定把它安顿在我母亲生前住过的房间，那里有漂亮的古董家具，但里面已经不烧暖气了。"希望它能喜欢这十八世纪，"丈夫说，"狗只会乱撕咬到两岁，然后自然就停止了。"我没说什么，因为他是对的，这个小可怜在我的脖子旁确实把领子咬得一塌糊涂，而我又无可奈何。我们走着，就像某个教派举行的神神秘秘、稀稀落落的巡游仪式，在这个星期六的圣诞节，在我的脖颈上挂了一块黑色的圣髑。

当艾梅兰兹发现我们带回来什么东西时，在她身上突然爆发出一股无论此前、还是后来情愿为我而死时都未曾表现过的那种渴望弥补的爱心。当时，艾梅兰兹正在收拾厨房，刚把圣诞点心摆到盘子上。我们一进屋，她立即丢下厨刀，从我手中把小狗抱了过去。她拿起一块抹布，仔细地把狗身上的脏东西擦掉。随后，她把小狗放到厨房的地砖上，观察它能否行走。小狗无力地瘫坐在自己瘦小的屁股上。冰雪使它浑身变得僵硬，惊恐中它立刻撒了一泡尿。艾梅兰兹在那上面铺上了一张报纸，并叫我从壁柜里取出一条松软的小浴巾。我自己也不知道，甚至无从猜测我的东西都放在哪里。艾梅兰兹平时总是固执地要我放好自己所有的东西，说她绝对不动别人的物品。由此看来，她对柜子里的东西了如指掌，只是什么也不会动。她始终悉心观察、监督、了然于心，艾梅兰兹是不容别人有什么秘密的。

我取来一条绒毛巾，艾梅兰兹像对待婴儿那样把小狗小心地包裹成蜡烛包的样子，然后抱着它在客厅里上下摇晃着走来走去，并在它耳边亲昵地说着怜爱的话语。我进屋给兽医拨打电话——时间刻不容缓，既然我们想要救这个小东西的话。屋里的电视已经开始播出圣诞节目，伴随着香气、灯光和歌曲，节日的气氛在我们周围荡漾着。我的一生中失去了很多东西，但这星光闪烁的圣诞气氛以及圣母臂弯里散发神圣光芒的圣子形象一直留存在我心间。然而艾梅兰兹既没听到什么，也没看到什么，她在外面的客厅里抱着狗散步。她用一种尖尖的声音哼着什么歌，一边眯缝着眼睛，一边带着令人感动的样子赞美着耶稣的诞生，像一幅表现母爱的卡通画似的用双臂摇晃裹在襁褓里的小黑狗——像是一幅荒诞派画作里的玛利亚。要不是她的邻居按门铃找她，叫她赶快回家处理水管漏水，天知道她会哄抱这条小狗到什么时候。布罗达里奇先生已经给修理工打过电话，让她赶紧回去把总闸关上。艾梅兰兹一脸不快地把狗放在我的手上，回家收拾去了，但每隔一刻钟她都会过来看看小狗怎么样了。在人们点燃圣诞烟花的时候，我们一直期盼的兽医朋友赶来给小狗看病，而艾梅兰兹满脸不信任地听着医生的判断，她认为所有的医生都是愚蠢和无知的，无法忍受他们，她甚至对药也不相信，认为疫苗也没什么效果。她断定医生打针只是为了谋利，他们故意散播各种关于染上狂犬病的狐狸和猫的惊悚传闻，是为了赚到更多的钱。

挽救小狗生命的斗争持续了好几个星期，老妇人神不知鬼不觉地彻底治好了它的肠炎。她趁我不在家时自作主张，不仅给小狗喂了药，还给狗注射了抗生素。与此同时，我们向所有人推荐这条狗，但是谁都不肯接受。我们给小狗起了个法语名字，而艾梅兰兹却一次也没有用这个名字叫过它，当然这小东西也无所谓。小狗一天天长大了，在治病期间它显出杂交品种所具有的那种讨人喜欢的良好性格，到最后各方面都不成问题了，而且它的聪明程度远远超过了我们朋友的那些良种狗。出于各方面复杂的原因，小狗长得不是很好看，但是不管是谁只要一看到它，看到它那双与众不同、闪着火焰的乌黑眼睛时，就可以立刻感受到它那几乎能用人类的尺度衡量的情感。我们意识到，没有人会收养它，但我们已经喜欢上它了。我给它买了生活用具，一只供它睡觉用的柳条筐，可没多久就让它咬碎了，屋里到处都是筐的碎渣。它既不要毯子也不要枕头，当困倦的时候，它就会拿自己越来越密、波浪般柔软起伏的毛皮做垫子，在屋门槛前趴下来。它也很快听懂了一些对它来说必要的词语，成了我们家庭的一分子，让人已经无法抛弃这位"成员"：他是一个个体。丈夫对它很宽容，每当它表现得异常聪明和可爱时，他就会怜爱地抚摸它。我也很喜欢它，艾梅兰兹当然对它更是疼爱有加。

然而围绕着那个洗礼碗和葡萄酒杯的记忆和以此相关的联想依旧鲜活。我尊重那些喜欢动物的人，但他们又能望着运牲畜用的封闭式货车消失在铁道的远方而不会发出一声叹息或打一个手势，因为那些恶意造谣说里面押送的是人的说法自然是谎言。我带着讥讽的态度注视着艾梅兰兹对动物的狂热喜爱，她自己还说过她是怎么吸引鹅呀、鸭呀、鸡呀很快地聚到她的身边。是的，想要挑选一个已经那么亲近了的小家伙做菜的话，需要敲晕它的脑袋，割断它的喉咙，的确不是件容易的事。试想几天内它们就对你那么温顺，让你的手取走嘴里刚衔起的一粒种子，或是充满信任地扑到你身旁，落在爱人的座位上。我发觉艾梅兰兹有一种愿意为狗的情绪服务的激情，喜欢逗它高兴。而当我意识到她才成了真正的狗主人时，我愤怒了。我们不同的人以不同的尺度来衡量这条狗，而它在我们面前的表现也是三副模样：对我显得亲昵，在我丈夫面前则很安静乖巧，而当老妇人前来时，它就会迫不及待地奔到门缝那儿巴望，兴奋得流着眼泪欢迎她。艾梅兰兹经常用吊高的嗓门、洪亮的语音对它解释什么，像是在教育一名刚开始学说话的小宝宝。她调教小狗也没有什么秘密，只是翻来覆去重复寻常的话语，像是在念诗，而且也不管我们是否接受。"你想跟女主人做什么就做什么，向她身上蹦，你可以舔她的脸、她的手，你可以在沙发上睡在她旁边，女主人宽容你是因为爱你。主人像水一样平静，但我们不知道水底有什么，千万不要搅动这潭水。我的小狗啊，你千万不要惹恼你的主人，因为你是在这儿听使唤的。你有一个不错的地方，对一条狗来说房子里无论什么地方都是很不错的。"小狗与她在一起时，她根本不用命令什么，她不说话狗也能明白她想要什么。艾梅兰兹还给狗起了个名字，叫维欧拉。虽然这是条公狗，但对艾梅兰兹来说根本就不重要。有的时候，与其说她在教它该怎样，不如说是在驯化它。"坐下，维欧拉！你不坐下，就没有糖吃。坐下！你给我坐下！"

当我第一次注意到艾梅兰兹拿什么奖赏狗的时候，我就告诉她，医生说禁止给狗吃糖。"医生是蠢货。"她这样回答我，然后用手压在狗的肩胛骨上，"坐下，维欧拉，坐下！坐下了，你会有好吃的，甜的。小东西，你会有糖吃，糖！坐下，维欧拉，坐下。"维欧拉坐下了。起初是为了糖，后来只要听到这样的驯化口令，它就会没有任何犹豫，条件反射地坐下来。老妇人有时会请求把狗带走，如果整日不在家，比如当她清扫积雪时，会让狗替她看家。丈夫同意让她带走，起码这段时间它不会在眼前又跳又叫。我问过艾梅兰兹，她不会为她的猫担心吗？因为我听说她养了猫。她宣称，不担心，日后她会调教它爱护别的动物，而不是欺负它们。维欧拉什么都能学会。如果小狗做了什么坏事，即便我怎么劝阻，即便她如何疼爱小狗，她仍然会毫不留情地打它。在维欧拉十四年的生命中，它从来没挨过我的打，但是即便如此，艾梅兰兹仍然是它的主人。

我一直想看看这条狗在老妇人从不向人敞开大门的帝国里是如何生活的，但是进门的禁令一直存在。小狗在她房里肯定碰到过猫，因为我可以感觉到它把跳蚤带回了家，并且从此以和跳蚤玩耍为乐。小狗第一次到她家就发生了状况，它的鼻子上受了伤，耳朵上也有深深的挠痕，一场混战之后还免不了挨艾梅兰兹的揍。从维欧拉的神态可以看得出来，艾梅兰兹用极其严厉的手段让它刻骨铭心地记住不能再去招惹猫。但维欧拉并没有悲伤地接受这一切，它在回家的路上一直亦步亦趋地把它那叛逆的小下巴贴近她的膝盖。后来就没什么问题了，因为当我去遛它时，它在街上的表现让我发觉它能够既无企图，也不紧张，而是满心欢喜地看着猫咪从它眼皮底下逃窜到阳台下的灌木丛里，似乎它并不理解，这些猫为什么要跑开呢？想来它并没什么恶意啊。整个冬天，维欧拉都在帮艾梅兰兹看家，直到有一个星期天的晚上它醉醺醺地回到家后，我才禁止它再过去。

我一开始以为自己看错了，这条狗被带回家后走路跟跟跄跄，肚子鼓得像只桶，喘着粗气，翻着白眼。我无法抱起它，因为它浑身瘫软，我蹲在它旁边，它打了个嗝，发出啤酒的味道。"狗醉了，艾梅兰兹？"我窒息地说道。

"我们喝了一点儿，"她不紧不慢地回答说，"死不了，它渴了，它感觉很好。"

"你疯了！"我站起说，"你不能再把狗带走了，到此为止。我们好不容易救了它的命，不能再让酒精害死它。"

"那么一点儿啤酒就能害死它了？"艾梅兰兹带着既惊讶又酸涩的口吻说，"是啊，一只烤鸭，我和它分了一半；我们喝了啤酒，是它央求要喝的，我能怎么办？假如它什么都能说，肯定也会说出实情。这么爱吃东西爱喝酒，可不是一般的狗。这怎么能是害它？想来它只有在我那里才能够真正好好地吃一顿饭，而不是饿得干咽唾沫，就像在你们家那样只能定时定点地吃一份配餐，你们从来不会在房间里或用手来喂它。当然你们的想法也对，如果用手喂它，这家伙就不会从盘子里吃了。我这个养它的人倒把它害死了？我跟它说话，教它好多东西。"她就像是一位最神圣的情感遭到伤害的老师那样一本正经地解释着，"难道是您教会了它怎么坐、怎么站、怎么跑、怎么把球带回来、怎么打招呼吗？你们夫妻两个只是缩在家里，像两尊神像，彼此连话都不说，一个人在一个房间里敲打着打字机，另一个人在另一个房间里也是一样。留着你们的维欧拉吧！过后就会知道你们把它带成什么样的。"这一通声明之后，她转过身就走了。在重要的事情上，艾梅兰兹是绝对不会退让的。维欧拉瘫在那里打起了鼾，它真是酩酊大醉了，一点也不知道它就这样被丢弃在那里了。

麻烦不是立刻显现出来的，只是到了第二天早上才真正开始，因为此前每天一直是艾梅兰兹喂它早饭，带它去遛弯，然后经常又带到自己家里，可是现在艾梅兰兹没有过来。维欧拉努力忍着，没有在屋里撒尿，但六点一刻刚过就躁动不安地叫起来，我不得不起床，花了很长时间才意识到，我等不到艾梅兰兹了。艾梅兰兹就像是替七代人受了罪的耶和华一样一去不复返了。更让我难堪的是，经过艾梅兰兹的小屋前，它还要像以前那样进去。我实在不理解，维欧拉为什么更喜欢被关在艾梅兰兹的家里，而不愿意和我在一起，在房间更多的地方自由地溜达。当它意识到使劲拖拉狗链毫无用处，就开始变得难以驾驭，把我猛地往前拽，让我和它一起狂奔。维欧拉是力气很大的狗，而我在积雪覆盖的路上得谨小慎微地走路，因为人行道边上的土墩很危险，我很担心会跌倒，摔断我的哪根骨头，可同时我又不能松手，怕它跑到车底下去。这个早上，我知道了艾梅兰兹和这条狗经常去哪儿散步，小狗拽着我走过了艾梅兰兹的活动区域，拉扯着我经过了她经常去打扫卫生的十一幢房子。漫天大雪模糊了视线，我在疯狂的培尔·金特式的奔跑①中气喘吁吁，按照维欧拉的节奏，从一家跑到另一家。跑到最后，它猛地拽了我一下，我重重地跌倒在地——我们终于到达目的地了，它成功地找到了想要找寻的人。艾梅兰兹背朝着我们，维欧拉在她身后狂叫着，也差一点把她撞倒。但艾梅兰兹的体力比更年轻的我要强上十倍。她扭转过身，看到我跪在雪地上，立刻就明白发生了什么。艾梅兰兹先是牢牢抓住我已松开了的狗链，把狗拉了过去，同时嘴里抱怨着，然后就打起维欧拉来。我支撑着站起了身，又可怜起了这个小家伙。

"坐下，你这个坏东西！"艾梅兰兹像对人似的对它喊着，"不能这样做，恶棍！"维欧拉只是呆呆地望着她，艾梅兰兹也盯着小狗的眼睛，像驯化师那样说道："如果让你的女主人同意放你走，你必须答应不能再喝醉了，因为你的女主人是对的，只是她没有想到从来没有谁跟我一起庆祝生日，只有你知道是什么

---

① 典出挪威著名剧作家易卜生的代表作之一《培尔·金特》的第二幕第六场。

时候，因为我只告诉过你。我既没有对我弟弟尤日的儿子说过，也没对舒图、奥德尔卡和波莱特说过，中校也早已忘记了。但你醒来之后可不要像混混那样乱来，我们要征得主人的同意。站起来吧，维欧拉！"狗儿一直趴着，眼里流着泪，挨打时也纹丝不动，一点都没有躲闪，现在它站了起来。"去请求原谅！"我没想到过它竟然会做动作——它把左前腿放在心口上，右前腿朝上举着，就像一尊爱国者的雕像。"说吧，维欧拉！"艾梅兰兹命令着它，小狗汪汪叫了几声。"再说一遍！"它又叫了几声，而且目光不离开它的驯化师，想知道自己是不是把她教的节目演好了。"现在你要保证，做个好小伙子！"我听到这话后，看到维欧拉把一条前腿伸向了艾梅兰兹。"不是向我，是向你的女主人。"维欧拉朝我站立的方向转了过来，那样子就像是故事里描写的在圣方济各①面前的狼那样，隐藏起兽性，带着罪恶感抬起前爪。我没有接它的爪子表示接受，因为我不仅膝盖很疼，而且对他俩的怒气也没有消掉。

维欧拉见它的乞求毫无用处，便开始尝试其他方式，没有得到任何指令，它做了个敬礼的动作，然后又把左前腿放在心口上。我再次认输了。我们三个都明白，她们俩战胜了我。"别跟它计较了，"艾梅兰兹说，"今天它跟我吃午饭，晚上我把它带回去。擦擦您的腿，流血了。祝您一切都好。"艾梅兰兹用眼神

---

① 圣方济各（1181—1226），是方济各会的创办者，提倡过清贫节欲的苦行生活。

指挥着维欧拉,头只是轻轻地摆动了一下,但是维欧拉立刻明白了,它大声向我叫了两下,意思是谢谢了。艾梅兰兹把狗链拴在栅栏上,继续扫起雪来——她们这是打发我走了。我独自一人慢慢朝家走去。大雪下得很密,很浓。

邻　　里

　　自从收留了维欧拉，我们认识的人也增多了，之前接触的都是熟悉的朋友，而现在，即便只是泛泛而交，我们也几乎跟整个街区的居民都变得熟络。艾梅兰兹早上、中午和晚上都要把狗带走，不过有的时候，当她中午有别的活计要干时，维欧拉就只能留在我们这里。要么是我丈夫遛它，要么是我，而且总是跟着这条狗走。维欧拉每次都是先把我们拽到艾梅兰兹家门口，到了那里还必须将它放进大门，好让它确信艾梅兰兹确实不在家。维欧拉的鼻子很快就能判定自己并没有受骗，家里真的没人，之后它才愿意继续走。但有的时候会碰到艾梅兰兹待在家里，她只是想干一些不希望维欧拉在那里碍事的活儿。遇到这种情况，我们只能牵着狗在外面无可奈何地等着，直到它骚动地叫起来，艾梅兰兹这才开始抱怨，并让这条狗别再烦她。有时艾梅兰兹也会过来拍打拍打它，并像责怪一位提出过分要求的客人那样大声训斥它："又想缠着我干什么？我们早上刚见过面，一会儿到了晚上就又在一起了！"有时艾梅兰兹则抚摸着狗的脖子，给它喂一点好吃的东西，再逗它一会儿，然后才打发它回到街上去。如果没碰到艾梅兰兹在家，我们就得挨家挨户地去找。找到了，那么整个过程就要再上演一遍，无论艾梅兰兹在哪一家，都会在那一家重复上演这样的场景。这样我们就很不情愿地引来了人们的注意，也因此认识了许多以前根本不可能交往的人。在艾梅兰兹家那儿的时候，如果赶上天气不错，我们几个就会在门前的长凳子上坐一会儿，维欧拉会听话地去找总是被艾梅兰兹故意藏到不同地方的狗食和饮水盆，我们则看着维欧拉的表演。我经常这样暗想，这些人怎么可以这样心平气和地接受她所划定的禁忌之城的疆界。她每次只是在门廊那里接待客人，无论是熟人、朋友，还是尤日的儿子或是她的其他什么亲戚，一律都要遵守门规，不能越雷池半步。

艾梅兰兹家那条允许人们进入的长方形门廊还是比较宽敞的，门廊上开有通向食物储藏室、杂物间和淋浴室的门。那座禁城大概非同一般，我猜它里面整齐地摆放着格罗斯曼一家的东西。门廊总是保持得很干净，装饰用的石头每天都要被艾梅兰兹擦洗两次；只要天气不错，而且她有一两个小时的空闲时间，她都会在门廊的桌子旁扮演一会儿女主人。桌子两边各有一条长凳。透过我家窗户，或从街上路过时，我经常看到树篱后面的艾梅兰兹在用咖啡和茶招待长凳上形形色色的客人。她把饮料倒进精致的瓷杯里，动作讲究、利落，那技法像是专门学习过一样。有一次我观看萧伯纳的话剧《人与超人》的首演，有一位著名的女演员扮演剧中的布朗什，整个演出过程中我始终都在暗自琢磨，喝茶那场戏中那个年轻漂亮的女演员的动作到底像谁？后来终于想了起来——就像在那座禁城前招待客人的艾梅兰兹。

在我们这片街区曾经住过不止一位重要的政治人物，所以经常会有警察在街上巡逻，后来，他们有的搬走，有的离世。随着这些人的相继离去，再也没有人巡逻了。当艾梅兰兹开始为我们干活时，唯一一个身穿制服、时常出现在街上的是一位中校警官。我一直不明白这一切都有着什么关系，为什么明知这里有一个不准人进去、可能藏了什么东西的地方，而这位和蔼的警官却置若罔闻。后来我也得知他去过那屋里，对那里有什么是清楚的。因为警察局收到过针对艾梅兰兹毒死鸽子、毁坏坟墓、政治诽谤的报案，所以警察至少有一次检查过她那不为人知的神秘之地。当时这位还只有少尉军衔的警官牵着警犬，里里外外地搜查了艾梅兰兹嘟嘟囔囔、很不情愿地打开的各个房间。结果只找到一只身材走形的猫，这是艾梅兰兹打住到这儿起养的第三只猫，它当时一见警犬就逃到了厨房的柜子顶上。里面既没有秘密发报机，也没有逃犯，更没有什么偷来的物品。那只是一间非常干净的客厅，里面还有一张盖着罩子的精美沙发，看来里面并不住人，连一样私人用品都没有。警官与艾梅兰兹良好的关系，也就在这一次本来令人不开心的交道中开始了。艾梅兰兹关上门后，她扯着嗓子质问警官，有哪条规定说只要有人按门铃她就必须允许人进来？为什么不管谁来，她都必须给来人开门？警察最好去找那个告她状的恶人，这样总来找她麻烦简直就是一种耻辱。这儿死了一只鸽子，那儿死了一只猫，再后又是搜查枪支，又是查找传染病源，你们警察局总是这样折腾，真是让人受够了！

这下少尉警官的态度变得和缓了，他努力说着好话让艾梅兰兹安静下来，而这女人的嗓门却更大了。她这样说，以前住在这里的政客都有枪，闲得没事的时候还射杀乌鸦，然而警察还要保护他们，对她则会牵着狗过来搜查，真希望老天能惩罚你们，你们，但不是这条可怜的狗。狗是无辜的，它只是被利用做坏事的，我不恨你的狗，只讨厌你这个少尉！这位警官面对的尴尬还不止这些。接下来，在他们要在院子里挖掘什么尸体或是搜寻什么犯罪证据的时候，那条警犬不再听从指令，而是摇着尾巴任由艾梅兰兹抚摸它的头。这就难堪了，警犬不仅不去执行任务，反而热切地瞅着艾梅兰兹。它发出呜呜的声音，就像是在说，长官们不好意思了，这个活儿实在无能为力，因为有种更强大的力量驱使它依偎在这个陌生的女人脚下。少尉忍不住笑了起来，艾梅兰兹一脸的怒气变得舒缓了，也不再叫嚷。两人相互打量了一眼对方。这位警官还没有遇见过这样不怕他的人，艾梅兰兹也是第一次碰到这样一个不仅幽默、态度也不错的执法人员。他们彼此留下了深刻印象。少尉说了声抱歉就离开了，之后还带着妻子一起过来闲聊，他们一直保持着这种并不多见的良好关系，再后来少尉的妻子不幸突然去世，他曾告诉我说是艾梅兰兹帮助他走出了心灵的低谷。

自从维欧拉和艾梅兰兹这样有规律地在一起后，我也不时质问自己对那些洗礼碗和瓷杯来历的怀疑是不是有道理。现在已经是中校的那位警官都去过艾梅兰兹家好多次了，而且曾经亲自检查过屋里，也应当会问过那些东西是从哪儿来的。既然艾梅兰兹没有被抓起来，那么可能就是我错了，格罗斯曼家也可能是因为艾梅兰兹曾为他们做了点什么而送了点东西，在那个年代这也是对获得帮助表示感谢的一种特有的方式。此外，我们认识的人还在增加，维欧拉也一样，艾梅兰兹交往的人也越来越多，他们也因此会跟我们打招呼，其中有她的三个要好的女友——摆摊卖水果的舒图、做熨烫活儿的波莱特和化验员的遗孀奥德尔卡，她们碰到我们时都会停下来聊上几句。有一个夏天的下午，她们四人围着桌子一起品尝香甜的点心和咖啡的时候，艾梅兰兹也招呼我坐过去。我正牵着维欧拉散步，本来并不想打扰她们，可是维欧拉硬拽着我走了过去，它一到桌子那里就开始要吃的。当我想离开时，这家伙有恃无恐地不想跟我回家，这让我很是恼火。晚上，艾梅兰兹来接维欧拉并准备在睡觉前再遛它一会儿，我趁机问艾梅兰兹，她能不能把这条狗带回家去养？因为我们当时只是想要救助它，并不想一直收留它；何况要是艾梅兰兹养着，房门都不用锁了，要是有陌生人进来，只要主人一吩咐，维欧拉就会冲过去。

　　我说这些话时，艾梅兰兹一直揉弄着维欧拉的脖子，满怀温柔和怜爱，就像在抚摸一朵花或一个婴儿，同时她又摇着头，意思是说：这不可能。她说，如果有可能带回去的话，那她早就把这条狗养在自己家里了，但根据她签过字的协议，她只能在屋子里面养一只小动物，最多再允许养一只准备宰杀的鸡或者鹅。另外她平时还经常不在家，而狗需要自由，需要有院子跑动，它不是一个该被关起来接受惩罚的犯人。囚禁对于猫来说也是很不容易的，猫和维欧拉一样，对一切充满好奇、乐于四处闯荡而且需要陪伴。狗不是生来就要被关起来的，看家护院也得它乐意。老年人不应该养狗，因为迟早有一天他们会孤独地撇下它，然后

邻　里

怎么办？它就要受折磨，无家可归，四处流浪。如果我因为维欧拉喜欢她而感到不高兴的话，那么她可以想办法，因为就像对人一样，对动物也要凶狠一些。我觉得她这是在逃避责任，不由得心生怨气。如果她不需要维欧拉，为什么又要这么关心它。直到以后，很久以后，当我感到艾梅兰兹将不久于人世时，我才意识到人们谁也不曾想过她会在哪一天离开我们，包括我在内，都想着她会一直与我们在一起，就像春回大地一样寻常。艾梅兰兹所拒绝的不仅是人们进入她关闭的房门，还有其他的一切，甚至包括死亡。我当时觉得她说得不对，维欧拉之所以这样应该是在惩罚我的过错，是因为我不让它待在摆放电视的那个房间。维欧拉对电视很是着迷，当它看到屏幕上有球在飞时，头就会随着球左摇右摆；当电视里传出鸟鸣或者其他动物发出的声音时，它会竖起耳朵倾听。它对自己从未经历过的事物都有反应，但要知道连亚诺什山①都从来没有人带它去过。艾梅兰兹带了它一个星期后，我就自惭形秽了，因为无论它表现好坏，我都没有权利处置它。我承认并接受了这个现状：艾梅兰兹与维欧拉是互相属于对方的。我早上很困，白天很忙，晚上又很累，所以没精力照顾维欧拉或是定时带它出去遛弯。我丈夫是个老病号，我们又经常出国。维欧拉需要艾梅兰兹，所以我们应该知道，狗实际上是她的。

---

① 位于布达佩斯第十二区的一个山丘，海拔527米，是全市的至高点，也是一处著名的休闲区。本书的主要情节发生在布达佩斯第二区，距亚诺什山非常近。

此外，我很惊讶，她为什么会在这个时候提到自己的年纪，这还是第一次。我们以前从未提起过这个话题。艾梅兰兹拎得起难以想象的重物，还可以拎着最笨重的行李和箱子上楼，她就跟神话中的英雄一样气力过人。而且她一次都没提过自己有多少岁。我们只有在她不留神谈到自己过往的时候才能发现点蛛丝马迹。她三岁时父亲就已经去世，而且在她九岁，也就是一九一四年，她的继父被征兵入伍，而后大概在同一年战死。如果她在一九一四年时九岁，那她就是出生于一九〇五年，如果真是这样，那她确实老得出人意料。至于她提到时间，唯一说得通的就是，她预感到自己将不久于人世。其他不明就里的人只能大致猜测她的岁数。一旦那个可怕的、难逃宿命的日子真的到来时，我们能做的也就是再次在中校的帮助下，让她入土安息。在清理时，我们打开了所有的抽屉，找不到一份可以表明她身份的文件。她大概是这里唯一一个彻彻底底把官方机构隔绝在外的人，直到最后一刻。但在早些时候，中校曾见过一些和她有关的文件，还翻了翻她那本陈旧的用工证，那时候就是根据这张用工证颁发的身份证。之后出于某些我们永远都不可能知晓的理由，她销毁了所有文件，没有留下一丝痕迹。她恨护照、身份证，甚至电车票。在整理她的物件时，她那痉挛扭曲的字体引领我们翻开了一张同样需要销毁的居住证，上面记载了一个根本不可能让人相信的出生日期：一八四八年三月十五日，出生于锡吉什瓦拉[1]，这

---

[1] 罗马尼亚中部城市。

是一条多么荒唐不经的记录，就像一个出于愤怒的、由于审讯而引发的、典型的艾梅兰兹式的报复，充满着报复式的幸灾乐祸，细微精密，且花样翻新。

艾梅兰兹刚来这条街道住下的时候，舒图还是一个少女。后来舒图告诉我们，无论是二战前还是二战刚结束，艾梅兰兹都不能在没有任何证件的情况下住在这里，甚至不能搬家。虽然如此，她还是住进了前任房屋管理员在公寓里的那套房间，还搬来了那些具有传奇色彩的家具。管理员在西去之前已经把房子委托给了她，所以这里一定有什么和她以及她永恒的伴侣同时相关的文件。正是因为他，她才开始把所有的东西都锁起来，这位真不友善的朋友。她不让任何人进来，小心翼翼地看守他——好像每一个人都想夺走他一样！——而且他并不完美。他有兵役豁免证，也极少外出。照艾梅兰兹所说，他并不适合在军队服役或者出去工作，因为他有严重的关节炎。她总是迷恋这种类型，无论对方是人还是动物。残缺令她很感兴趣。斯罗卡先生就是这种类型，直到他去世。他还有一点和其他男人不太一样，首先就是，他举目无亲。

舒图讲的故事太令人惊奇了，我让她重复了一遍又一遍，直到我完全理解。这说明在封锁前以及封锁期间，艾梅兰兹曾经和某个人住在一起，所以从一开始，她不止有一只猫，还有一个房客（或是类似的人）。而且，她敬爱的人当中还包括了斯罗卡先生，他患有严重的心脏病，孤苦伶仃，既无法逃离，又无法自己照顾自己。他甚至没力气发布防空警报,而且是在那个最凄风苦雨的时候。他没过多久就与世长辞了。那是一个动荡又艰难的时代。围攻已经开始了,艾梅兰兹四处奔波,期望可以找到相关人员安置遗体。问了一个又一个,但公共假日已经开始了,没有人会对遗体负责,最后他们只好亲自安葬这个不幸的同伴。艾梅兰兹同意把斯罗卡先生葬在花园,以报答他送给她自行车。没多久,这辆自行车也不见了,可能就是被她的"朋友"带走的,因为他也是在这个时候离开的,舒图也不知道他在哪儿。艾梅兰兹把斯罗卡先生安葬在大丽花下,遗体悄无声息地腐烂了,直到市政府最终在一九四六年夏天把骸骨发掘出土。在那之前,公寓里的房客更换频繁,有来自各个国家的人。艾梅兰兹一会儿给德国人打扫卫生,一会儿又给苏联人清洗衣物。不久后世界恢复正常,人们又回归安宁的生活。针对艾梅兰兹的恶意言论也开始滋长,并不是所谓的毒死鸽子或政治上的诋毁,而是由于她把一只死了的猫埋在斯罗卡先生的墓里,所以有人控告她污辱尸体。但她跟中校解释道,这只猫是她唯一的家人,于是中校反过来抚慰她,请她教教那些给警察增加额外负担的好邻居们怎么来尊重警察,最好把他们派去做社区服务并帮忙清理维尔麦佐公园①。那里腐烂的马至少和人的尸体一样多,正好让他们去挖掘清理,把动物和人的遗骸分开,再把人的遗体安葬进圣洁的墓地,把动物埋在别的地方。在国家努力从土崩瓦解中重新站起来的时候,他

---

① 位于布达佩斯城堡山下西侧。

们就没有其他的愁苦和烦恼吗？他还真是忌妒他们呢！如果他们继续对猫的历史紧追不舍，他就要追究这些心胸甚至容不下塞莱达什·艾梅兰兹的猫的恶人了。他们在用最刻薄的法西斯式的态度待人，而不是和猫的主人达成谅解。法律是禁止虐待动物的。

一天，艾梅兰兹没有过来遛维欧拉。她没有理由不来的，但是我一整天都没见到她。那是秋天，远没有到下初雪的时候，就已经见不到她了。天正下着细雨，我独自带着维欧拉出门。维欧拉早晨去过她家找她，但是它敏锐的鼻子告诉它，艾梅兰兹并不在那扇合上的门后面，所以我们继续寻找她工作的其他房子。它甚至还带着我一路走去了市场，但它那沮丧的样子表明她并不在附近的任何一个地方，甚至可能都不在这个街区。在每一个维欧拉知道的地方，它都没找到她。回到家，我正打算打扫卫生，却看到它悲戚地蜷缩着。每次她没能出现时，人们都会到我们的公寓询问她的消息，门铃就会响个不停。认识她的人都很担心。究竟发生了什么事情？她没有清扫人行道上的落叶，前门外面也没有看到垃圾桶，洗好的衣服也没有带回来，前一晚她也没有去照看小孩，她甚至没有去买东西。我不停地打开又合上那扇门。维欧拉哀号着，牙齿全都露出来。它拒绝进食，一直等着。

穆拉诺的镜子

　　傍晚时分，艾梅兰兹终于出现了，还带维欧拉去散步，无法形容它的叫声是多么欢快。她们回来后，她敲了敲我的门，询问我能不能跟她回家。她有事想跟我说，但又不想让我丈夫知道。本来我们随便去一个房间就可以，但她坚持要我跟着她走。于是，我们三个一起过去了，艾梅兰兹和我，维欧拉则在我们前面一路摇晃着尾巴。到了晚上，我们没有必要给它套上遛狗绳，因为这时不需要防止它和其他的狗过于亲昵或者打架。走到门廊，艾梅兰兹招呼我坐到桌边，桌面上铺着尼龙布，一尘不染，一坐下就闻到了一种常见的浓郁的味道，一种混合了氯气、清洁剂和某种空气清新剂的令人作呕的气味。房子里其他地方静悄悄的，窗户也没有光亮。这还没到午夜呢，如果是在白天，我根本不会产生这种想法，但眼下，门廊里就我们三个，我突然觉得艾梅兰兹家里会不会寄居着某一种甚至某一群东西。沉寂中还响起了某种声音，既低沉又静悄悄的。原来是维欧拉蜷缩在门缝底下，开始呼哧呼哧地喘气。当它想去某个地方的时候，它就会发出这种特殊的信号，就像是人类在哼哼或者是发出沉重难受的呼吸声。不管怎样，回想起来，那真是一个异乎寻常的夜晚，谈不上和谐或不适，而是充满一种不祥的预感。一般而言，我是不会去细察自己的处境的，但我发现自己对艾梅兰兹一无所知，除了在回应我问题时她通常表现出的烦躁，或是她的那些巧妙的托词。

"这几天我家会来一位客人，"她开口说道，声音就像一个刚从麻醉中苏醒的人一样，勉力通过晕沉沉的大脑准确表达意思，"您知道我从来不让人进我的房子，但我不能让这位客人坐在您现在坐的位置上，那是不行的。"

经验告诉我千万不要对她刨根问底，那样只会让她感到遭到侵扰，并且更加吝啬于吐露更多信息。如果她准备接待一位不能在门廊招待的客人，那就更不用说是在房里面了。这位客人绝不简单。会是那两个被烧成煤渣的金发双胞胎吗？但他们也可能不存在，只是故事里的人物。艾梅兰兹甚至都不信神，因为神给了她一件晚礼服而不是羊毛衫？这个人一定比尤日的儿子和中校更有来头。

"我可以在您的公寓里招待这位客人吗？别人也许会颇有微词，但是您不会的。我们要表现得如同这位客人就是您的客人。主人那天下午刚好会外出工作。如果您跟他开口，他什么都会答应的。您会吗？您知道我不会白欠您人情的。"

我盯着她："您想在我们家接待客人？"与其说这是艾梅兰兹的请求，不如说是决定，因为她早就计划好了，甚至包括每一处细节。当然，这也是她想要的。

"但是您一定要尽力让这位客人以为我确实是和您住在一起的。我会准备好所有东西，杯子、咖啡还有饮料。您不用出任何东西，只消提供场地。答应我，我会回报您的。主人回家前，我们就会离开的。周三下午四点，可以吗？"

维欧拉在门口打了一个大大的哈欠，门外下着细柔的毛毛雨。国际形势多年来已趋稳定，所以艾梅兰兹的客人就算是法国总统也不需要担心会招来什么政治后果。为什么不能在这里接待那个人？她把自己紧紧包裹在围巾里的样子显得又增添了几分神秘色彩。我耸了耸肩，表示这位客人可以来。我只期望自己不用干等着——因为她请求我一定要待在家里，这样她就不必和来访者单独相处。走在路上，我问自己到底该怎样让丈夫同意呢，他最厌烦所有不明不白的事情，讨厌任何的遮遮掩掩，特别是不确定、不清楚、不明确的情况。但他既没有提出异议，也没有坚决反对，而是忽然笑了。他察觉到这个主意背后的古怪，激发了他作为作家的想象力。艾梅兰兹和她的来访者要在这里会面，她可能是在找一位老伴，可能这位来访者是来回应一则寂寞的征婚启事。而从不对别人敞开心扉的艾梅兰兹把他带到这里来，是为了观察他吗？让他来吧！我的丈夫还为自己不能亲临现场而深表遗憾，却一点都不担心我们将要和一个完全陌生的人一起待在公寓里。维欧拉会把任何一个攻击我们的人咬成碎片的。听到自己的名字，维欧拉热情地舔舐丈夫的手，打着滚让我们抚摸它的肚皮，真难习惯它居然什么都听得懂。

约定的那天到了，艾梅兰兹欣喜若狂，但又尽力按捺着自己的热情。维欧拉也感受到大家别样的心情，变得不大正常。老太太用托盘盛来了各式各样的碟子和碗具。我恼怒地问她，既然这场宴会需要保密，为什么还要浩浩荡荡地穿过街道把这些餐具端过来。她又没得麻风病，很确定的是她的客人同样没有，那为什么不用我们家的碟子和餐叉呢？这里有橱柜——她可以任意拿去她想要的任何东西。她可以摆上我母亲最好的瓷器和银具。她以为我会介意吗？她并没有说谢谢，但她示意自己知道了。她从来都不忘记使用手势表达友好或者其他的意思。她回答说自己并不想隐瞒任何事情，只是不想来人看见她是独自居住，身边也没有一位家人，却绝口不提自己为什么从不打开那扇门，或者为什么要选择这样的方式过活。

当她在我母亲的房间里布置餐桌时，我感到是时候提醒她一下了，很早以前我就准备这样做了。她正在摆放冷餐肉和沙拉——即使是在摆设食物时，她也有些奇思妙想——我问她有没有想过同医生讨论自己的症状，毕竟这样与世隔绝的行为可称不上理性。对于这种强迫行为，或者无论什么类似的行为，医生们应该都有术语。显然，这种病症是可以治愈的。"医生，"她回道，一边擦拭着她为这个特别场合准备的长颈香槟杯，一边注视着我，"我又没生病，而且我生活的方式并没有妨碍任何人。不管怎样，您知道我忍受不了医生，不要管我了。我不喜欢您对我说教的样子。如果我向您请求什么而您答应给我，请不要开始布道，否则您的慷慨就会失去意义。"

我走开了，到卧室里播放起一张唱片，以免听到我不想听的话。到那时候为止，我已经受够了这个艾梅兰兹在我们这里接待客人。她迟早会给我们带来真正的麻烦的。这真的很疯狂！她到底要带谁过来？要不是狗也在这里，我真的会非常担心。在这场伪装的聚会中，为什么要用香槟杯呢？其实，我不仅不喜欢自己藏着秘密，而且更不喜欢探究他人的。

唱片的音乐声掩盖了其他声音。母亲的卧室和我的房间之间隔着两间房，她就在那里准备美味佳肴。我在阅读，或者不如说翻看了大概五十页，然后我感到有些奇怪。艾梅兰兹跟我表示想让我和这位陌生人会面，但是这位客人现在在哪儿？这么久都这么安静，到底发生什么了？甚至连维欧拉都沉默着。客人已经到了吗？距离约定的时间已经过了快一个小时，我才听到它的叫声。我想，幸亏她是用冷餐肉而不是热食招待她的客人——至少食物在这等待的时间里还能保持新鲜。我仍然听着音乐。突然间，门被猛地一下推开了，维欧拉跑了进来，在床边热情地转来转去，它明显在告诉我什么。这真的很奇怪。如果她的客人怕狗，那么艾梅兰兹早就把它派到外面的房间了，而不是让它待在公寓里。所以他们究竟在做什么，以至于老太太不让狗陪在身边呢？不消一会儿，我就理解了。狗进来还没两秒，她也进来了。她面无表情——她很擅长表现成一位聋哑人。此刻，维欧拉正把肚子抵着床头，在我旁边伸展开来。艾梅兰兹甚至瞧都没瞧它一眼。她通知我有客人来，但并不是她要等的那位。那位客人不来了。勤杂工走过来说，客人准备下榻的旅馆打了他的电话，让他给艾梅兰兹带个信。出于商务原因，拜访在最后一刻被取消了，她甚至不会来布达佩斯，如果以后她还来拜访的话，会及时告知的。所以，最终我不得不错失了和这位爽约客人的礼节性会面。还好，我并没有蒙受任何损失，除了艾梅兰兹白白花费了一笔钱之外。但是这位老太太离开房间的时候就像一阵狂风，砰的一声关上身后的门。我听到她冲着狗

（在她出门后偷偷跟去了）大声呵斥，以至于我觉得自己有必要出去看看她到底在对它做什么。毕竟，它什么都没干。母亲的房里传来高声的吵闹声，而且，有史以来第一次，我因为艾梅兰兹骂出的话而感到震惊。咒骂声、脏话滔滔不绝。我推开门，然后一下子怔在原地。她不是在骂狗，而是在骂人。维欧拉正坐在桌子旁，也就是我母亲的椅子上享受食物。艾梅兰兹把盘子拉到它跟前，它撕咬着一片切好的烤肉，大口吞咽下去。它的一只爪子搭在餐垫上，另一只爪子则在摆在桌子中央、像镜子一样光亮的穆拉诺[①]玻璃托盘上来回抓挠。在我一生中，即使是最隆重的场合，我也从来没在这上面摆放过东西。托盘中间的五枝状银色烛台也左右摇晃着。维欧拉不时从嘴里掉出一块东西，紧接着又在这些油腻的爪印的中间胡乱叼起来吃。我觉得自己从来没有这么生气过。

"走开，维欧拉！下来！我母亲的镜子！她的瓷器！这是怎么了，艾梅兰兹？你疯了吗？"

无论是之前，还是直到她去世的那一刻，我都没有再听到艾梅兰兹的抽泣声。她哭了起来，而我束手无策，因为狗在危急时刻从来不听我的话，直到艾梅兰兹对它重复我的命令。它继而淡定地吃着，艾梅兰兹则站在桌子的另一头啜泣着。维欧拉时不时同情地瞥向她，又继续吃起来，完全抵挡不住美食的诱惑。毋庸置疑，艾梅兰兹教过它怎么上餐桌吃饭。它跟人一样，屁股坐

[①] 意大利威尼斯潟湖中的一个岛，以生产精美的玻璃制品而闻名于世。

在椅子上，两只前爪靠在桌边。它的吃相近乎完美，就像戏剧里的演员，仿佛它并不是用爪子抓取盘里的食物，而是在用嘴巴品尝。这个画面太荒诞了，看得我实在是怒火中烧，又无言以对。我们自己的狗坐在我母亲的桌子上吃饭，在她房间里大快朵颐，居然还拒不服从我的命令。它偶尔瞥向摆在橱柜里的大蛋糕，很明显是在琢磨怎么样才能够着。而艾梅兰兹一直都在哭泣。菜肴差不多被吃空了，但从剩下的食物可以看出这顿佳肴并不便宜。她一定极为看重这位客人。看着艾梅兰兹默然地擦干脸上的泪水，用手背擦拭眼睛，我能感觉到我内心的怒火在蔓延，几乎要爆发。而后，艾梅兰兹就像突然回过神来的人一样，没有任何过渡地猛地打了个寒颤，大声呵斥这条咀嚼得津津有味的狗，拿着分菜叉子的手柄用力打它。她什么词都用上了——忘恩负义、不忠不仁、不知廉耻的骗子，无情的资本家……受到她不可理喻的指责，维欧拉尖叫起来，跳下椅子趴在地毯上。她揍它的时候它从来不跑开，也不会尝试保护自己。这种害怕并不真实，跟做梦一样。挨打的时候，维欧拉畏缩着颤抖，吓得它来不及咽下最后一口吃的。食物还从它的下巴掉到我母亲最喜欢的地毯上。艾梅兰兹拿着叉子追它的时候，让我觉得她要捅维欧拉。一切都发生在一瞬间，我被吓得大声尖叫。但就在此时，老太太挨着狗蹲了下来，抬起它的头，亲吻它的耳朵。维欧拉放松下来嗷呜着，舔起了那只刚刚还打过它的手。

不，这太过分了，她要发泄情绪，那就去找别的观众发泄。我转过身来，请她赶快把这些残羹剩饭从我母亲房间里收拾掉，而且，如果不介意的话，能否不要把我们当成一个陪衬的角色，或者把我们的家当作上演她私人生活中离奇情节的剧院。我的原话并不完全是这么说的，我换了一种她可以理解的方式告诉她，她也明白了我的意思。我在卧室里听到她四处走动的声音。我不知道她实际上在做什么，但当她稍后把食物放进冰箱时我就明白，她要把所有的甜品、香槟还有整盘没动过的混合烤肉留给我们。被维欧拉吃过的食物已经倒在它自己的餐盒里，它懒得动弹。最后一切归于寂静。我以为她已经离开，但是发现她正在给维欧拉戴项圈，系牵引绳。通常，她对它生气后都会来一次特别长的漫步，即使是要她搁下正在熨烫的衣服或正在揉着的发面团，她也会带它出门的。她大声告诉我，她们会去树林里散步，这时她已经恢复了平静，牵着狗一起站在门口，并且向它道歉。我从来没见过谁会这么体面、不卑不亢和自责。事后，我甚至感觉她在嘲笑我，好像做错事的是我而不是她。毫不意外，她离开了，什么解释都没有。

那天傍晚，当我对丈夫描述艾梅兰兹下午干的事情时，他摆了摆手。这是我自己揽的事——我听到他说——我过于在意所有的人和事，总是让自己身陷他人的私事。她就该在自己的门廊接待自己的秘密客人——这位比中校还重要得多的人物。在我母亲的房间接待中校就足够了。她会一直做饭、烘焙直到停下，这一切都不会有结果，因为这位客人爽约了。不管她把什么食物放进冰箱，我都要归还给她。丈夫一点都不想吃那位爽约的客人留下的残羹剩饭。他才不是维欧拉。

我觉得他是对的，又觉得他不对。我照他说的做了，把托盘装得满满的，直到我端不住才送回去。这个老太太实在令我恼怒，但是我也能从她的眼睛里看出来，无论那天下午发生了什么，那对她来说都是一场再糟糕不过的惨剧，我还听到她在啜泣。在她走后的数个小时里，我彻底冷静下来，脑中生出一个新的疑问。或许现在有比我们相互怨恨更重要的事情需要处理。当维欧拉坐在餐椅上吃饭时，我见到的场景并不是一幕田园牧歌。这场宴会可能承载了某种深厚的情感，更确切地说，是某种虚构出来的情感。我想到这里，便感到当时在桌旁的她和狗，一点也不像是一位主人在犒劳她的忠犬，更像希腊神话里的人物在举行一场可怕的庆祝活动。狗抓取烤肉只是表象。这可超出了寻常的食物，不是给人类食用的，而是一团内脏，活人献祭那一类的东西——仿佛艾梅兰兹真的把某个人喂了狗，同时喂给它的还有她美好的回忆和情感。那个下午爽约、仅仅捎来一条口信的人，伤害了艾梅兰兹身上最为重要的地方，她也绝对不会向任何一个人倾诉。维欧拉就像无辜的伊阿宋，化身美狄亚①的艾梅兰兹的头巾之下正闪烁着地狱般的火光。把食物退还给她一点儿也不能令我高兴，但我更不情愿她把残羹冷饭留给自己。作为女同胞，我也一样敏感。我清楚自己会给她造成多大冒犯，但也没有更加明了的做法让她意识到她实在是越界了。

---

① 在希腊神话中，美狄亚是科尔基斯岛会施法术的公主，与前来寻找金羊毛的伊阿宋王子相爱并成婚。但后来伊阿宋移情别恋，美狄亚因爱生恨，疯狂复仇，杀死了自己的两个孩子和伊阿宋的新欢。

托盘很沉，我很艰难地打开前门。在端着托盘穿过大街时，人们都盯着我。我没有看见艾梅兰兹，但她家门后传来了有规律的声响，我听到她在说话，显然是和她的猫聊天，解释她为什么那样对待维欧拉。我喊了声对不起，但是我实在不能接受她宴会剩下来的食物，所以我把它们送回来了。她就在门廊的桌子那儿，完全可以过来接过食物。可艾梅兰兹只打开一条门缝，以防她的猫跑出来或者来人向里面窥视。她穿着平时的衣服，没怎么打扮。艾梅兰兹一言不发，但是走进了她储藏食物的小房间，端来一口很大的炖锅，把所有食物都倒进锅里。她把蛋糕、肉和沙拉全部倒在一起，向盥洗室走去，然后我听到她把东西倒进马桶放水冲走的声音。维欧拉就在旁边，但是她一点儿都没留给它，甚至不让它靠近自己，如同她完全不认识维欧拉一样，甚至还驱赶维欧拉。我又一次恐惧起来，确实有些害怕艾梅兰兹。我紧紧抓着维欧拉的绳子，虽然我知道，如果她真的骤然发起一次猛烈的进攻，这条狗也只会保护她而不是我。她接着解决饮料，抓住瓶颈就使劲地砸到门上。香槟爆裂开来，狗也因为害怕而开始号叫。她把瓶子丢进垃圾桶，红酒、香槟把门廊浇了个透，味道就像进了酒馆。就在那一刻，舒图、奥德尔卡和波莱特都循声而至，看到是我们时，她们又走开了。她们不知道发生了什么，但全都脸色严峻——艾梅兰兹沉默地把鲜红的酒倒在石阶上，狗在号叫着，而我则像个木雕一样站着——最好还是离我们远点儿，她们很快就走开了。

　　现在我终于确信，那天下午在我母亲桌旁发生的一切真可算得上是一场谋杀。艾梅兰兹在借着这顿大餐发泄，好抵消和那位客人的旧账。多年后，我也确实认识了这位被献祭的受害者，一位苗条、迷人的年轻女人，还和我一起挤在喧哗的万灵节队伍里。比起拜访艾梅兰兹故居，她可能更善于处理更大的挑战，但是她也无法挑选一个比眼下更方便的时间来布达佩斯处理生意，或者去墓地祭拜。她把花束放在一个童话式的地下墓穴前，完全没意识到（只有我知道）这根本无济于事——包装纸里的长茎玫瑰在当晚就会被偷走。她告诉我很遗憾自己那天没能如约而来。她本可以去看望艾梅兰兹的，但她是个生意人，而且自从国外的父亲和叔叔退休后，她还接管了工厂，她承诺的拜访也只是因为她需要来布达佩斯处理一桩被延期的欧洲生意。单单过来看望老太太是没有必要的，所以要等到下一次她既可以处理生意谈判、又可以看望艾梅兰兹的时候再过来。毕竟从纽约到这儿不是说来就来的。

　　她和我们一起吃了晚饭。我从冰箱里就地取材，不像艾梅兰兹，没有像准备什么盛大节日似的。然后我在旁边摆上了映照着烛光的穆拉诺镜子。我告知她，她的爽约让老太太有多伤心。她惊诧万分，不能理解——只不过是改了日期，怎么就会这样痛苦呢？这种事情在生意场上可是司空见惯。但是先前在公墓那儿，我就感到被一股潮湿、令人不快的寒意笼罩着，仿佛老太太在拒绝她给自己点蜡烛。当她站在墓穴前面时，刮起了一阵风，桦树的叶子从枝干掉下，打在她的脖子上，每支蜡烛都是刚点燃就熄灭了，就像艾梅兰兹鼓足了气要把面前的烛火吹回去。

而且在艾梅兰兹死后的很多个场合，或者在我们试图接近她的时候，她都会像幽灵一样转过身来，两根手指竖起，直指我们愧疚的内心。每次都像是在她数不清的秘密中，又有某一件还没被揭露的事情出现在我们面前。

最令人懊恼的是，假使她们最后成功会面了，艾梅兰兹可能就会理解甚至接受她的访客给出的解释——她不是有意伤害或顶撞她，她也不会像个懵懂的孩子那样把这些精心的准备看得一文不值。她不是婴儿，而是成熟的职场女性，既有能力平衡工作和私人生活，也能恰如其分地重现那份由于曾经完全依赖艾梅兰兹而产生的感情，并且表现出她和她的家人是多么感激这位曾经的仆人。但直到她跟我们分享自己的低卡路里晚餐的时候，她才没再悲痛地回忆。她很抱歉一直没能过来和老太太会面，那跟她初次见到老太太没什么区别，因为对她而言，艾梅兰兹就是个完全陌生的人。她那时那么年幼，不管当时她多么喜欢艾梅兰兹，她现在已经全都忘了。我不知道，如果这位心地善良的年轻人听说了艾梅兰兹在她爽约之后的举动，又会作何感想，毕竟，艾梅兰兹因为自己的爱意遭到拒绝而在十五分钟内失去理智，以至于采用了一种象征性的方式来毁灭她——用一块肉来象征这个自己曾经救助过但现在发觉完全不值得救的孩子，再把这块肉扔给小狗吃掉。

和艾梅兰兹待在一起的那个下午似乎非常非常遥远了。那天晚上回到家后，我感觉自己最后还是做了错事，略微有点自降人格。我就不该答应艾梅兰兹把陌生人带回我的家,不该和她一起营造一种她和家人住在一起而非独居的印象,顺带强化了她身上令人费解的神秘感。但是我答应了,还要把引发她伤感的东西当面退还给她?我那么做很不对,因为它本是给我们的馈赠。我们那时出于多么愚蠢的傲慢,居然选择那样处理。如果我们没有那么做,或许她能够走出那场危机——尽管我并不清楚究竟是什么危机。如果能让她感受到她的辛苦至少没有完全白费,她就会更容易放下。她准备的美食都是不寻常的,即使高级酒店的菜单上也未必会有。把食物当面退还给她真是太过愚蠢,而且还是在某人因为某种我也不清楚的原因让老太太承受了更大的伤害的情况下。或许这一切都有简单、合理的解释。但艾梅兰兹的看法未必和我一样。她在那一瞬间接收了很多信息,多到她自己也不完全理解,其他人就更不能领会了。所以,为什么连我也要打击她?我回想起她打维欧拉的样子,那条狗竟然显得并不介意。它什么都清楚,它从许多奇怪的细节或通过神秘的渠道得知了那些讯息。我们躺在床上,丈夫早已入睡。我却心绪不宁,难以忘怀,毫无倦意,所以重新换上衣服。维欧拉在挨着我母亲房间的第三个房间,我正动身时,它轻轻地打了个哈欠,并没有叫喊。它挠了挠门,像是怕吵醒我丈夫。棒极了,好孩子,那我们一起去吧。虽然并不远,但我可不喜欢独自一人在夜里漫步。

我们这样走着,就像我童年时在史诗《埃涅阿斯记》中感受到的英雄一样,就像是这部史诗第六章中那位年轻善良的父亲埃涅阿斯。可能就是在这一刻,我们的关系——以及我们的生命——都永远地改变了。"走在黑暗中,在孤独之夜的阴影下,穿过这空荡的殿堂。"① 在一片漆黑中,我和维欧拉,我们走得很慢。艾梅兰兹家的大门是关着的,我按了门铃,等着她过来。夜已经深了,但我看见走廊的灯还亮着。只要灯还亮着,艾梅兰兹是不会去休息的。她几乎是立马就过来了,我们一人站在围栏一边。维欧拉大声喘着气,把爪子搭在石阶上。

"是主人生病了吗?"她问道。语调客气、干瘪而且平淡,屋内又沉寂下来。

"他很好,是我想过来看看。"

她打开门,在我们进来后再关上。她是从自己的房间里出来的,即使在这个时候,那个房间的门还是小心翼翼地关上了。维欧拉趴在台阶那儿,隔着狭窄的木条嗅探着那只猫。我想说些中听的、安慰她的话,就好比我不知道发生了什么,或之前发生了什么,但是那天下午我很抱歉在她那么沮丧的时候,我还那么不通人情。我甚至想说,虽然我不知道是什么事情让你如此伤心,但我很同情你的遭遇。可是话到嘴边又什么都说不出来了。我就只会写作,在现实生活里,我很难找到合适的词来。

"我饿了,"我最后开口了,"屋里还有什么吃的吗?"

和我所有的期望都不同,她的脸上竟浮起笑容,就像太阳

---

① 原文为拉丁语,出自《埃涅阿斯记》第六章。

冲出乌云一般。我这才第一次发现,她笑的次数真是屈指可数。她先是进了洗手间,我听到她洗手时哗哗的流水声,艾梅兰兹从来不会在接触食物之前不洗手,随后打开储藏室的门。看起来她不止是把食物放在架子上,桌布也在那上面。维欧拉想去跟着她,但我把绳子攥紧了,老太太也命令它别动,所以它又趴下了。她拿来了一块黄色的带花纹桌布、碟子和餐具,从她放在托盘上的食物看,这并不是剩饭,而是一种完全不一样的烤肉,散发着浓浓的香味,居然难以置信地美味。我开怀地把肉塞进嘴里,把骨头留给维欧拉。她还给我准备酒,不是瓶装的,而是直接装在坛子里的,我也喝了。我不太喝酒,但是那晚我应该来者不拒,要不然就白来一趟了。我不知道我坐在桌前时到底该扮演谁,但是我知道应该是那位爽约的客人,给她带来这么多烦恼的那个人。我努力地扮演着那个我根本不认识的人。我们爱抚着维欧拉的耳朵、爪子。到我回家的时候,艾梅兰兹一路伴着我,好像我们要一路穿着拖鞋和睡袍走到哥巴尼奥[①]一样。一路上我们只聊狗,就像它才是最重要的事情——它的耐心、漂亮的体型、敏捷的反应……谁都没有提到那个爽约的客人。来到我家的院门前,艾梅兰兹把绳子递给我,直到我进了花园,她才在我身后用缓慢、郑重的语调对我说,像是发誓——在这个维吉尔之夜,有些真实有些梦幻——她永远不会忘记我做的一切。我溜回床上时,丈夫并没有被吵醒,但是无论我怎么说,维欧拉都不愿意回

---

① 布达佩斯第十区的名字。

自己的地方去睡，那天发生的所有事都令它过于兴奋。最后它还是睡着了，不是在我母亲的房间，而是在盥洗室的门外。我知道它最终睡着了，因为它和男人一样在打鼾。

垃圾清理

我觉得就是从这一刻开始,艾梅兰兹真心地疼爱起我来了,毫无保留,郑重得如同已经深切了解过爱的责任,明白这实际上是一种危险而狂热的情感。在那年的母亲节,她一大早就闯进我们的卧室。丈夫被吓了一跳,但由于安眠药的作用起不来床。我起身惊愕地注视着她——清晨的阳光从窗户穿透进来,她就站在那里。她又一次穿着自己最华丽的衣服,牵着遛狗绳,带着维欧拉来到我的床前。它的头上戴着一顶廉价的乌毡帽,帽绳上还有一朵新摘下的玫瑰花,脖子上编织了一圈花环。从那时起,她在每年母亲节的一大早都会带着狗出现在我们卧室,还代表它唱起一首古老的节日问候歌:

> 感谢一切的美好,你们的爱抚,
> 你们的滋育,给予我柔软的床褥。
> 感谢培养我的老师和父母,
> 让神为这片土地赐予富庶。

年复一年,我们的床边都会雷打不动地响起她的歌声。这本来是她还在念小学时——这可能是在一九〇五年俄国革命之后到一战爆发前的那段时间——在学校庆典上献给老师的。维欧拉努力试着把不知道从哪儿找来的小帽子脱下,但是艾梅兰兹不允许它这样做。而且每一次老太太还要用同一句话结尾:"我,小男孩，感谢你的一切，请把我帽子里的玫瑰献给女主人。"确实，每个母亲节时，它的帽子里都有一朵玫瑰。从那以后，每次我看见乌毡帽都不能不想起她们俩，在清晨，空气清新又芬芳的那一刻，艾梅兰兹打扮一新，我们的狗脖子上戴着花环，狗耳朵因为戴着帽子耷拉着。在蓝胡子公爵①的城堡，一天中的每个部分都是清楚界定好的；而艾梅兰兹也曾经声称她在地球上有一段永恒的时间，每个清晨都是她的，伴随着特别的光芒，还有草坪上升起的薄雾。这种惯例让丈夫高度紧张，以至于每到母亲节前夕，他都拒绝上床睡觉，要么穿着睡袍在沙发上打盹，要么就是走进我母亲的房间，把门关紧。他难以忍受这个清晨的惯例，他接受不了赤裸裸地被人堵在床上。但我觉得让他厌烦的是艾梅兰兹对我的炽热的感情，而且还是用这么一种不同寻常的方式表现出来。

艾梅兰兹并不是用一种随便的方式爱着我，她就像是从《圣经》——那本她从来没拿过的书——中取的经，或者是她三年的学校生活让她越来越像一个使徒。艾梅兰兹根本不知道保禄②说过什么话，但她竟做到了身体力行。我不相信世界上会有

---

① 法国民间传说中的人物。在匈牙利作曲家巴托克·贝拉改编的剧情中，蓝胡子曾多次结婚，但无人知道他妻子们的下落。在他再次成婚后，新娘尤迪特要求蓝胡子打开城堡里七扇上了锁的门，结果在最后一扇门后发现了他的前妻们。蓝胡子说，他发现第一个女人是在黎明，所以每天的黎明属于她；发现第二个女人是在中午，所以每天的中午属于她；发现第三个女人是在黄昏，所以每天的黄昏属于她；而尤迪特是在夜里被发现的，所以每个夜晚都属于她。最终，尤迪特也进入了第七扇门里。该故事还有多种版本。

② 指公元1世纪时基督教最具有影响力的传教士之一的圣保禄。

任何人——除了四位支撑我生命之拱门的支柱，我的双亲、丈夫和我的养兄弟奥甘乔斯——会这么无条件地、毫无保留地爱我。她的情感让我联想到维欧拉，在自己情感世界的迷宫中痛苦地徘徊，虽然维欧拉不是我的狗，而是她的。无论她在哪里工作，手头上有什么事情，一旦我需要任何东西，她就会立刻停下，直到我什么都不缺才满意，才会放松。每个下午，她都会准备好我喜欢的食物，还会带来其他东西，令我出乎意料又受之有愧的礼物。不久后，他们在我们街区组织了一次家庭垃圾大扫除。艾梅兰兹有条不紊地冲洗着大街，捡起既没有价值又没什么特别用途的垃圾。她仔细地清洗着自己的战利品，进行修复，然后把它们全部藏到我们家里。

当时的人们还没兴起对旧货的爱好，但是艾梅兰兹，这个最喜欢拾拾捡捡的人，早已开始收集物件，而后我才发现这些东西确有价值。一天早上，我在图书馆里发现了这些东西：一幅边框破损的油画（但之后发现蛮值钱），一只漆皮靴，一只树枝杈上的猎鹰标本，一个镶有公爵王冠标记的烧水壶，还有一个过去女演员用过的化妆盒（里面散发出来的浓郁味道让我们猛地一惊）。那一天的开始真是太过痛苦。维欧拉在咆哮着——它跟着艾梅兰兹到处翻东西，对任何物件的嗅觉又格外灵敏。她们回家后，我就把它关在母亲的房间里，这样就不会影响我们再次处理这些被当作惊喜送来的收藏品。我们重新清洗一遍，布置好它们的位置。这些收藏品包括一尊花园守护神像和一个破破烂烂的小黄狗塑像。那天早上还是躁动不安的维欧拉把我们喊起床的。让事情更糟的是，率先起身走出卧室的是我丈夫，而不是我。维欧拉在门外大声叫唤着要进门。艾梅兰兹带着赠送礼物时温文尔雅的表情，把珍宝放置好就离开了。丈夫走进书房之前还很正常（书房里是成排的从地板顶到天花板的书架），进去后他看见了花园守护神，旁边还有一只靴子，它们就杵在他收藏的英语经典名著前面的地毯上，神情诡异地看着他。艾梅兰兹把《尤利西斯》推回书架上，好给镶着王冠还插着塑料花的烧水壶腾出位置，一只猎鹰的标本就摆放在壁炉上。听到他语无伦次的声音，我冲了过去。我从来没见过丈夫如此狂躁，从来没意识到在他惯有的冷静之下蛰伏着这么非理性的暴怒。他并没有把他的分析局限于什么才能合理地把一个人从家中叫醒，而是把论证推向了更广的哲学范畴。如果这样的东西——一个不信天主①的花园守护神都可以杵在他的地毯上，旁边还并排放着一只骑兵队的靴子，那马刺还是鹰翅的形状——如果这都可以忍受，那么生活还有什么意义？在愤怒中，他絮絮叨叨地从一个话题跳到另一个话题。真是一个糟糕的早晨。我不知所措，徒劳无功地跟他解释道，这是老太太全凭自己喜好来表达自己的方式，这里所有的东西——他必须接受——都是出于爱意。这是她用来表达自己情感的特有方式，这种选择仅仅表达了她个人的喜好。没必要说完这个又说那个的，更没必要大喊大叫。这听起来真的很吓人，我会自己清理好的。丈夫气冲冲地出门了。事实上，我很同情他。我从来没见过他这

---

① 根据部分西方传说，花园守护神的原型是信仰异教的矮人族。

么坐立不安，或者说完全不知所措，一次都没有。后来，当他终于能故作轻松地揶揄这些收藏品时，他告诉我当时艾梅兰兹就在外面打扫街道。他疾步和她擦肩而过时，她还笑着跟他打招呼，就像他是一个没教好的小孩，在他的年纪，应该懂得友好地跟人打招呼，但是他并没有，好吧，那就这样吧。他应该会逐渐改善。大多数情况下，艾梅兰兹把我们的关系看作彻头彻尾的谜团。她不理解我为什么要让自己身陷其中，但是既然事实已经如此，她也就接纳了，就像我也接受她从来不打开门一样。如果丈夫是那样的人，我能有什么办法呢？没有一个男人是头脑健全的。

在一堆礼物中，只有一件是为他准备的。在一堆垃圾里，我一开始还没注意到它。那是一本非常漂亮的皮质封面的托尔夸托·塔索①的作品。我把它藏在一堆书中。一开始我不知道怎么安置这些东西，比如说守护神，它提着一盏灯，穿着绿色裙子，帽子顶上还缀有一束流苏。我用曾外祖母留给我的物件把厨房布置得十分独特，里面什么都有：面粉罐、蜗牛卷面器、香肠灌装机、带着一些旧砝码的吊秤，还有一个当时仅生产厨房设备的标致公司出品的可以称为工业纪念品的咖啡研磨机。那个小守护神雕像恰好可以放在水槽下面。我把公爵烧水壶里面的物件掏了出来——小胆芯正好可以装去污粉，至于女演员的化妆盒，我把自己的化妆品放进去了。

---

① 托尔夸托·塔索（1544—1595），意大利诗人和批评家。

那幅油画、漆皮靴子和猎鹰仍旧是个难题。我把猎鹰标本委托给维欧拉了。事实证明，我不是徒劳的，我把它从母亲的房间里牵出来，没几分钟，它就把猎鹰标本咬成一块又一块，只剩下碎片。希望那些防腐的材料不会伤到维欧拉，不过这只鸟看起来十分破旧，毒性应该不大。它的翅膀断了半截，外面还被一些啮齿动物咬过，所以木制的栖枝很快就会破碎。我从画框中取出油画，在画框里，一个面色惊恐的年轻女人站在掀起黑浪的海岸边，阴郁地凝视着泡沫。她身后耸立着一幢高楼，一排柏树顺着陡坡而下。我把它挂在厨房门上的透明玻璃那儿，然后把靴子立在门廊。我们还没有雨伞架，艾梅兰兹把它擦拭得漂漂亮亮，正好可以派上用场。门上的疯女人、古董咖啡机，以及其他所有物件，包括水槽下的花园守护神，都给安置妥当了，水槽上用硕大的字母写着："喜欢主人的访客，能吃到猪油做的饭"。来我们家的人看到眼前的景象会有两种反应，或是惊讶得目瞪口呆，或是捧腹大笑。即使是我们厨房里的墙，也是别具一格。不同于墙纸或油漆，我们用的是印着松鼠、鹅和其他家禽图案的油布。来我们这里的客人大多是艺术家，在他们眼中，这里是一个温馨、疯狂而又熟悉的地方，我很早以前就描述过我的这群平淡无奇的亲友。真正会反对我的人是艾梅兰兹。按照常理来说，她本应无法忍受我把厨房和门廊打造成一座疯人院。但是她打一开始就由衷地欣喜于自己能在如此与众不同的私人剧院的舞台布景中来回走动。这些古怪的物件就像来自霍夫曼的怪诞故事或豪夫的童话。艾梅兰兹喜欢与众不同的东西。母亲曾给过我一个过时的裁缝用的人偶，艾梅兰兹问我要，而当我送给她时，她如获至宝，欢欣雀跃地把人偶带回了家，仿佛接受了一具圣者的遗骸。我搞不清楚她为什么这么奇怪地在家里摆满这些废品，还从来不让任何人看。我已经说过，艾梅兰兹从不接受任何礼物。之后，直到很久以后，在某个我从来没有经历过的不太真切的时刻，我误闯进了艾梅兰兹那支离破碎的生活，在她的花园里发现了一尊裁缝用的没有脸的人偶。就在他们把汽油洒在上面点火之前，我看到了艾梅兰兹的圣幛①，我们所有人都位列其上，被大头钉固定在人偶的肋骨上：格罗斯曼一家、我丈夫、维欧拉、中校、侄子、面包师、律师的儿子，还有她自己和年轻的艾梅兰兹，金发闪闪发光，穿着女仆制服，戴着有顶饰的小帽，怀抱着一个几个月大的婴儿。

艾梅兰兹对于奇特物品的执着已经不是什么新鲜事了。那天早上，让我吃惊的是她早就把东西收拾好了，不是为她自己，而是为了我。我不敢冒犯她，也不愿意这样做，但我实在不知道该怎么处置那个耳朵破裂的小狗塑像，它看上去实在令人绝望，是一个世界观纷乱的业余爱好者做出的错误判断。我把它藏在了杵臼后面。我知道，如果我丈夫发现了它，他一定会把它扔进垃圾箱里的。那个小瓷狗也太难看了。等到艾梅兰兹来的时候，我

---

① 在东方基督教里，圣幛（圣像壁，圣屏风）是指教堂里分隔教堂正殿与圣殿的一道墙壁，上面绘有圣像及宗教绘画。

正一个人坐在打字机旁边准备工作。

"您有没有看到那群傻瓜都扔掉了一些什么东西?"她问道,"我拿走了好多。没有给其他人剩下任何一件东西。喜欢吗?"

我怎么能不高兴呢?我从来没有遇到过这么惬意的早晨!我没有回答她,而是继续敲着打字机,在我愤怒的手指下出现了一些毫无意义的句子,我卡在了这些似是而非的表达上面。她一个挨着一个地走遍所有的房间,目的就是看看我把所有的东西都放到了哪里。她反对把守护神和油画放到厨房里。为什么把这么稀罕的东西藏起来呢?因为维欧拉弄坏了猎鹰,她打着它的头——可怜的家伙无法告诉她,是我把那具诱人的尸体放在它的鼻子底下的。这让我多少感到了一丝解脱,因为她的注意力被引向了那个不知让我藏到哪里的小狗塑像上。我告诉她,我把塑像藏了起来,因为它不适合被看到。她站在我书桌的另一边,冲我喊道:

"这么说,您是不是已经变成仆人,害怕得都不敢为您自己做任何事情了?只是因为主人不喜欢动物,你就不敢保留它们的塑像?它们是违禁品吗?您是否认为这个可怕的贝壳更漂亮?但是,您把它留在了您的书桌上,难道您就不怕贝壳里没有夹上您的请柬和名片而让您感到丢脸吗?小狗不能留,但是贝壳就可以?把它从我的视线里拿走,否则,说不定哪天我就把它敲成碎片。我讨厌碰到它。"

她抓起那只贝壳。那是一只带着珊瑚底座的鹦鹉螺,这是我曾外祖母里克尔·马丽亚的东西,当人们瓜分基什迈什特尔街①上的房产时，它被送给我母亲。艾梅兰兹带着厌弃之情，把它拿到了厨房，还有所有的请柬和名片，一起放在了小麦粉和冰糖之间，再把那个耳朵残破的小瓷狗放在贝壳原来的地方。这样做实在是过分。我以前可以接受艾梅兰兹出现在我生活中的各个地方和各个事件中，但是，她不应该干涉我布置自己家庭环境的方式。

"艾梅兰兹，"我说道，带着一种异常的严肃，"请你把那个小塑像送回你找到它的那条街上去吧，或者，如果你不想把它扔掉，就把它放在我原来放它的地方，我看不见的地方。它只是集市上的东西，已经坏掉了，没用了，它不能放在这家里。不仅它原来的主人无法忍受它，我也不想要它。它不是一件艺术品，而是一件破烂。"

她那双蓝色的眼睛紧盯着我。第一次，我直视她的双眸，发现其中流露出来的不是兴趣、吸引或者担忧，而是露骨的轻蔑。

"什么叫破烂？"她问道，"什么意思，给我解释解释？"

我绞尽脑汁思考如何向她解释这个无辜、比例不协调、造价低廉的从集市买来的小狗的各种缺陷。"破烂的东西是指事物在某种程度上是虚假的，它们被创造出来就是提供微小的、肤浅的快乐。粗制滥造的东西是仿制品、假的、替代真正物体的东西。"

"这条狗是假的？"她义愤膺膺地问道，"仿制品？嗯，难道它不是完整的——有耳朵、爪子、尾巴？但是您可以把铜制

---

① 位于匈牙利东部城市德布勒森。

的狮子头放在桌子上。您觉得它很好,而且您的客人们都争先恐后地来看它,把它敲出声来,像白痴一样,虽然它连脖子都没有——什么都没有——只是一个头而已,但他们还把它在文具盒上砰砰地撞。所以这只狮子,甚至没有身体,就不是仿制品了,而这条小狗,拥有一条狗应该具备的一切,它就成了仿制品,是吗?您为什么要对我谎话连篇?直接告诉我说您不想要任何我送给您的礼物就好了,这不就是事实吗?您说它的耳朵磕坏了?那又有什么关系,您不是一样把您的朋友从哪个不知名的希腊小岛上带回来的出土陶瓷碎片摆在橱窗里面吗?至少,不要欺骗您自己。承认吧。您害怕主人。我能理解。但不要把事物叫作粗制滥造的东西,以此试图掩饰您的胆小。"

令人震惊的是,她倒是说中了一些事实。我确实发现那个塑像令人讨厌,但那不是我把它藏在杵臼后面的真正原因。的确如她所说,我害怕,或者更确切地说,是相当害怕我的丈夫。伊拉克利翁考古学博物馆[①]的全部物品都不值得让他返回那段不堪回首的时光——所以我像左翼艺术评论家一样喋喋不休。艾梅兰兹保持着一种讥讽式的沉默,然后把那个残破的塑像装进她随身携带的袋子里离开了。在她穿过厅堂时,她注意到了那只靴子,它倚着墙立在阴影里。她抓起它,把保护垫扔在了我的脚边。她气得满脸通红,冲我大喊。"您疯了吗?您认为理性的人会把雨伞放在靴子里吗?您认为我把它拿来是当作盒子用的吗?难

---

① 位于希腊克里特岛伊拉克利翁市。

道我真愚蠢到了自己都不清楚怎么做是对是错的地步了吗？"

她猛地打开大厅橱柜，拿起工具箱里的螺丝刀，开始修理靴子。她背对着我站着，面朝着光，同时不停地责骂我。这对我来说是一次不同往常的经历。我从小就没有被责骂过。我父母的惩罚方法更加委婉。他们不用言语，而是使用冷暴力，那种沉默的方式让我倍感伤痛。如果让我觉得我都不值得他们对我讲话，不值得被问问题或者给出解释，那我会更加忐忑不安。艾梅兰兹把靴子夹在胳膊下，就好像她打算把它带回家似的，然后把刚拔下来的马刺扔到了我前面。

"因为您看不见，既笨又胆小，"她继续说道，"天知道我为什么爱您，但无论是什么，您都不配得到它。也许，等您老了，您会尝到其中的滋味吧。还会变得大胆一些。"

她走了，把马刺留在了桌子上。我把它捡了起来。我丈夫随时可能出现，我不想再惹麻烦，再发生争吵。在马刺中央隐约闪烁着血红色。我站在那里，呆若木鸡，手里拿着一小块纯粹的手工艺品，虽然时间太久远了，它都已经变黑了，但是，有人在其中加了石榴石。艾梅兰兹在把它带到公寓之前就已经把一切都彻底打扫干净了，她一定注意到了它上面的东西。这是她把它送给我们的原因——显而易见，她不仅送了一只靴子给我们，还把她在银制的马刺中心发现的那块宝石送给了我们。一个金匠可能会把它变成一块珠宝。这块宝石完美无瑕，异常漂亮。我再一次凝视着闪闪发光的石榴石，感到了深深的羞愧。我正要去追这位老太太，但是又想起来，我不得不改掉她用这些无礼又疯狂的行为来表达她对我的依恋的习惯。现在,我明白了自己当时没有明白的事情——感情不能总是以平静、有序、清晰的方式表达出来,也不能规定别人应该采取的表达形式。

我丈夫回来了,手里拿着一大堆报纸。他走了一路,怒气也随之烟消云散,回到公寓里时心情已经平静了。他检查了每个房间,就是为了看看那些冒犯人的物品有没有给清理干净。厨房倒是一片惊喜之地,但那时,他已经完全平静下来了,也意识到了厨房是一块不能帮忙收拾或者受到破坏的区域。自从我们搬进来,出于好玩的天性,我一直在收集那些最不可能的物品——如果我们把一个鲸鱼标本从天花板上吊下来,就像我曾祖父母的巨大商场里所售卖的东西那样,那也不会显得有多么突兀。这儿简直就是一座作业治疗博物馆,里面站着个近乎发疯的女人和公爵的烧水壶反而会让这里更像是厨房。所幸的是我先生没有发现水槽下阴影中的那尊守护神像。最后,一切又都安静下来。我又一次没有觉察到暴风雨前这莫名的平静。我很享受这种状态。尽管维欧拉悲伤地低着头,它无精打采的举止似乎在提醒我,这是要发生什么事了。

中午时分,看来我得去遛狗了。显然,艾梅兰兹打算惩罚我,她不想遛了。很好,那我去遛。维欧拉的行为好像恶魔一般,它几乎要挣脱我手上的拴绳,我的手腕都快要被勒断了。不知是什么原因,大街上有一支警察护送队正在行进,所以我们不能到草地上去,而且人行道上还留着垃圾清理的残余物。维欧拉对一切东西都想嗅一嗅，并且在发现东西时还要配上它那邀功请赏式的叫声。有一次，我在远处看到了艾梅兰兹。她正弯腰拾起一个色彩鲜艳的盒子，我背对着她，把愤怒的维欧拉拽回了家。

　　那天晚上，来的人不是艾梅兰兹，而是她弟弟的儿子，他每隔一段时间——虽然不算频繁——都会来看她，同行的还有他那位有着一双小手的美容师妻子。我们认识已经有一段时间了，因为艾梅兰兹曾经把他们带来介绍过，"我弟弟尤日的儿子"是个和蔼、好脾气的人，虽然艾梅兰兹的帝国不让他光顾，但是，他并没有因此而感到冒犯，相反，他很识趣。老太太很喜欢这两个年轻人，虽然她总是想知道为什么他们没有再要孩子。为了在国外度过一段漫长的假期，他们正在攒钱买房子，因此已经没有多余的空间供他们考虑再生孩子的事情了。艾梅兰兹并不赞成，但总是给他们一笔钱，数额有时多有时少，用于旅行或更换汽车。她有很多钱，每月都有人从国外给她汇一笔款。我曾经问她这个人是谁，她回答说，这不关我的事。当然不关我的事了，的确也是。

　　在那个垃圾清理日，尤日的儿子面色严肃，但是他也笑了一下。他通知我们，他的姑妈留口信说，我们得找一位替代她的帮佣。她要辞职了。但是，本月下旬和下月上旬，她还会继续为我们工作，以给我们时间去找新的帮工。我丈夫耸耸肩。早上的惊喜并没有加深他们之间的友谊，相反，这个消息太沉重了，简直不可思议，我再也不能见到她在我家里进进出出了。她会回来的，我安慰自己，她这么说肯定是因为生气，因为她不喜欢我那场关于守护神的说教。她肯定会再回来的，一定会的，如果不是因为我，那也会为了维欧拉。但是这位侄子对此并不乐观。

"最好不要将她说的话当耳旁风，"他接着说，"她从不开玩笑。既然她明确地表示要走，那她就不会再回来了。既然她已经决定了，她就再也不会来到您家了。她没有告诉我，是什么让她心烦意乱，但我很久以前就放弃了尝试去理解她，或者影响她，那是不可能的。她对现代世界一无所知，她几乎能把所有的事情都弄错。当我想向她解释土地改革的重要性时，她打了我一巴掌，尖叫着说她对一九四五年发生的事情不感兴趣，那与她无关，她从变化中得不到任何东西。所以，求求您了，任何事情都不要尝试说服她。她差点把宣传的人逼疯了，她是唯一一个不肯为了和平而向外借一分钱的人。想到中校当时救了她的那个场面，我就很难过。顺便说一下，她今天也把我踢出来了。她要求我把消息传递完之后就尽快消失——以后很长一段时间里她都不想再见到我。"

"我们不会去求她的，"我丈夫说，"她是个自由公民。无论如何，我是那个曾经冒犯她的人，因为我曾经对她说过，不要用那些没品位的垃圾把我的家变成跳蚤市场。"

侄子想了一会儿才开口。

"博士先生，她的品位无可挑剔。"他注视着我丈夫，"我以为您以前就会注意到的，当她为您二位四处寻找礼物时，她并不在为两个大人挑选，而是给两个小孩子。"

我回想着她最后一次摆餐桌的景象，食物本身，以及她把食物放在盘子上的方式，都显示出她的品位的确是无可挑剔的。

也许是真的，她把我和我丈夫当作两个孩子看待。也许不是马刺上的宝石吸引了她的目光，她可能认为一只漂亮的靴子正适合一个两岁的小男孩。而且，当我把维欧拉带回家的时候，我被那个小瓷狗吓到了。侄子接着说起他姑姑立遗嘱的打算。这项任务现在显然是交给了中校。在今天早上发生的事情之后，她不太可能向我们寻求帮助。侄子无法做出贡献，因为他是利害关系人，她告诉他要把钱留给他。她应该存了相当大一笔钱。毕竟，她租的房子是免费的，不知道从什么时候开始，会有人给她提供充足的衣物、床单，甚至家具，够她用一辈子了。她唯一花钱的地方就是食物，她到森林边的林荫道周围去捡拾树枝回来当作柴火。她的家具很可能被她的猫给抓坏了，但是他们自己家里已经有了很好的家具，所以不指望她的那些。但他们确实需要钱来建造房子，希望这位老太太可以再活几千年，世界上像她这样善良、诚实的人几乎没有了，即便——正如他现在来到我们这里时提到的——她让人琢磨不透，并且脾气暴躁。他告辞了，他请我们不管发生了什么事，只要我们发现她需要什么帮助，或者她生病了，尽管在她有生之年还从未生过病，都要给他打个电话。老太太从来没有生过病，即便她做的工作比五个年轻人加起来的还要多。无论她怎么做，我们都不要埋怨她。她是个好女人。

这不是埋怨的问题，我丈夫虽然没有赞赏过她，但仍能感到某种实实在在的满足感，而是我的内心愁云密布。我们已经习惯了家里井然有序。我们两个人——虽然主要是我——之所以能够承担更多的工作，是因为总是有人帮助我们解决问题，这已经习以为常了。我的第一个担心,不是我们的生活模式会崩溃,不是我将会持续几个星期都无法安心写作,也不是我永远不能料理家务,而是我知道艾梅兰兹是真心地爱我们——甚至她还有所保留地爱着我丈夫。所以我们怎么能够这样冒犯她,怎能去忤逆她那特有的行为特点呢?很明显,她不会因为拒绝了那只带着残耳的小瓷狗就惩罚我们,事情还没有到这个程度。

至于维欧拉,它就好像疯了一般。它很快就意识到了无事可做。有我们在,它本应该心满意足,但是从那时起,它开始四处乱窜,好像中毒了一样。然而,它理解"尤日的儿子"这几个字的意义,它的理解方式恰恰是它的另外一个秘密。我丈夫开始分析这种形势。该说的也都说了,该做的也都做了,但是,我们还是无法接受已经发生的事情。艾梅兰兹就不该反对我们在周围放上自己喜欢的东西,并且是按照我们自己的品位选择的东西。如果她对此仍有疑问,那么我们就不得不去习惯没有她的生活了。我感到很累,累到感觉好像在虚无中,尽管我并没有权利也毫无理由感到如此疲倦。以前从来没有什么事情会让我如此精疲力竭。我发现午饭还在冰箱里等着我呢,就像以前一样。我连一行字都写不出来,但写作的意念此起彼伏,甚至在美好的日子里,也包含着一种优雅的状态。这样的境遇让我精力枯竭。快乐让你精力保持充沛,而忧伤使你精疲力竭。现在我很痛苦,但不是因为我不得不另寻帮手。问题其实更简单:我终于接受了事实的两个方面,不仅仅是艾梅兰兹对我有种通常只会为家人所保留的感情，而且我，同样地，也爱着她。

任何一个明眼人都能看出，我那永恒不变的社交能力掩盖了这样一个骇人听闻的事实，即我除了维持友谊以外什么也不会做，而且真正可以依赖的人也没几个。自从我母亲去世后，艾梅兰兹就一直是唯一一个我允许靠近我灵魂的人。现在我发现了这一点，在我把那个耳朵残破的小狗弄丢的时候。

这是一个艰难的夜晚，虽然我的丈夫竭尽全力让气氛变得轻松一些。他把维欧拉牵走了，我知道遛狗对他来说纯属折磨。维欧拉拽着他到处走，不肯听话。当他不得不去遛狗时，这条小狗总是表现不乖。我丈夫甚至和我坐在一起看电视，虽然他只喜欢听广播。他竭尽所能地缓和气氛。我们两人谁都不提艾梅兰兹，我们都深深沉浸在由她导致的沉默中。我丈夫需要感到自己在某种程度上也是赢家——这种感觉会使他恢复活力，给他注入新的力量，甚至可以改善他的健康。对于他来讲，艾梅兰兹宣战的那天就是他获胜的日子。当他坐在那里时，我几乎可以看到他头上的胜利花环。维欧拉走开躺下，没有理会我们所有的提议，它耷拉着尾巴表示悲哀——真正的悲哀。我们出去坐在阳台上，它步履蹒跚地走到我母亲的房间，在那儿戏剧般地倒了下去，好像身负重伤一样。

现在已是垃圾清理的第二个夜晚。在这样的时节，天黑以后总是行人如潮，以往我们常常能从阳台上看到人们聚拢到一起。显然，艾梅兰兹那边出了些问题，因为通常由她指挥的这队工人现在正在她缺席的情况下弯腰曲背，忙着捡拾垃圾。这位老太太有一群忠实的访客、仰慕者和随从，但其中仅有少数人享有特别优待。他们是在街角摆摊卖水果和蔬菜的舒图、化验员的遗孀奥德尔卡和一个稍微驼背的老处女波莱特——她的工作是熨烫衣服。根据艾梅兰兹的说法,波莱特曾经当过家庭教师,后来教授多种语言,在陷入困顿之前,一般情况下的日子过得都比较好。显然,士兵们抢走了她的一切。她在战后既没有家庭教师的工作,也没有语言老师的差事。她曾经为之工作的家庭逃到了西方,他们抛弃了她,甚至都没有给她发放最后一个月的工资。这个可怜的老姑娘一定是命运多舛。她几乎总是看起来很饿,即使邻居们总是请她为他们熨烫衣服,使她不至于完全没有收入。她会说法语,通过艾梅兰兹不断扩大的词汇量就能知道她经常去找艾梅兰兹喝咖啡。在这位老妇人的各色各样的天资中,最出色的莫过于她过耳不忘的本事,她会非常准确地、毫无曲解地使用那些外语词汇来表达。但是那天晚上,只有舒图、奥德尔卡和波莱特,每个人都带着大塑料袋,她们聚在黑暗中弯腰、起身。对艾梅兰兹来说,这是捡拾垃圾的最佳时间,但她竟消失得无影无踪。我总能从她的各种动作中认出她来,哪怕在最深的阴影里——她在被丢弃的物品之间来回摇晃,就像一个现世的高尼饶伊·多罗吉①,在战败的战场上搜寻还能救活的伤员。

这一次,就连维欧拉也无法用它那本能而奏效的方式来解

---

① 高尼饶伊·多罗吉(约1490—1532),匈牙利女贵族。1526年8月,匈牙利与来犯的土耳其人在莫哈奇展开激战,匈牙利失利。高尼饶伊·多罗吉之后在战场上寻找殉难的继子、同时也是主教的拜雷尼·费伦茨,并救助伤员,将死难的匈牙利将士安葬。

决危机。可能是第一次，我充分感受到了从艾梅兰兹身上散发出的力量。她老人家根本就没有出现在我们的方向上，而是通过某种神一样的威力，把那个动物给制服了。意志力可以通过很多方式投射出来，但这是最间接的。艾梅兰兹喜爱维欧拉，于是她开始驱赶它，让它回去。生活仍在继续，我四处寻找家庭帮佣。一个叫安努丝的完全不合适的人突然出现了，并持续做了几天。在那段时间里，她的主要活动就是在工作半小时后跳进浴缸泡澡，一边对着水尖叫一边玩弄肥皂，然后在公寓里像她刚出生那天时那样一丝不挂地走来晃去，借口让自己凉快一下。安努丝一定也是艾梅兰兹施展她的隐形力量安排到我们这里来的，因为她肯定从某些地方得知了我们现在只能依靠自己，而此前没有人知道艾梅兰兹离开了。我小心翼翼地行事，对街上或附近任何人都只字不提这件事，然而安努丝突然出现，她几乎无所不知，当时我正忙于尚未完成的工作。我已将她视为准帮佣进行试用了，但她作为帮佣的时长不足一个星期，不是因为在浴室的所作所为，而是因为维欧拉：每当它看到她时，都会发出咆哮，就像不论谁要靠近吸尘器或抹布，它都会朝那人大叫一样。艾梅兰兹虽然从我们的生命中消失了，但是她使我们周围的一切都瘫痪了。她就像一首史诗中的人物，消散在薄雾中。我们从来没有偶遇过她。她熟悉我们的生活模式，当我们出现或者可能出现在街上的时候，她会尽可能地藏在我们的视线之外。当我因为时间不够而被迫拒绝第三篇约稿时，我的丈夫刚从一次失败的赴宴返回，弄得他好像是罪犯似的，然后，他用一种冷静的、平淡无奇的方式说道，我们为那只残耳小狗付出了过于沉重的代价，这本身已经远远超过了几句劝慰的价值。否认我们离开了艾梅兰兹就无法幸福生活的说法毫无意义。我们必须把这个塑像放在某个显眼的地方，等客人来时再把它藏起来。未完成的小说不应该因为这样的事情而耽搁。我们无法继续我们的工作，我在工作上甚至比丈夫做得更少，因为家务也得由我操持。我们不得不接受那些能让艾梅兰兹称心如意的要求。

我的"卡诺莎之行"①没有带上维欧拉，它也不想去。那个制服它的魔咒一定还在发挥效力，它没有站出来，只是用那种完全是人类才有的表情瞥了我一眼，似乎在怀疑我是否真的有勇气去，并且在思考我的决定背后的真正原因。这究竟是因为我想确保创作的平静，还是因为艾梅兰兹作为一个人的尊严呢？她不在门廊上，那些日子里她从来没有出现在那里。首先，我敲了敲门，没有动静，然后我走到旁边，试着敲了敲窗户上遮阳的木栅。

"艾梅兰兹，你能出来吗？我们需要谈一谈。"

我原以为她会再等一会儿才出来，但是她已经把门打开，站在了门前。她情绪严肃，几乎充满忧郁。

"您是来道歉的吗？"她问。她的声音里没有一丝愤怒。

这样的态度已经意味良多。我必须措辞非常严谨，以使我

---

① 1077年1月，德意志国王亨利四世冒着风雪严寒，前往意大利北部的卡诺莎城堡向教皇格列高利七世"忏悔罪过"。三天三夜后，教皇才给予亨利四世一个额头吻表示原谅。"卡诺莎之行"后来就用来形容忏悔，往往带有不情愿或被迫的含义。

们停留在清醒的边界之内。

"不,虽然我们的品位不同,但那并不重要。我们不是有意要伤害你的情感。如果你愿意,那只小瓷狗可以留下来。但是我们不能没有你。你会回来吗?"

"您会留下小瓷狗吗?"

她的声音听起来信心不足,如同一位国家领导人的就职演说。

"是的。"我回答。

"您把它放在哪儿?"

"你随便放哪儿。"

"甚至放在主人的书房里?"

"我说了,你随便。"

于是我们出发了。维欧拉毫无反应,直到艾梅兰兹到了楼梯间,轻轻地叫了它的名字。随后,我差点儿以为它要把门都踢倒。她彬彬有礼向我丈夫说"晚上好",并再次把手伸向我丈夫,好像是第二次到我家来的时候那样。她抚摸着兴高采烈的维欧拉,而后又环顾了一下四周。那只小瓷狗在厨房的桌子上,门半开着,她立刻看到了它。看到它的同时,她看着我们,然后又看了看它,随后又回头看着我们。她的脸上闪烁着一种难忘的笑容,是在非常特殊的场合中才会发现她流露出来的那种微笑。她拿起那只小瓷狗,小心翼翼地拂去上面的灰尘,突然,把它砸在地板上。谁都没有说话。那一刻寂静无声。她站在陶瓷的碎片中间,好像一位大公。

我们在敖德萨公寓生活了许多年,平静祥和,快乐无忧。

波莱特

  我丈夫和艾梅兰兹互相忍受着对方，但是让他们自己都感到有些吃惊的是，这种忍受逐渐变成了喜爱。起初是因为他们同样爱着我和维欧拉，他们从来都不愿意挣脱这种爱，后来则是他们都理解了对方的信号。丈夫领会了艾梅兰兹那种非言语形式的表达，她也能习以为常地对待那些曾经被她定义为需要去剖析的东西，比如说在她看来无所事事的生活状态：我们可能会大半天都不说话，一个人站在花园里盯着白杨树出神，在他人眼里看来什么都没干，但还坚称这是工作。然而，我相信我们三人都真正地自得其乐，生活惬意。第一次到我们家拜访的陌生人看见在厨房里忙碌的艾梅兰兹，以为她是我的姨母或教母。我没多做解释，因为不大可能解释清楚我们之间关系的准确定义，或者说明白这段关系中毫无杂质的热烈，或者解释她是怎么成为我们两个人的母亲，尽管她和我们各自的母亲迥然不同。老太太从来不向我们问这问那，我们同样不问。在她觉得合适的时候，她会尽可能地聊起自己的过去，但是通常她都说得极少，还真像一位总是担心孩子的未来却忽视自己人生的母亲。随着岁月流逝，维欧拉变得更加沉静，但是它的表演技能同样得到长进。它会利用把手开门，听从命令然后把报纸或拖鞋衔过来，现在还能在我丈夫、在我过生日的时候表示庆祝，还会辨别日期。艾梅兰兹给我们每个人都制定了规章。我丈夫是最具有人身自由的，紧接着是维欧拉，最后是我。当她的朋友需要时，我经常被安排陪她们喝咖啡。奥德尔卡尤其喜欢对我倾诉她的烦恼。她就是那类一旦你给了她建议，她就会跟自己的三四个好友一起详细商量的人。当她这样做时，艾梅兰兹就会走过去敲打她。舒图和波莱特的话不多，特别是波莱特，变得越来越沉默寡言。她的体重也急速下降，然后突然间，她就永远离开了我们。

舒图跑过来告诉我们波莱特自杀的消息。她清晨就去市场卖货，起得比街上的任何人都要早，除了艾梅兰兹。她不可能在更糟糕的时候出现，我不情不愿地开门，她带来的消息令我既悲痛又沮丧。那个时候，我和波莱特已经非常熟悉了。艾梅兰兹的咖啡聚会让我们聚在一起，我觉得我们所有人都和她的死有关系。事发之前一定有过什么迹象，然而被我们忽视了。舒图想知道到底应该怎样告诉艾梅兰兹，因为就在一天前，她们还在一起用晚餐。没有谁比艾梅兰兹和波莱特更亲密：波莱特连舒图都不告诉的事情，艾梅兰兹都知道。不，不能让舒图去跟艾梅兰兹说，我去吧。警察到的时候，她得在这儿，因为是她很不走运地发现了可怜的波莱特。波莱特真的很贴心，即使是她了结一切的方式也像是在为别人考虑。她并没有消失不见，那样会让事情变得更加复杂。她甚至没有走到屋里，而是在花园里的胡桃树下上吊，所以我们都用不着破门而入。最引人注意的是，她先给自己戴了一顶礼帽，显然是不想惊吓到任何人。但这仍然是一幅骇人的景象，她就悬在那里，帽子耷拉到她的脖子那里。我们无数次地见过她戴那顶帽子，上面还镶着漂亮的铜纽扣。奥德尔卡听说这个噩耗后就病倒了，但是现在舒图很着急，她不能让自己的小摊一直停业。我要快点找到艾梅兰兹。如果老太太没有及时得知这个消息，她肯定会觉得自己受到了冒犯，而且以我的认知，她生气时真的很可怕。

还要告诉艾梅兰兹什么？告诉她这个噩耗？她什么都一清二楚。

我到她家时，她正在门廊剥豌豆。又一次地，她的脸就像一面镜子般平静，她面无表情地看着碗里，但是脸色比平常更显苍白，虽然她还青春年少的时候也未必有多红润。我是不是应该说说波莱特的事？听她的语气，她像是在问维欧拉有没有去散步。在黎明狗吠的时候，她出门看见了波莱特，她一听到狗吠就出门了。狂吠声难道没有吵醒我们吗？也不是。我丈夫还睡着，但是我一直竖起耳朵在听，因为维欧拉实在是太吵了，午夜后它吠了好一会儿，我还奇怪这条狗怎么能制造出这么多形形色色的噪声。维欧拉是在宣布死讯，老太太继续说，声音仍然毫无波澜。所以，她觉得是时候出去，探查一下究竟了。她巡查了一下邻居们的窗户，如果此刻亮着灯，那就很可能是在昭示不幸。她怀疑是波厄尔太太，因为她这几个星期以来过得就像一个连坟墓尺寸都已经测量完毕的老太太。然而到处都是黑漆漆的，没有一扇还亮着灯的窗户。所以她进了花园。她发现波莱特的遗体纯属巧合。要不是波莱特将自己那栋小房子的前门敞开着，艾梅兰兹才不会进去呢。波莱特即使待在家中，也总会感觉紧张不安，要是门还半开着，她是绝对睡不着觉的，所以艾梅兰兹立刻意识到波莱特可能出事了。但是房里空空荡荡。她打开灯，并没有看到有人坐在椅子上，地毯也很整齐。她又重新去找波莱特。然后就看到波莱特在花园里，树的下面。她戴的棕色帽子在月光下看似黑色。

我盯着艾梅兰兹，无言以对。不是因为她不够悲伤，而是她得知死讯时表现出了一种全然的漫不经心。"事实上我们从来没有讨论过帽子，"她继续说，手里仍在剥着豌豆，"她没跟我讲她还会戴那顶帽子。我们只是说定了衣服，还有怎么埋葬她。她少一只黑色的鞋子，我还给了她一只。那顶帽子都戴到她的脖子上了，看起来非常古怪。她的鞋子也掉了，我没找到。他们找到了吗？"

我还是忍不住问了她，她是否已经知道了波莱特打算要做什么。"我怎么会不知道呢？"她回道，晃了晃豌豆，并且认为自己已经为大家做了足够多。"我们甚至说好了，她不要去吃毒药。我曾经在一位探长手下工作过，他经常处理自杀案件，他告诉我大多数服毒自杀的人都死在自己门外，好像想要改变主意。他们一旦感到窒息，就想逃离那种处境。毒杀这种死法太痛苦了，当然，富人除外，他们还可以用其他的手段，用当地医生不会开出来的一些方法。但是没有比上吊更好的办法。既简单，又直接，我在佩斯①见得多了。"她继续说，"'白军'掌权的时候，就是'白军'行刑。等到换了'红军'当政，刑罚还是那一套。无论穿着什么军装，行刑前的演讲都极其相似，受害人也是一模一样地踢着腿。吊死还不算太糟糕，比被子弹打死舒服很多。开枪也不是经常管用，每一次你都眼睁睁地看着他们对准你，但是

---

① 指布达佩斯市位于多瑙河东岸的部分。西岸一侧称"布达"。

不管他们开了多少次枪，如果最后你还没死，他们就会过来殴打你，直到把你打死，或者对着你的后脑勺开枪。我知道这些死刑，这些我已经看够了。"

上一次我是在迈锡尼的阿伽门农之墓前面有过这样类似的感觉，也是这样的一个六月天。艾梅兰兹用粗糙的手指剥开一个又一个豌豆荚，我的思绪不仅穿越了时间，还穿越了地点，融进了历史。我看到了艾梅兰兹的孩提时光，那时她的父亲还未去世，她的母亲像水中仙女一般，她那未能从加利西亚战场返回的继父，还有在荒野的水井旁烧成焦炭的双胞胎。我看到那个年轻的女孩，那个在一位或者很多位探长手下工作过的少女——说"很多位"是因为吊死"红军"的那位探长不太可能是那位逮住"白军"的探长。我问艾梅兰兹，如果你意识到波莱特脑子里在想什么，会不会尝试打消她的念头？

"我从来都没有过这种想法，"她说，"您就不能坐下来吗？坐下来，帮我剥剥豌豆。我们四个人的陪伴是不够的。人要是想离开，那么就随他们去。为什么要让他们苟延残喘呢？我们确定她有足够的食物，没有人会抢劫她的房子，他们让她毫无意义地住在那个小地方，我还曾经给她找过伴儿。但很明显的是，我们对她而言还不够，舒图和奥德尔卡都不够，连我也不行。我们同情地听着她胡言乱语，虽然她说的是法语而我们根本听不懂。我们知道，大多数时候，即使是用外语，她的谈笑也终归是同一件旧事。她很孤独。但是我想知道，谁又不是？就算是有人陪伴，也仍然有人会想不通。我给她带了一只小猫，她可以在楼里养，但是她很不高兴，说这并不算是陪伴。如果我们不算是她的陪伴，动物也不是，那我不知道对她来讲到底什么才是足够好的陪伴。那只小猫有一只蓝色的眼睛，另一只是绿色的眼睛。它只消用这两只奇特的眼睛看着你，都不用发出喵喵声，你就知道它在要什么。但是波莱特并不知足。它不是一个人——当然我们也不是动物，而且还不如动物完美。它们不会告发我们，不会对我们撒谎，也不会无缘无故地行窃，因为它们既不能去逛街又不能下餐馆。我请求她把这只小猫带进去。我的意思是，即使它不能解决她的孤单，但它毕竟是个孤儿，有个可恶的人把它抛弃了。它独自过活，没有地方住的话会死的，它还这么小。但是不不不，她要的是人。我告诉她，好，那么去市场买一个吧，这里就只有我们和猫了。现在很好，她已经找到一位朋友——锄头柄作伴，她再也不会孤单。是舒图让您来的？还是愚蠢的奥德尔卡？她们两个都太蠢。她们都没发现波莱特有这个打算。波莱特确实没有告诉她们，但是她也不需要告诉我或者维欧拉，我们自然就能知道。我没有摘下她的帽子，所以没看到她的脸。或许您可以替我去看一眼，看看她走得是否安详，我可不去，我还没原谅她，就让她吊死自己吧。我们三个也过于问长问短了。维欧拉很喜欢她，我们坐下来看着她哭诉。我带给她一只宠物，但她拒绝了。好，如果她想离开，有什么不可以的呢？她在这里什么都没有，反倒总是肚子疼。她再也没法工作，虽然她熨衣服比我们都熨得好，您应该去看看她在烫衣板上的功夫。豌豆剥完了，您要走还是留在这儿？如果您看到舒图，喊她过来。告诉她一收摊就来我这儿帮个忙,今天我要把樱桃装瓶过冬。"

迈锡尼城门上的两头狮子在我眼前浮现,每只狮子的眼睛都活力四射,一只是绿色的,另一只是蓝色的,它们轻声地喵喵叫着。我踉跄地站起来朝外走,祈祷不要遇上舒图。我翻来覆去地想,该怎么告诉舒图。因为艾梅兰兹不会把她告诉我的这些话瞒着舒图。至少我要尽力说服她,不让她把这些情况透露给警察。如果他们知道艾梅兰兹在知情的情况下放任波莱特了结自己,还给这个可怜的女人提供实用的建议,他们会怎么想?艾梅兰兹的注意力已经转移到樱桃上,她端出一口大锅,和我们初次见面时用来煮被单的那口一模一样。我怔在那里。

"艾梅兰兹,"我小心翼翼地说,"我们不应该统一一下对警察的口径吗?舒图可能会随口说出一些蠢话。"

"现在犯傻的是您,"她毫不在意我的担忧,"您不会认为有人会在波莱特身上浪费力气吧?谁会对一个吊死自己并且写字告诉我们为什么要自杀的老太太感兴趣?您以为我没建议她写份遗书?所有的事情都安排得妥妥当当,甚至是死亡。她所有的事我都跟她商量好了——她的衣服,还有遗书。我抱歉的仅仅是不能在她死后使她免受小动物骚扰。还没有男人见过她的身体,第一个见的将是那位首席解剖师。对他而言,她的纯洁之身不算新奇,他格外了解尸体。我以前为他工作过。"

阿伽门农之墓的疑影愈发地加深。她从来没提过什么解剖师。

"不认识您的人都不会相信您有这么傻,"她继续说着,"尽管我已经跟您说了千遍万遍。您认为生活将会永远继续下去，如果它继续下去，那就值得拥有。您认为永远会有人给您做饭、打扫卫生，盘里有满满的食物，还可以写稿件，有主人一直爱着您，每个人都会一直活着，和童话一样。您唯一可能要面对的问题就是报纸上对您的胡言乱语，我敢肯定那一定很让人脸上无光，但是您为什么要选择这样低级的职业，以至于任何一个无赖都能抹黑您呢？天知道您是怎么获得声誉的。您算不上出类拔萃，您对人也一无所知。您看，您甚至毫不了解波莱特，您多久才和她喝一次咖啡？我才是了解人们的那个人。"

樱桃的果汁流进大锅。此刻我们仿佛置身在一个神话世界——去核的樱桃开裂了，鲜红的果汁逐渐从开口处流出来，艾梅兰兹穿着黑色围裙从容地站在锅旁，由于连帽头巾的遮挡，眼部笼上了阴影。

"我爱波莱特，您怎么会看不出来？但是这不够。舒图同样如此，但还是不够。即使是愚蠢的奥德尔卡也敬重她。我们三个人都爱她，和她相比，我们算是很富有的。我们有工作，奥德尔卡有养老金，我们都在支持她，所以她不赚钱的时候也不会青黄不接，她有食物、柴火和晚餐。我们都在照看她，但她需要的不止是这些，她还需要别的什么，我也不清楚。她甚至不想要那只小猫，即使我会负责喂养它，这是底线了。为什么她从来都止不住她的絮絮叨叨？如果一个人无法被人帮助，那是因为她不想被帮助。如果她自己活够了，谁也没权利阻拦她。我告诉她具体应该跟警察讲些什么，她全都写下来了：'本人德-奥布里·波莱特，未婚，因为病痛、年老，主要是由于孤独，自愿结束自己的生命。我的朋友瓦莫什·爱特尔卡（舒图）、哥尔特·安德拉什的遗孀奥德尔①还有塞莱达什·艾梅兰兹可以处置我的身后之物.'说得清清楚楚。那天晚上我还把她的熨斗带回我家，所以我们不会因为这个有所争论。之后，他们还能质问什么？"

波莱特的后事是中校打理的，就像处理艾梅兰兹身边发生的所有的复杂情况一样，之后他告诉我，档案显示德-奥布里·波莱特·霍滕斯一九〇八年出生于布达佩斯，她父亲德-奥布里·埃米尔是一位官方认证的翻译员，母亲凯麦奈什·卡塔琳没受过正式教育，最后的职业是熨衣工。她没有宗教信仰，尽管艾梅兰兹发誓她是一个改革宗②的信徒。神父被请去主持波莱特葬礼时显得不太高兴。他声称，波莱特和艾梅兰兹一样，从来没去拜访过他，而且人们自己决定死亡，神是不会高兴的。幸运的是，他没听到艾梅兰兹的话。老太太回想起自己和慈善女士们的经历。派发物资的时候波莱特也在，但艾梅兰兹的收获可比她多得多，因为艾梅兰兹得到的是镶着亮片的晚礼服。那些女士可不怎么喜欢波莱特，因为她过于浮夸，而且跟艾梅兰兹一样，她们从没见过波莱特参加礼拜。这倒是真的。星期日她们参加祷告时，波莱特就在为她们熨衣服，其他日子也是如此。波莱特用的

---

① "奥德尔"是"奥德尔卡"的正式称呼。

② "改革宗"又称"大陆改革派教会"，是基督教新教神学的一支。

是一个用煤加热的熨斗，因为当地的供电设施在那个年代还不能稳定地运转，只在特定的几个小时内供电。它让波莱特的脑袋显得像是在蒸汽中腾起，难怪他们把她的精神状态称为"浮夸"。

在那些日子，我始终坚持按照自己还是个女孩时的方式生活。甚至每逢重大节日，我都会去教堂两次，如同我在家中或寄宿学校一般。假如艾梅兰兹在那些日子里看到我像个负罪的学生那样沿着街道飞奔，只是为了逃避那些冗长而大同小异的指责——去教堂的人们不过是没有更好的事情可做，那么她一定会轻蔑地看着我。更何况那也不是事实，因为实际上我根本没有时间做别的事。每个夜晚我都得花好几个钟头敲打字机。写作不是一项简单的活计。一个没写完的句子永远不会像它刚开始写时那样好。新的想法还会脱离文章的主题，再不能完美契合。

总之，我设法让神父相信，波莱特这位老太太的灵魂和名声是纯洁无瑕的，他可能还会因为她简朴的葬礼而大力颂扬她。确实如此，任何为了能送她最后一程而去到法尔考什雷特公墓①的人都会非常惊讶于艾梅兰兹的最后告别。她带来的不是那种应景的花，也没给花束加上花环，而是一盆绑着米白色丝带、开着花的天竺葵，摆放在骨灰瓮下方最显眼的位置。骨灰瓮上面写着：这里不再有孤独，愿您安息——艾梅兰兹立。这个骨灰瓮是最廉价的款式，墓地的位置极差，没几个哀悼的人，仪式

---

① 位于布达佩斯第十二区，是布达最大的墓地。

也很快结束。在他们给骨灰瓮封口时，我们离开去看望已故友人的坟墓，艾梅兰兹却站在小牌匾面前纹丝不动。过了一会儿，在回去的路上，我们再一次遇见艾梅兰兹。很明显，她已经结束自己的私人仪式，眼里噙满泪水，嘴唇浮肿，我从未见过她如此悲恸。那天下午，她过来遛维欧拉，狗和她一样情绪低落。散步时，它一反常态，并没有跑来跑去，四处玩耍。回来后她把它送到地毯上，它没有反抗就睡下了。我正在整理橱柜，她忽然喊我，我转过身来："您有没有杀死过动物？"

我回答说从来没有。

"您将来会的。到那一天，您会厌烦维欧拉，给它注射药物。您想想看。时间的沙漏不停漏下，不要阻拦。您不要给他们任何东西延续生命。您是否觉得我不爱波莱特？当她受够这个世界并想离开时，我没有一点触动吗？其实，你既要懂得爱，也要懂得如何杀害，记住这个对您有益无害。问问您的神——您和他交情这么好——波莱特最终见到他时跟他说了什么？"

我摇摇头，她为何总是数落我？这根本不是开愚蠢玩笑的时候。

"我爱波莱特，"她反复说着，"我不知道我为什么要叨扰您，跟您说我爱她。由于您太愚蠢，导致您这次又不能理解我。如果我不爱她，我就会阻止她。当我对一个人怒吼时，那人会听我的话，波莱特知道，她要是不听我的话，就会给自己带来麻烦。您认为还有谁会跟我讲巴黎的趣事、他们经常带花给女士的墓地，还有必须从上向下才能看到的埋葬国王的地方？除了对生活仍抱有希望的波莱特，还有谁会告诉我这些？我该怎么感谢她教会我这么多事情？当我发现自己难以挽回她，我只能鼓励她亲自写下遗言，而不是交给别人，也不是交给不断增长的痛苦、她脊椎的疼痛，还有持续不断的羞辱。舒图从未真正喜爱过她，因为她的身世，舒图看不起她。我没有告诉过您这件事，这个问题，可怜的人，她有一位长辈好像是小偷或者罪犯，被绞刑架绞死的。她的家人也受到搜查，就这样全家人逃亡到了匈牙利。波莱特不以此为耻，还公开说起这事。只有奥德尔卡紧紧抓住她的出身不放。我不知道她有什么好神气的，她父亲有段时间也干着抢劫、偷盗的勾当。他们没有把他吊死，但他不比波莱特的亲戚好到哪儿去。奥德尔卡听说他被砍头时，就只是哈哈大笑，但她愚蠢极了，还不喜欢波莱特的经历。她杀了很多小鸡，她可以抓住小鸡，如果做得好，鸡头会立刻离开身体，用不着砍下。波莱特发誓说，她的长辈不是一名罪犯，只不过受到了政治牵连。他们深受其害，随后搬离了。我相信她说的话，舒图也是，因为那时确实很多人都是这样。有多少无辜的人在匈牙利被杀死？我年轻时曾经和一个面包师订过婚，他们不只砍掉了他的头，还把他分尸。您不信？那就不信吧。民众把他撕碎，可他并没做错什么。他只是在指挥官命令他不许把面包出售给军人以外的人之后开店做生意，他可怜民众，所以他把面包贡献出来。民众不相信他说面包没了，所以他们把他拖出来，杀了他，把他分尸，就像撕裂一条面包。当民众惩治你时，总会耗费一段时间，这种死亡是漫长的。好吧，我走了。我只想告诉你这件事。如果我有张床，我今晚就要好好躺下。但是，自从他们把年轻人赶出去救回爱娃之后，格罗斯曼的祖父母就喝下了氰化物，而后我发现他们死在床上，我只好去睡单人沙发或双人沙发。所以，晚安。不要再喂维欧拉任何食物，它吃得够多了。"

我在朝向花园的阳台上坐下，花园里鲜花盛开。我举头看向天空。在那个散发着芳香的傍晚，时间静止，周遭一片寂静。笃信改革宗的波莱特，与艾梅兰兹订婚的那位面包师，还有与我不曾谋面也无需再忍受希特勒迫害的格罗斯曼祖父母，一起印在了我的脑海里。在断头台底下的鸡群，目视死亡的发生，酵腐的气息在四处弥散。艾梅兰兹再没提起面包师，多年后，当我看到他的照片固定在裁缝师的人偶的身上时，并没有一下子认出来那上面的人是谁。

政　治

艾梅兰兹从此再没提起波莱特，仿佛她从来都没存在过。另一方面，她和我们待在一起的时间比任何时候都要多。我觉得她更愿意仅仅和我们待在一起，一直这样下去。我们之间的纽带由一种几乎无法形容的力量联结在一起，它几乎就是爱，虽然对于我们来说，这种爱需要无穷无尽的退让来接纳双方。在她看来，任何不需要体力或者使用双手的工作都是游手好闲，几乎跟招摇撞骗无异。我一向承认体力劳动的成果，但绝不会认为它们凌驾于精神劳动之上，即便经历了漫长的个人崇拜年代也无法让我打消这个念头，即便让·吉奥诺[①]在我生命中的任何时候都对我影响至深。我的世界的根基是书籍，书上的铅字是度量衡，但我不认为这是一种救赎，而她恰恰把自己的标准视作一种救赎。尽管她自己并没有下意识地形成这个观念，也没有意识到并使用"反智主义"这种词汇，但她本身已然变成了这个词，一个反智主义者。她的情感意识令她只能容忍少数几个特例，但她对任何专业工作者的认知仍然局限于他们是穿西装的统治阶级。按照她的思路，不管是什么人，只要他的工作不是由自己的双手完成的，而是需要别人替他完成，那他就是统治阶级。在世纪之交，她的父亲还是一个富裕的手艺人，她之所以秉持双手劳作的观念，就是因为她一直对自己父亲抱有那种被木屑包围的印象，却

[①] 让·吉奥诺（1895—1970），法国作家，以热爱自然、想象力丰富著称。

忽略了他还持有一座房子、一块土地、大量的珍贵木材以及价格不菲的工具。这位老太太绝对说不出那个令人令耻的词汇——"资本家"，但她确实是它所代表事物的化身。她工作过的无数地方教会了她举止优雅，但是没有一个地方有助于她精神面貌的改变。在她看来，一个不会使用工具的男人，不管他们的职责多么重要——中校是个例外，他维持着秩序——都是寄生虫，而且他们的女人，不管她们多么擅于使用华丽的辞藻来堆砌自己的语言，也就是一张张饥饿的等着喂食的嘴巴。最初，我也被归类到她们当中。艾梅兰兹对每张纸、每个小册子、每本书或者每张写字台都投以怀疑的目光。她不知道马克思，根本不读任何东西，甚至不读一份报纸。我相信，她也打算鄙视很长时间都不愿意劳作的我们。但是从她踏上我们门口台阶的那一刻起，和我们在一起的生活却不知不觉地瓦解了她。某种东西弱化了她的敌意。她似乎在说服自己，我们不断敲打的是一台不一样的机器，而且从我们可以养活自己这一点来看，那台机器还算略有优点。这种反智主义可没有妨碍她从政治变迁里抓住工作机会，还给她的老本行带来了难得的钱财，并且充分地保障了她的安稳。她在每一任雇主那儿都学到了一点东西，而她对他们任何人的看法都从未改变过。只有在我们的书蒙上灰尘的时候，她才会瞟上一眼。在时间的洪流里，她在小学三年的教育中死记硬背学来的东西早给抛到九霄云外，只剩下一首诗，那就是《母亲节》问候。她受过的文学教育，从农场井口的那一刻起，都来自她的历任雇主，还有生活本身。她在匈牙利的那么多年里只能接受到她最厌恶的那一套话语，也耗尽了她对诗歌可能怀有的任何兴趣。等有机会听到不同声音的时候，她已经没有那种欲望来充实自己大脑了。她之后告诉我，在"秋玫瑰革命"[①]时他们把面包师残害得支离破碎，随后她伟大爱情的男主人公就这样从她眼前消失，他那不成器的继承人还打劫了她。艾梅兰兹从来不会知道，她在某些方面和《飘》里面的巴特勒上尉处境相同。就像那部小说里放肆的男主人公一样，她从来就没想过对任何人或者任何事完全敞开心怀。第二次世界大战后，在她眼前展开的是一片无止境的开阔地。她可以把自己雕琢成自己想要的任何模样。她头脑灵活、善于剖析又沉着冷静，思维也无可挑剔。但她丝毫没有培养或提升自我的意识，也没有为集体利益而工作的思想，既不愿服从指令，也不想参加竞选。她自行决定怎么走下一步、为什么走、走多远以及为谁而走这些事情。所以她把自己封闭在洗礼仪式的碗具和各种颜色的猫咪上。她从来不读报纸，也不收听新闻，连"政治"这个词汇也被隔绝在她的世界之外。如果她偶尔吐出"匈牙利"这个词，她的眼里不会涌出泪水，声音里也不会有自发的颤抖。

艾梅兰兹是她自己的个人王国中唯一的居民，比罗马教皇还要专制。她完全漠视更广阔的公共生活，有时，这会导致一些别开生面的对话，甚至会让陌生人觉得我和她在演出一场卡巴

---

① 指第一次世界大战末期，厌倦战争的匈牙利军人与民众于1918年10月28日至31日间在布达佩斯和一些大城市进行的示威游行和罢工活动。之后在卡罗利·米哈伊领导下于11月16日成立匈牙利共和国，由此匈牙利脱离哈布斯堡王朝统治。

莱①。其中有一次，我努力地——努力到差点气哭了——让她相信匈牙利在战后的发展、土地的重新分配有着怎样的意义。即便我的家族可以追溯到阿尔帕德王朝②，我依然试着说服她，工人阶级——这是她的而不是我的阶级——能获得怎样无穷无尽的机遇。艾梅兰兹回答说，她了解农民的思想，她自己家就是农民。只要能让他们发家致富，他们才不关心是谁在购买他们的鸡蛋和奶油。工人们只会在自己当上老板之前给自己争取权利。她对"无产阶级"群众也不感兴趣，她没有用这个词汇，但她描述的就是这类民众。而她尤其讨厌慵懒的、谎话连篇的上流社会人士。神父都是骗子，医生既无知又唯利是图，律师完全不管自己代表的是受害者还是罪犯，工程师首先算计的是怎样克扣一堆砖块来打造自己的房子，而且在大型工厂、车间和学习机构里都充斥着骗子。当时，我们真的是在冲着对方大喊大叫，我就像代表群众力量的罗伯斯庇尔，尽管在那些年里，他们不遗余力地让我的工作难以为继，并且把我和饱尝羞辱、根本无法工作的丈夫一起发配到指定的犹太人区。他们这么做，就是希望我滚开，要么换一种工作，要么换一种生活方式，要么离开这个国家。虽然当时支撑我的只有我的盛怒，因为我一直都明白，那些反复攻击我的民众仅仅关心他们自己那寒酸的事业，但是我坚信这是国家在分娩的剧痛中遭受的翻腾。把那群不值得尊重的助产士指派到自

---

① 一种具有喜剧、歌曲、舞蹈及话剧等元素的娱乐表演，盛行于欧洲。
② 阿尔帕德王朝为9世纪末到1301年统治匈牙利的封建王朝，匈牙利在此期间由一个部落联盟发展为一个中欧东部的强国。

己的床沿或者打造一个斯巴拉夫奇勒①的世界是无济于事的。尽其所能地、如此龌龊地行使手中权力，在圣拉斯洛②时代就已经终结了，而这些掌权人比小偷还要低劣，数十年令国家丧失所有的荣誉。

撒开她的年龄，艾梅兰兹同样拥有或者至少在巨变发生时曾经拥有所有的机遇，但是她什么都没有，只是对历史中的曲折迂回报以嗤笑。她当着"人民教育家"的面说，她不需要听任何人关于任何话题的滔滔大论，教堂才是布道的地方；当她还是个孩童时，就被送去做饭，没一个人询问过她是否受得了，在十三岁的时候，她就已经在布达佩斯干活了。所以她让那人可以直接从哪儿来就回哪儿去，特别是离她的门廊远一点，因为她靠体力劳动维持生计，而不是像人民教育家那样靠一张嘴，她可没兴趣去听废话。在真正的镇压到来时，她没有被关起来真算是个奇迹。她对所有事情的蔑视中都含有某种荒谬的、不成形的看法。艾梅兰兹跟那些人民教育家宣扬自己的政治哲学的时候一定是那些人一生中遭遇的最痛苦的时刻。在她眼里，霍尔蒂③、希特

---

① 威尔第的歌剧《弄臣》里的职业杀手。

② 指匈牙利阿尔帕德王朝国王拉斯洛一世（1040—1095），于1192年封圣。他引入了一部精心制定的法律法规，为他的领地带去了秩序与和平。

③ 霍尔蒂（1868—1957），法西斯独裁者，海军将领。第一次世界大战末期升为海军上将，任奥匈帝国舰队总司令。1919年组织"国民军"，镇压匈牙利苏维埃共和国，恢复君主立宪政体。任匈牙利王国摄政（1920—1944）摄政，建立独裁权。1940年加入轴心国，次年参加侵苏战争，德国投降后被捕，后流亡葡萄牙。

政　治

勒、拉科西①和卡罗伊四世②全都一模一样。事实是，无论是谁碰巧成为发号施令的人，无论是何人在何时给出何种指令，都要假借各种冗长费解的名义。不管是何人身居高位，无论他多么前途无量、是否符合她的利益，他们都是一样的，统统是压迫者。在艾梅兰兹的世界里，世上只有两种人，一种是扫地的，一种是不扫地的，而其他一切都脱胎于这种两分法。不管他们在国定假日里竖起什么标语或者旗帜都不会有任何区别。没有什么力量可以战胜艾梅兰兹。从那以后，内心大为震惊的人民教育家便跟她保持安全距离了。他不可能在她的轨道上阻拦或抵挡她，也不可能和她保持熟悉或友好的态度，甚至不能进行简单的交谈。她大胆无畏、扰乱人心，但同时聪明诡谲、乖张放诞。没有人能够说服她，要是她的荒谬的两分法被采用了，所有人的荣誉都将取决于扫地或不扫地，那么她会不会选择成为自己不扫地、同时命令别人为自己扫地的人呢，因为现在是一九四五年，国家给了她那样的选择。如果这些都行不通，她最后的王牌就是伪装成一个可怜的、经历了尘世间一切的、怔怔地又若有所思地凝视着前方的老太太，好像对她来说，所有事情都太晚了。充满希冀的年轻活动家还会坚持："所有道路仍对您开放，我亲爱的女士，您有农

---

① 拉科西·马加什（1892—1971），1918年参与创建匈牙利共产党。1945年回国，任匈共总书记。1948年匈共与社会民主党合并为匈牙利劳动人民党后，于1953年任党的第一书记。1958年被解职。次年被开除党籍。晚年侨居苏联。

② 卡罗伊四世（1887—1922），即奥匈帝国末代皇帝卡尔一世，兼任匈牙利国王，在匈牙利语中称卡罗伊四世国王。

115

民血统,对您来说,这怎么算晚呢?他们会带您去学习,或者派某个人来这儿跟您谈谈应该在哪里展示才干。他们会评估您的天赋——毫无疑问,一定是非常突出的。您马上就会赶上的。您会成为一个合格并受过教育的人。"受教育的人?那句话是一支火把,点燃了她反智主义的油井。她那些非常突出的天赋,随着她倾泻出自己对书面文字的憎恶,立刻显露无遗。她真是一个颇负盛名的、天生的演说家。

艾梅兰兹几乎不识字,她的字迹很潦草,加减法也异常吃力,而这些是她唯一保有的算术技能。另一方面,她的记忆运转得像一台计算机,一旦听到邻居窗户传来的广播或者电视的声音,如果基调是积极的,她会立即反驳,如果是消极的,她会加以赞扬。她完全不知道这世界上任何一个地点的位置,但是她在跟我谈论新闻时总是能用无懈可击的发音念出各位政客——无论是匈牙利人还是外国人——的名字,并且经常附上评论:"他们想要和平,您信吗?我不信,因为接下来他们会购买枪支,而且对于绞刑和盗窃他们又会有什么托词呢?不管怎样,如果世界在以前从未得到过和平,为什么现在会有?"当一个个妇女团体的代表试图让她来参加她们的会议,或者至少动摇一点她那充满敌意的冷漠时,她会令她们忧心忡忡。街道委员会和城市委员会把她视为祸害,而且神父们完全认可他们的说法。艾梅兰兹是一个天生的恶魔,非常乖张叛逆。我曾跟她说,如果她不是不停地和提供给她的机遇对抗,她有可能会成为我们的第一任女大使或者首相,她比整个科学院的人都要更理智而富有智慧。"老天,"她说,"真遗憾我不知道大使是个什么东西。我只想要一个地下的墓穴。别吵我了,也不要试图对我说教。我知道的已经够多了。我真希望自己知道得少点儿。既然您告诉我这个国家充满机会,就应该欢迎那些想在这里有所得的人来争取机会。我用不着任何人或者任何东西。你要永远明白这一点。"

事实上她并不需要国家,也不想跟那些摆布扫地人的人为伍。但因为她从不为自己谋求任何利益,所以她想不到,自己那无休无止的否定其实已经是在涉身政治了。如果她在霍尔蒂时期就表现出那种行为,她当时的雇主肯定会大吃一惊。尤日的儿子告诉我们,在那个时候,她确实有一次因为发表煽动性的言论而在监狱里蹲过好几天。她人生的每一个阶段也确实遵循着这个可怕的模式。在她准备开腔的时候,最好与她保持距离。当人们听到她高声议论加加林的宇宙航行或者是狗儿莱卡[①]的时候,大家全都一哄而散。第一次用广播播放莱卡的心跳声时,她谴责说这是残忍对待动物的行为。之后,她自我安慰道,他们播放的是一座嘀嗒作响的时钟,任何一条大脑正常的狗都不会跑过来并且自愿坐在一块大理石或者说是别的什么东西里面,还因为贪玩绕着天空跑——谁会信?至于说到加加林,她真是一个末日的先知。那种项目应该顺其自然的。当我们向神要求某样东西时,他

---

① 1957年11月,一条名为莱卡的狗搭乘苏联发射的第二颗人造卫星参与了太空实验。

经常会充耳不闻，却总把我们害怕的东西降给我们。如果她可以和踩坏她花圃的邻居打成平手，为什么神不能这样对待入侵他领地的人？一具具神圣的遗体也不会被放在那儿任人在旁边转悠。加加林罹难的那一天，也是她不得不亲眼目睹一个惊恐不安的世界的反应那天，即使是彻头彻尾地悲观的奥德尔卡也跑出了家门。她站在她的门廊上，激烈地比画着手势，跟每一个听过她如何预测神不会容忍我们逾矩的人交谈。她使用的是别的词眼，但她的意思就是这个。她是整个星球上唯一一个不替这位像星星一样燃烧的年轻人感到惋惜的人，她的态度并不比她对肯尼迪或马丁·路德·金的惋惜好一丁点。她平等地看待东方和西方，既不带偏见也不带同情，还宣称美国也有清洁工和他们的老板，肯尼迪就是其中一位老板，至于那个没被卷入国家灾难、还四处游走不停表演的黑人，无疑是清洁工之王。每个人都有生命终结的那一天。如果她有空，她会为所有的人哭一场的。

多年以后，当尤日的儿子和我在她的墓旁会面，并谈到改变她对世界的看法是多么不可能时，这个年轻人摊开他的手，做出了无可奈何的手势。他深感姑妈的平静来得太迟。他父亲对事物的看法就理性得多。他从来没有忘记他们经受过的困顿时光，但是他既心满意足又有进取心。可是在艾梅兰兹的一生中，她更容易遭遇痛苦的突发事件。我应该注意到那些事件有多特殊，几乎都有种毫无目标的敌意。她反对任何有地位的、能够影响国家历史的人，甚至反对积极的那一面，其中她尤为反对弗朗茨·约瑟夫①。我没有跟他说起那个律师的儿子。不知为何,我感觉她生气的原因和他有关。最后,还是中校提供了一种解释:艾梅兰兹可能是憎恶权力,无论权力被掌握在何人手中。如果存在一个可以解决五大洲难题的男人,她同样会攻击他,因为他太成功了。在她看来,每个人最终都不过是一个头衔——神、市政府秘书、党务工作者、国王、刽子手和联合国领导人……但是,一旦她和任何人有了同伴般的感受,她的同情就包容豁达了,这并不仅仅取决于这个人是否值得。这对每个人都是一样的,绝对是每一个人,甚至是犯罪的人。

我最有把握讲述这些事,因为老妇人有时也会向我吐露实情,但我也不是一个傻瓜,我得自己去了解故事的全貌。有一次,她弯着膝盖在我前面,用湿布擦去落在地毯上的狗毛。维欧拉的冬季外套开始掉毛了。我坐在打字机前,听到她在不停地说话。"亲爱的主啊,"她对着湿布喃喃说道,"我把德国人藏起来是因为他的腿快断了,他被机关枪扫中,腿就剩了一点了。我想,要是他们发现了他,一定会把他打死。然后我又把那个俄国人和他一起藏在了地窖那个封闭的角落里。他们就在那儿互相盯着对方。现在您从来不会听说那种事,而且以后您也不会听到,如果您曾经对此有所表达的话,您会看到我为您做了什么。我搬

---

① 指弗朗茨·约瑟夫一世(1830—1916),奥地利皇帝兼匈牙利国王(1848—1867)、奥匈帝国皇帝兼任匈牙利国王(1867—1916)。

进来的时候,没有一个人住在这幢公寓里,除了那个在后来被我安葬了的老跛子斯罗卡先生。这座楼的主人去了瑞士,而其他的租客还没游荡到这儿来。从阁楼到地窖,我仔细检查了整幢楼,而且我看见,如果我恰当地布置些柴火,这个地方或许可以充当一个绝妙的地下藏匿地点。它后面有一扇很小的门,直通一个没有窗户的空间。所以我拖来木材,挡在它前面。我把他们每一个逃亡的人都藏在这儿。当我和那个德国人把那个俄罗斯人搬进来的时候,您可以想象他们脸上的神情。他一定是肺部受的伤,因为他的血冒出很多气泡。他们互相呀呀呀地说着话,谁也听不懂谁。我把他们的武器藏了起来——它们直到现在还在我这儿——可我从来没用过,因为它们的动静太大了。但是我知道怎么用。我的老板以前是个警官,也是一个出色的猎人。他们没了,两个都没了,还没来得及和睦共处。那天晚上,我把他们带了出来放在屋外。没有人知道他们是怎么被放在那儿的,还一个挨着一个地祥和地躺在一起。我把布罗达里奇先生也藏在了同一个地方,拉科西在抓他,好像我会把他交出去似的!他每天都会戴着安全帽到油井上去,而且我发现他的时候,他手上的油一直擦不掉。间谍,鬼才相信他是一个间谍!说他是间谍的人才是真正的间谍。所以,就让他们带走他吧,留下他那可怜的妻子自己谋生计,她整日里都在搓洗衣服。除此之外,布罗达里奇先生待人十分恭敬。在我点火烧锅的时候,他常常蹲在我旁边,跟我示范怎么样做能减少油耗。我从他那里学到了火的奥秘,所有的事情都有其奥秘,甚至是灰烬。拉科西的人来了,我打开了门,他人呢？我说他当然不在这儿，今天早些时候就有人带走了他，但是您一定要抓住他——他还欠我一瓶果酱的钱呢。所以他活了下来，躲在我的小角落里。从那以后，那里有一段时间是空着的，但是之后我藏了一位秘密警察，他倒在花园里。我认识他，他是一位体面的男士。如果他真的遭遇了什么，那我真的会很愧疚。他在我胳膊断了的时候帮过我，帮我组装晾衣架，所以我干吗不帮他躲好？至于另一个我不久后带进来的人，我本不会在那时为了他犯险，但因为他实在是太痛苦了，我还是让他待了几天。看见他们举起棍子时，他像狗一样冒出大滴的晶莹汗珠。"

我默默地听着。必须援救每一个被追捕的人，来自乔鲍杜尔村的圣艾梅兰兹真是一个仁爱的疯女人，不问缘由便对所有处于类似状况的人施以援手。她对格罗斯曼一家人如此，对那些追捕格罗斯曼一家的人也是一样。所以说她的旗帜一面是晾衣架，另一面是布罗达里奇先生的安全帽。这位老太太并不是毫不关心她的国家，也不是毫不在乎所有的事物。她的精神闪闪发光，穿透了一团团雾气。她如此渴求生命，但又对所有事情如此散漫；她有这般大才，却又一无所成。"告诉我，"我有一次问她，"你只是救援人们吗？从来没把人交出去过？"她瞪着我，眼里充满了愤慨。我把她当成什么人了？她甚至不会举报理发师，尽管他欺骗她，抢走了她的一切。甚至他的理想都是假话。当他弃她于不顾，还带着自己的战利品逃走时，她什么都没说。如果他要，那就给他吧。但是自那天起，只要有男人靠近她，她就会想起那个理发师，而且她不想再失去任何她重新经营出来的东西了，尤其是金钱。她给将来做出了规划,那里不会有理发师,不会有肯尼迪,也不会有会飞的狗。那个地方不属于任何人,只属于她自己,还有她想要收集进来的死者。

她丢下手头的东西,冲了出去,她记起来还要给一个病人抓药。她问我有没有什么东西要她带。我站在那里,在她身后注视着她,想知道为什么她会接纳和她截然相反的我。我完全不知道她喜欢我什么,我先前说过我太年轻,还没有彻底思考过人与人之间的感情有多么不理智、多么不可预测,甚至有多么致命。不过我知道,古希腊文学反映的无非是激情与死亡,而激情与死亡的那把铿亮的利斧,就掌握在爱意与亲密关系的手中。

纳多里-乔鲍杜尔村

艾梅兰兹几乎从不提及的另外一件事情是,她出生在这个国家的哪个地方,离我出生的地方到底有多远。我从来都看不上城市,看不上城里的水和空气。初春之季,湿漉漉的泥土渐渐化开,逗留在那儿的雪堆也升起雾气,我会涌起思乡之情并且渴望回乡。艾梅兰兹才不跟我一样会有这些小小的情绪,尽管她同样注意到了预告着新季节来临的芳香,还有树枝上冒出来的勉强看得见的、并不茂盛的绿芽,或者是还未长成小叶子的蓓蕾,都令我们想起田野里的工作已经开始了。在我们村庄,春天的棱镜里折射出的这种新生光景,会令人想起一度无忧无虑、蹦蹦跳跳的女孩——我曾经是这样,艾梅兰兹曾经也是这样。

二月末的一天,我收到了一封来自乔鲍杜尔村图书馆的邀请函,我立马跑去艾梅兰兹那儿询问她,如果我接受的话,她要不要跟我一起去。她不用听我的讲座,只需要和我一起旅行,其间她还可以去扫墓或者走访亲友。她没给我确切的答复,我就把这视为拒绝了,但不管怎样,我答应去做讲座。当时距离约定的时间还有八个星期。一个月后,她提起旅行的事,问我们会不会在那里住宿,那样的话她就不去了。但是如果我们早些出发,傍晚回来,那她可能会去。舒图会帮她清扫人行道,而奥德尔卡会去清理垃圾箱,所以如果我还是想带她去,她可以去的。这个令人惊喜的决定给她平常苍白的脸色带来了少许光彩。她接着问,在我们到达以后,我能不能忍住不跟任何人说出我们俩的关系。

这真的激怒了我,难道我们仅仅把她当作一个雇员吗?我建议将她介绍成我丈夫那边的一位亲戚,我不能把她冒充成我的一位亲戚,否则她的家人会知道的,但如果她是一个她们不认识的住在布达佩斯的人的亲戚,那就很棒了。她看着我,跟我以前见过的她的神情大不相同,带着嘲讽和克制的意味。"主人应该会很高兴的,"她冷淡地说道,"不用麻烦您了。我只是好奇您会不会接受邀请,但是您确实接受了。对,您之所以接受,是因为您太过愚蠢,您什么都不懂。您觉得他们会指望我是什么?一个国王?当我还是孩童时,他们就把我送去做仆人,我的家人可不是梦想家。我应该告诉他们,我是一个守门人,这是一份绝对受人尊重的工作。"

那一刻,我非常愤怒,怒气冲冲地猛烈抨击她。照我看来,她可以随心所欲地介绍自己,一位捕犬人或者是给死去动物剥皮的人。不可能会有人因为她把好几栋房子——包括一幢多层公寓——管理得井井有条、因为她把我们照料得妥妥帖帖而尊敬她。而且更重要的是,虽然她不相信,但我恰恰是因为被她视作一文不值的事情——写作——才获邀前往乔鲍杜尔村的。即使在她出生的地方,也不会有人把作家视为吃闲饭的人。那里的人们也跟她不同,并不会否定作家,好比不会否定奥洛尼·亚诺什[①]或者裴多菲。她不吭一声,再也没提起旅行,直到最后一天,我

[①] 奥洛尼·亚诺什(1817—1882),匈牙利诗人,匈牙利现代诗歌的奠基人之一。

也不知道她到底去不去，但我顺其自然，因为我担心如果施加任何压力，她肯定就会待在家里。

　　在讲座之前，我们如常生活。艾梅兰兹打扫书架上的灰尘，送邮件，听我每一次在广播里的发言，但不做一句评论，因为不感兴趣。她会在我们去参加某些文学社组织的讨论会、会议或者偶尔去教匈牙利语课的时候记上一笔。她在书上见过我们的名字。她把书放回定期掸掉灰尘的书架上，就像放个烛台或者火柴盒。对她而言，它们别无二致，是可被忽略的不当行为，如同过量饮食一般。出于一些幼稚的雄心壮志，我想把她争取到我认为拥有无限魅力的匈牙利经典文学这边。有一次，我向她朗诵裴多菲的诗歌《妈妈的母鸡》，我以为这首诗会吸引她，因为她喜爱动物。她站在那里望着我，手中仍拿着掸子，随后发出干瘪、刺耳的笑声。随后她说的话完全出乎我意料——一块石头是什么？整首诗歌在讲什么？石头是什么？"Kend"① 这个单词又是什么意思？现在可没有人会那样说话……我怒火中烧地离开了房间。

　　最终，她并未和我同行，每个人都没有错。那天，舒图被传到城市委员会办公室，处理她的摊位许可证。在我们出发的前一晚，她跑去告诉艾梅兰兹，她也没办法，她真的很抱歉，但是她不能代替她了，因为她不知道什么时候会轮到她，或者被喊去后又要花多长时间。她俩之间发生的事情实在是野蛮得难以想

---

① 匈牙利语中"kend"一词当代已罕用，以前主要是乡下男子间相互的敬称"您"。

象。艾梅兰兹越是清楚舒图的无辜,她的咒骂就会越蛮横。她在这方面的经历可能比任何人都要多,而且经历了一遍又一遍:你在为一个特殊的时刻做准备,突然所有的计划分崩离析,完全无法实现,就是因为有人在别的地方有了其他的安排。她知道,舒图和我们一样都是俘虏。如果她被传召过去,她的确不能跟他们讲自己有别的事要干。所以完全没必要就这件事与舒图争吵,或是咒骂舒图毫无信誉可言。但是她确实这样做了,舒图离开了,真是个名副其实的科利奥兰纳斯[1],而且很久以后她们才重归于好。

在我出门的那天,艾梅兰兹在拂晓时——而不是像平时那样是在上午——就过来了,准备带睡眼惺忪的维欧拉去散步。在我做准备的间隙,她寸步不离,对我的发型、衣着等方面吹毛求疵。我的神经几近崩溃。她为什么要在一旁妨碍我,还评头论足,仿佛我是去参加一场皇家舞会?她整理我的头发时告诉我,她在一九四五年之后就再没回过家,那一次她回去,也不过是用为数不多的食物换到一些零碎的东西,然后径直乘坐下一趟火车返程了。一九四四年,她确实在那儿待了整整一个星期,但是并不快活,因为那时候她的家人处境困顿。她的外祖父一直都很专制,母亲那边的其他亲戚也因为马戏表演而惴惴不安。在艾梅兰兹的词汇里,"马戏表演"就是指国家灾难,比如第二次世界大

---

[1] 莎士比亚所著的同名悲剧中的主人公,原本是古罗马共和国的英雄,因性格多疑、脾气暴躁,得罪了公众而被逐出罗马。

战，所有这类情况会把妇女们变得神经兮兮、贪婪并且愚蠢，男人们则变得暴躁并且开始屠戮，当然这些都发生在当时的历史背景下。如果她有能力决定，她会把"三月青年"①的种种激情锁在地窖里，并且加以斥责：不许大喊大叫，别谈文学，赶紧去做点有用的事。她不想听到任何有关革命的言论，否则她会亲自解决它们，解决掉它们的每一个：赶紧滚出咖啡馆，滚回田间或是工厂里去干活。

直到她看到公务车拐进街道，车身上还印有她的出生地纳多里-乔鲍杜尔村的名称时，她才给我下达了指令。如果我有时间，能不能去看一下她家族墓地的状况，如果可能的话，也去看看她出生的那栋老房子，好像是在纳多里郊外，还有，如果我有时间，她还希望我去趟乔鲍杜尔车站，一直步行至货物站台的尽头，那很重要，货物站台。如果我能遇到家族里任何一位成员（肯定有一些亲戚，因为他们还跟尤日的儿子通信），他们不是塞莱达什家的人，他们都已不在那里，只有她母亲那边子孙，也就是迪维克一家，她没给他们捎信，但是如果他们真的问起她，我不应该透露过多，只需要告诉他们实际情况，就是她还活着，健康地活着。我没有做出任何承诺。我完全不确定自己有没有空闲时间。这类的会议日程不仅取决于路况，还取决于我抵达后为我安排的各种事项。在通知我时，那些活动根本没确定好，因为他

---

① 1848年3月，佩斯青年发起反对哈布斯堡王朝统治的革命，所以"三月青年"指充满斗争和活力的思想意识和行动。

们可能要等一位听众，也可能要等一位图书管理员来安排午餐。我几乎没时间去询问墓地的事，但是我会尽力。事实上，车来得比预计的时间要早得多。如果我尽力，或许有时间把她嘱托的事情全部做完。

在最后的时刻，舒图在街上现身并且开火了。她挖苦艾梅兰兹把门锁都换了，可还是不肯离开家门。她知道艾梅兰兹为什么这么做，因为艾梅兰兹不相信她——舒图。她觉得会有人打劫她，因为所有人都知道她会在今天和我一起出门，而且还会带走维欧拉。除了她舒图，谁还有可能干这种事。"滚开，去死吧。"艾梅兰兹冷酷地回答道。舒图傻了眼，仍然站在原地。这顿咒骂就如同她自己受到了不公平的控诉一样出乎意料。这就是我坐在车里最后看到她们的场景。她扭头瞪着艾梅兰兹，好像她们在打空手道，而且老太太给了她这么一击，舒图都惊呆了。我大声告诉艾梅兰兹，我会尽量早点回来，如果可能的话，争取在午夜前赶回来，因为那时我会精疲力尽，不想说话。"精疲力尽？为什么？感到辛苦的应该是那些可怜的要听您发言的人。到那时，他们会被赶到文化中心，之前他们必须喂完动物，给它们挤奶、铺床铺，并且做完其他您不知道的千千万万件事情。而您只消坐在那里，叽叽喳喳地说一大堆废话。"我没打算解释在酷热的夏季、密不透风的大厅、因为外面噪声而关闭窗户的情况下，全神贯注长达数小时会消耗多少精力。我让司机启程。坦白说，我有种受骗上当了的感觉。我曾经以为，艾梅兰兹会克制住不挑我的刺，并且或许要我带点什么东西回来，可能是一束她的老房子篱笆旁边的什么植物，或者其他的纪念品。我每次回老家都会带回一条两公斤的面包。但是她什么都没要。我们离开时，维欧拉跟平常一样吠了一下，好像它很确信这次分别不会很长久，而且我俩都确信下午就能结束。

我们的旅途很顺利，其间没在任何地方停留。在到达之前，我通常不会吃什么东西，因为他们很可能已经在图书馆为我准备好了吃食，要是尝都不尝的话，会显得非常无礼。纳多里是一个风景宜人的小村。我都不用去询问墓地在哪儿，因为它就在郊外标示着村庄名称的指示牌旁边，从坍塌的墓石那边还飘来一股鼠尾草和野花的香味。我们停了车，我独自一人走了过去。有一位妇人正在篱笆附近浇花，她年纪大得足够听说过塞莱达什和迪维克这两个姓氏，但是她告诉我，她并不是在这里出生的，她是嫁过来的，而且她对木匠一家的情况一无所知。很明显，这块墓地已经荒废很久了，那些化为尘土的人被埋在土堆下面，大多数的土堆都没有了标记，他们的墓石和木制十字架或被拖走或被偷走，或者如果死者还算重要，那他们都已经被家人掘出土了。被精心照看的长眠之地大概有二十处，包括老太太浇水的那个墓地。但是我还是心甘情愿地在兔子洞和鼠丘中寻找了一会儿。这里有某种东西很感染人，不是什么悲伤，而是有关一片被废弃的墓地的夏景。我踏过杂草在坟墓之间穿行着，但是这里没什么可看的。好不容易辨认出一些模糊的刻字，可又不是我要寻找的名字。

但是在乔鲍杜尔村我就很幸运了。在主广场那儿，我一下车就看到了对面用红字写着的艾梅兰兹母亲家姓氏的小店招牌：迪维克·乔鲍机械与石英表、迪维克妮·卡尔波·什伊尔迪科①首饰店。一对年轻夫妇在店内忙活着。要是我以为带着他们住在佩斯的亲戚塞莱达什·艾梅兰兹的消息走进来会引起一阵共鸣（假使我找对了地方，并且已经去世的塞莱达什·约瑟夫的太太迪维克·罗扎利奥确实是他们家中成员），那我其实想错了。他们并没有跟艾梅兰兹保持联系，但是他们知道她是谁。钟表匠建议我拜访一下他们的教母，另一位姓迪维克的女士，她是他们在布达佩斯亲戚的表姐，她跟他们从小一起长大，而且她应该会很高兴见到我，或许是因为经过了宽广的时间之海以后，她很想弄清楚艾梅兰兹姨妈家的小女孩到底怎么样了，她们把小女孩带去首都之后就再也没见过她了。

此刻，我小心翼翼，不想暴露自己在信息上的缺失，而且我还是第一次听说艾梅兰兹曾经有个小孩。在进一步询问下，他们只能回忆起已经过世的老人们曾经传递给他们的信息。在战争快结束的那几年，她手里抱着一个小女孩出现，这个小女孩之后还和曾外祖父一起生活了大概一年。这对年轻夫妇一点儿都不了解家族坟墓，但是钟表匠的教母肯定全都记得。接着我到图书馆去，距离讲座开始还有一段时间，离午餐的时候也还有好一会儿，所以图书管理员欣然同意了我的提议，并且主动陪我一同

---

① 在匈牙利，女子结婚后，可在丈夫姓名后加"妮"（né）作为自己的正式名字，也可以在夫姓或全名后加"妮"再加自己的原名。

前往。这位表姐住着自己的房子，她拥有和艾梅兰兹一样鲜明的外表，同样高而瘦削，步态和行为举止同样端庄大方。只消看看她就明白，即使步入老年，她仍旧享受生活。房间里的布置很高雅，光线透过宽敞的窗户倾泻而下，而且人们可以感受到她为自己在物质生活上的独立而自豪。她拿来点心，从精致、古老的餐具柜里取出一个大浅盘，并且说这个家具是艾梅兰兹的父亲打造的，他当过木匠，也当过家具师，显然我也知道。在纳多里村成立合作社时，她的外祖父买来了这个餐具柜，木匠的作坊也按照需求进行了改造。这时，她开始询问艾梅兰兹和孩子消失后的状况。她认为要不就是皆大欢喜的结局，要不就是糟糕的消息，比如说尤日的儿子就从未见过这个小女孩。我们咬着厚厚的、烤得金黄的点心，抿着熟悉的大平原沙壤葡萄酒①，她继续说道，她们的外祖父是一个很难相处的人，他从来都不知道一个年轻女孩在布达佩斯工作会面临什么危险，而且当艾梅兰兹带着孩子一起出现时，她们全都以为他会打死她。事实上，如果不是他碰巧中风，他可能真会那么干，但是在那之后，他变得跟以前不一样了。现在的人们对于这类事情都是可以泰然处之的。即使这个家庭并不怎么乐意，他们也不会表现出来。她提醒道，一般情况下，当局和社会都是护着年轻人的。那时，警察试图查出孩子的父亲是谁，但是艾梅兰兹什么都不说，而且她也没有关于这个孩

---

① 匈牙利大平原位于国土东南部，是欧洲草原最西部区域的一部分，土壤以草甸沙土和黄土为主，为传统的葡萄酒产区。艾梅兰兹的家乡在这个地区的北部。

子的任何官方文件。如果不是她的外祖父如此有声望,并且给村书记献上了一大堆礼物,她就真的麻烦了。不过,这位村书记把所有的事情都摆平了。他给小女孩捏造了一些文件,用以替代"丢失"在布达佩斯的文件。即使孩子父亲的身份不明,她还是成为了迪维克家族的一员。最后,这位老先生变得越来越喜爱她了,比他嫡亲的孙女还甚。由于这个孩子没有什么亲人,甚至没有母亲,所以她也极为喜爱这位老先生。她爬到他的身上抱他,在艾梅兰兹把她带走时,老先生的眼泪夺眶而出。直到他去世的那天,他还在遗憾女孩跟他那么亲近却离开了他。除此之外,他们无时无刻都想见到艾梅兰兹,无论是见到她本人还是孩子,虽然这个孩子现在肯定已经长大成一个年轻的姑娘了。伤心的是,外祖父走了,就和她可怜的丈夫一样。他们是迪维克家族里唯一住在当地的人,而整个家族已经散布在各地了。

尽管天气热得透不过气,这位表姐还是带我去了墓地。这里安葬着老先生还有她自己的父母,艾梅兰兹的家人被葬在纳多里村的墓地,那儿已经被关闭了。说到这里,她很不安地压低了声音。没有人会为她们的外祖父没头没脑地阻拦他自己的女儿嫁给一个塞莱达什家的人感到自高自大。木匠直到去世都生活得很体面,很难说是他导致了这场可怕的悲剧。但是他从来不允许任何人——包括那对双胞胎和他的女儿——靠近他。那场葬礼是在纳多里举行的,整个家里的人都被葬在塞莱达什的旁边,好像他们是他的受害者一样。也有可能是她把事情全都搞错了,因为那时她还只是个孩子,而且事实上,确实有人不愿意被安葬在某个特定的坟墓旁边，因为他们太爱死者以至于不忍心看到它。但是第二任丈夫就没有什么长眠之地，艾梅兰兹肯定跟我说过他死于加利西亚的万人坑里。但无论如何，如果她在布达佩斯的表妹想搞清楚的话，她也不应该耽误这么久，因为纳多里村和乔鲍杜尔村在早些年就已经合并，由一个机构管理了，并且在近年有望重修这块老墓地。她说不出塞莱达什家族墓的确切位置，因为她不是从小就住在这儿的，但是我们可以去拜访附近的迪维克和科普罗家族墓地。她是迪维克家的女儿，但是嫁到了科普罗家。由于时间充裕，我还去看了看花岗岩打造的雅致的方尖碑，上面准确地雕刻着巴比伦河，还有下垂的小提琴形状似的柳条。表姐甚至送了两张照片给我当作礼物。她花了好一会儿才在抽屉里找到了它们。艾梅兰兹的母亲可真算得上是一位标致的新娘，但是最让我思绪不安的是一张边缘被裁剪成波浪线的陈年快照：艾梅兰兹臂弯里正抱着一个小女孩。光线很差，只能聚焦到小女孩。即使在那个时候，艾梅兰兹也戴着头巾，不过她的裙子太花哨了，很明显是她的某位雇主送给她的、并不十分合身的衣服。她的脸庞基本没什么变化，但是眼睛里透着一股引人注目的快活劲儿，而不是怨愤。最后，迪维克和科普罗家所有的人都过来参加了我的讲座，很显然本来没有人想参加，但因为我拜访过他们，所以这样做看起来很得体。听众出人意料地少，在这些听众身上，也看不到一丝感兴趣的迹象。每个人都忍受着炎热。在这种我已经做过了上百场的讲座的间隙，我止不住地好奇艾梅兰兹怀里那个孩子最后是什么状况。

动身返程时，我询问图书管理员能否稍稍绕一点路去车站。他可能有些惊讶，但是并没有表现出来。应艾梅兰兹要求，我一路步行到货物站台的尽头。这个站台跟其他站台一样，随处可见一排排堆着的混凝土砖，但已经完全荒废。在回纳多里的路上，驾驶员在艾梅兰兹的老房子那儿停了下来。直到现在，人们似乎还是习惯性地称之为"塞莱达什家"。在这个绝好的夏日黄昏，太阳并不逗留，而是瞬时收敛光芒，给灰白色的天空染上一道道五彩缤纷的橙色、蓝色和紫色霞光。老房子就挺立在这暮色中，格外显眼。我们带着过去的回忆，好好地打量着眼前的景象。正如艾梅兰兹所说，它的旁边被树木环绕，外墙漆上了油漆。这栋房子大体的构造还有高度，她既没加美化也没做遮掩，最令人吃惊的是她对比例的精准回忆。她并没把她那座富有魅力的老房子描绘成童话里的城堡。塞莱达什·约瑟夫建造的样子已经很漂亮了，这座房子的设计不单单是出于喜欢，而是出于爱。它充满了永恒的述说的力量。老作坊的位置那儿仍旧是一个作坊，但是里面有一台电锯，拴着一条狗，狗正在狂吠以示警告，小花园也还在这里。蔷薇已经长成树，无花果树旁也有人种了两棵枫树，胡桃树长高了，冒出了新芽。在树枝下，一群孩子正在荡秋千。

我没有找到农场。那个位置现在是一片玉米地，像是会有一个好收成。我站在那里，注视着像卫兵一般列队的秸秆，思量着这块土地曾经拥有的记忆，在承载了这么多鲜血、这么多尸体，以及他们所有的梦想和成败的情况下，在承受了这样的负担之下，它是怎么继续开始生产的呢？一位年轻的管理员看见我停车走了出来，以为我是来求购正待出售的匈牙利牧羊幼犬的。我告诉他，我已经有了一条狗，只是过来看看这栋屋子，因为一位跟我住在同一条街道的邻居曾经住在这儿。知道我无意购买幼犬后，他立刻失去了兴趣。我本想向他要一朵长在老树上的玫瑰，但最后放弃了。我怎么知道她的记忆有多久远，毕竟她都从未提过自己有个孩子——或者是不是说她"曾经有个孩子"更准确。站在这个地方，站在这个确确实实是她曾经的人生舞台上，我努力想把她的人生串联起来，但是即便置身此地，我还是做不到。她在这里并不比现在住的地方更自在，即使她属于这里。但也正是在这个环境下，她才把自己的家与外界隔绝起来。天色已经渐渐变暗，傍晚的蓝天上闪着一道道霞光。只有一件事情确凿无疑：对她而言，这个村庄已然消失，她已经到了另一座城市，而那座城市也接纳了她。但是，她同样不允许那座城市涉足她的生活，所以她生活里唯一真实且又能为人们探知的元素就位于那扇锁住的门背后，可她根本不愿意将其展露。我回到车里，没有采撷任何叶子以作留念，随后动身回家。

我就知道她不会在我们家里等着我——对此她傲慢着呢，甚至永远不想得知她过去的生活在今天留下的痕迹，也不愿表现出兴趣来。我跟先生打了招呼，他告诉我，他和维欧拉席卷而空了一顿非常丰盛的节日午餐。我随后去找艾梅兰兹，狗从门廊那里一路跑过来，到花园大门迎接我。艾梅兰兹继续将洗衣筐当作长凳，悬坐在上面，甚至都没起身。我暗想，你就等着瞧吧，原子弹马上就要投下来了，但是，你可能已经猜到，也许会有一两处你没告诉过我的关于你以前人生的细节突然出现在对话里。我一开始讲了钟表匠的事情，然后深入了一点点，谈到她表姐舒适的居住环境，又捎带说她外祖父一定是个非常难相处的人，居然会惩罚已经遭受了许多苦难的死者。很难理解为什么一个人会放任墓地坍塌变成废墟，这样的行为可不算令人愉悦。

艾梅兰兹怔怔地看着远方，好像在黑暗中看到了某些和我一点儿关系都没有的东西。一股羞愧感淹没了我。为什么我要强行闯进她的私人生活？我指望从她这儿得到什么，坦白吗？这些年里，她不允许我走近她一厘米，我真的想要她向我坦白那个只给她带来麻烦、耻辱，还有不可避免的担心的私生女吗？我这样不是有悖常理吗？我难道以为她会吹嘘某件她至今仍然必须隐瞒的事情？她转身去了花园，然后从那一刻起，她只是让维欧拉靠着自己的膝盖，然后看着我。把这写下来真是贻笑大方，但是我感觉维欧拉一直都知道艾梅兰兹女儿的事情，因为所有我好奇的事情，老太太都会讲给它听。

"我早就告诉过您，"她开口说道，语调很平淡，"我有一笔钱，有了相当一段时间，但是我打算等到自己去世，然后尤日的儿子可以管理地下墓穴。我并不恨我的外祖父。他为人就是如此，猜忌又冷酷。他永远不会原谅我父亲把我母亲从他身边带走。他连带不喜欢我，但是我并不因此厌恶他。但是死者的身后事依旧需要料理。我会把他们所有人都带过来。您会知道，这将是一个没有人能在布达佩斯建造出来的地下墓穴。您的一个画家或雕塑家朋友可以根据我的描述来画草图。情况本不会这么糟糕，因为我外祖父担心乔鲍杜尔村的人会在背后说他的闲话，但是另一方面，这孩子的事情还是得落在他们头上。这老人跟撒旦一样聪明，他知道这巨大的耻辱有多沉重，他还可以更加严厉地教训我，不会去好好照看坟墓，所以他放着那些木制十字架不管不顾。我当时住在佩斯，因此我也去不了公墓。"

感谢老天，她自己提起了这件事，所以我可以递给她照片了。她最终把两张照片都仔细研究了一遍，从她脸上看不出任何表情。我曾经想过她可能会被感动，或者甚至是羞愧，虽然我也不知道自己为什么会如此猜想。所以在我看来，她可能拥有一整本这个孩子的相册。我对艾梅兰兹的禁忌之城又知道些什么呢？但是她在看照片时，不像是一位母亲，更不像是一位自己的过往即将在此刻大白于天下的痛苦的母亲，而更像是一位经常打胜仗的军人。

"这就是小爱娃，"她解释道，"那天我在等待的人，她住在美国，还给我寄钱。她还会给我寄包裹，但是大多数东西被我送人了，寄来的都是一些没用的东西，比如化妆品和面霜。这就是她被我从乔鲍杜尔村带到布达佩斯时的样子。现在我甚至都不想见到她的脸，因为我邀请了她，她却没有来。如果我邀请她——我确实也邀请了，那么她就应该过来一趟，哪怕整个世界都在分崩离析。要不是因为我，他们会把她的头砸在墙上，或者将她关进毒气室。"

她把照片递回给我，就像这和她没有任何关系一样。

"您觉得一切就这么简单？"很明显，她仍然觉得难以启齿。她接着说:"在那之前,每个人都夸奖我,我曾是人们眼中的模范,塞莱达什·艾梅兰兹,一个清白、受人尊敬、过着简朴生活的女孩,花了大代价才看清楚男人的真面目。先是那个男人死了,紧接着理发师又带走了她数年节省下的全部积蓄和贵重物品,但她也没有去吞火碱。她挺了过来,装作什么事情都没有发生,并且宣布她再也不会是任何人的财产,或者不会让任何男人靠近她——他们大可愚弄并欺诈其他人。没有人曾伤害过我,所以您觉得当我手里抱着一个小孩向我外祖父求救,并告诉他'这是我的孩子,您最好抚养她直到战争结束,因为我无法在佩斯照看她,而且我没有时间闲坐着抱她,相反,她可以在这里东奔西跑。要是哪个可恶的小骗子欺骗了我,那我也没办法顾及她,所以我把她带来了',那时候我有多舒坦?我不能在佩斯抚养她,那样过于危险,我又不能关着她,一个孩子需要四处奔跑并呼吸新鲜气息。"

草丛里传来一阵沉闷的呼吸声,是维欧拉趴在艾梅兰兹的鞋子上睡着了。

"您记得犹太法,对吧?老人喝下氰化物撒手人寰,年轻人痛恨逃命的生活,而他们又难以带着一个小婴儿蹒跚地爬过一座座山,所以他们把婴儿托付给了我。格罗斯曼太太知道我的小爱娃对我有多重要,我对小爱娃又有多重要。一有人接近她,她就会大哭。即使是母亲把她抱在怀里,她还是要回到我的怀抱。并非所有的德国人都是暴徒。这幢公寓就属于一个德国工厂主,他付钱帮助格罗斯曼家族逃亡。他回家之前,委托我管理这栋楼,并把所有的东西都托付给我。我在这里安顿了下来，格罗斯曼家族的年轻人向边境出发，然后我把孩子带到村庄里。人们最好认为她和她的父母一起消失了。不要追问我进村后受到了什么待遇。那可不是一顿寻常的痛打，我甚至觉得我以后再也不能走路了。我告诉我外祖父，您可以揍我，也可以踹我，告诉所有人我做下的事，只要能够留下这个孩子。我把格罗斯曼家给我抚养孩子的钱和珠宝给了他，太多了，他以为我是趁战乱抢劫得到的，是从别人手里偷来的。但是不用担心，他收下了。他们妥善地用着，照看了小女孩大概一年，直到格罗斯曼一家返回，我也可以去接走她。这可怜的一家人想在这里重新开始生活，但是最后他们还是离开了这里。出于感激，他们把所有留下的东西都给了我，包括我带来放在起居室里保管的家具。之后他们就消失了，不敢在这里逗留，因为拉科西在全面发动又一场国家灾难了。您去了货物站台吗？"

"去了。"我回答说。

"我要您去看看那里，是因为我经常在梦里见到它，见到我的小牛从我身后的火车上跳下来。我们曾经养过一头黄褐色的小母牛。当它还是牛犊子的时候我就开始饲养它，除了那两个小东西，它对我来说就是第三个孩子。它的皮毛和那对双胞胎的头发一样丝滑，鼻子粉粉的，软软的，闻起来就跟他们一样，带着奶香味。人们总是笑它，因为我到哪儿它都跟着我。但是后来我们不得不卖掉它。他们把我关到阁楼里，这样我就不会追着他们跑。在那时，村里人才不理会您的歇斯底里。孩子们会得到一记拳头并被告诉应该怎么做,而且假如您还不理解的话,他们会打您的脑袋。或许事情现在已经变得不同,他们也许更加有包容心,我也不知道。总之,他们打我的脑袋,把门关上,但我还是设法跑出来了。我知道,如果他们打算卖掉那头小母牛,他们一定会带它去车站,所以我跑到了站台。但是当我赶到那里时,他们已经把它绑好,跟其他农民卖出去的牲口一起塞进了货车,它就在车厢里发出可怜的哞哞叫。我尖叫着喊它的名字。他们还没关门,它听到我的喊声,就从那么高的地方跳了下来。小孩儿真愚蠢,当我朝它喊叫时,我根本不知道后果。它的前腿着地,两条腿都摔断了。他们喊吉普赛人击打它的头部,我外祖父咒骂着,倒不如让我死了,而不是死了一头珍贵的家畜,我就是一个没用的废物。他们宰了它,还称了重量。我只能站在那里看着他们杀了它并把它剁成碎块。不要问我当时的感受,但是这件事教会我到死都不要爱任何人,因为总有一天,你会因此而备受折磨。最好不要去爱任何人,因为之后你爱的人没有一个不会被屠杀,你最终也会从货车上跳下来。现在你必须离开了。我们俩说得够多了,狗也困了,带它回家吧。来吧,维欧拉!哦,对,那头小奶牛也叫维欧拉。我母亲给它取的名字。你回去吧,现在,这条狗困了。"

这条狗,不是工作了一整天的我,也不是四处打扫和清洁卫生的艾梅兰兹。维欧拉的真切的形象。维欧拉在货物站台上。维欧拉在街上跑。狗的外形的维欧拉。

如她所愿,我回到了家。我觉得她是想单独面对被我搅起的回忆。在那时，我可以看见她沉浸其中：格罗斯曼家族和并不是坏人的工厂主；她起先独自居住，之后又遇到一大批不断更换的房客；开始是一群德国人，然后是匈牙利军人，之后取而代之的是箭十字党徒①，等他们走了以后又是俄罗斯人搬了进来。据我所知，艾梅兰兹给他们做饭、洗衣，直到这栋楼被收归国有并且改成了公寓。而且，在这一切的背后，在最深的核心，藏着一道原初的伤口——被暴民残害的面包师、将她洗劫一空的理发师、令她在乔鲍杜尔村蒙羞的格罗斯曼家的小爱娃，那头小母牛，在门把手上吊死的猫，还有一个她生命中最爱的人。

我好奇，那只猫是不是也叫维欧拉？

---

① 箭十字党，匈牙利法西斯政党，1936（一说1937）年成立，鼓吹马札尔民族至上，进行排犹活动。1938年与其他右翼政党合并，称"箭十字党"。1939年成为国内最大的反对党。1944年3月德军占领匈牙利，10月霍尔蒂被迫去职之后，上台执政，追随德国。第二次世界大战后被取缔。

拍摄电影

我在学生时代非常反感叔本华。到了后来，我才慢慢开始承认他的理念的威力：每一段关系，只要掺杂了个人情感，就容易遭到伤害；只要我允许越多的人接近我，就越容易暴露自己的脆弱。从现在开始，我必须总是想着艾梅兰兹，这个真的很难接受。她的人生已经成为我自己人生不可或缺的一部分。这引起了一个骇人的想法，那就是有一天，我也会失去她，而如果我活得比她长久，那时持续折磨我、压垮我的东西将不止是那无处不在又难以名状的阴影。

这种意识并不是由于她那种过于飘忽不定的行为引起的。有时候，她对我实在太放肆而不讲理，以至于外人都会奇怪我为什么要这么包容她。但是没有关系，因为我早就学会了忽略她本人表面之下像大陆板块一样漂移的构造。她或许也有相似的发现，像巴特勒船长一样，她无意于第二次敞开自己的胸怀，但是她依赖我，这对她是一种威胁，她也不知道如何在这种威胁下保护自己。如果我生病，她会一直照看我，直到我先生忙完工作，但是我从来不能以同样的方式回报她，因为艾梅兰兹从不生病。当她在厨房，或者在工作的时候受了伤，她甚至都不觉得应该让我知道。如果她被热油烫到自己的脚，或者被餐刀割到手，她什么都不会说，而是自己用家里的药品治疗。艾梅兰兹对抱怨之人从无好感。

随着时间的流逝，她不再介意毫无理由地来我这儿，而我也不介意她过来。不用说，她喜欢跟我一起相处。当我们两人独自待在公寓里时，假如我们有多余的时间，就会一起闲聊。虽然我依旧不可能说服她阅读任何一本我写的书，但是现在，当这些书受到不当评论时，她也会受到影响。她能够理解，攻击我的政治风波中带有人为因素，并且会因此勃然大怒。她曾经问我，要不要向中校举报那个批评家。我劝她冷静，但无济于事，在这种情况下，她会充满愤怒和憎恶。此时，虽然她并未理解我的工作的价值，但是她开始承认我的作品也能代表某种成就，而且她构建了一套复杂的理论以避免自己排斥我们。写作这份职业就像是游戏。孩童会很认真地对待游戏，全情投入。而且即便这只是游戏，即便它没什么影响，它还是会令人疲惫的。她不停地问我一些任何作家、记者或者是读者都无法回答的问题。一部小说是怎么从无到有，仅仅是靠词汇？我难以向她解释，创作是多么熟悉又寻常的魔术。没有任何方法能够说清楚字母是怎样出现在白纸上的。我觉得，拍电影的过程可能会让她理解得更容易些，所以当她开始对演播室或者现场拍摄发生的事情、拍摄实质上是什么产生兴趣的时候，我希望自己可以把她带进我的世界，或者至少能接近我的世界。

一个机会来了。我们正在拍摄一部电影，摄制组的车每天早上都会过来接我，然后我们一起赶去摄影棚。我到家时，她会死缠烂打地问我摄制进展，那里有谁，这一天过得如何，做了什么。所以有一天，我告诉她，第二天我也会带她一起去。事实上，我觉得她不会去。除了去墓地，她从来都不会离家那么远。

但是第二天一大早，她就在门口等着车来，穿上最好的衣服，戴着干干净净的头巾，拿着一小枝马乔莲。她站在那儿，让我为她发表的每一条尖刻的评论感到真实的羞愧，让我为我们互相攻击的方式而羞愧——其实可能更糟，我们都只是藏起了自己的仇怨，直到正确的时间才抽出刀子扎进对方，因为时间正在飞速流逝，而且拍摄电影的每一秒钟都意味着金钱也在流逝。她就穿着她的盛装在这儿，等着看某件事情发生并且待之以一种异常的郑重其事。

　　人们懒得问她是谁，或者她来这里干吗。门口的人觉得她是多余的。她信步游逛，自然、沉静得好似一位作家或演员，坐在指定的位置上，异常安静又充满警戒地纹丝不动，没有打扰任何人。接下来的一幕比较有难度。所有的事情都要看起来是自然而然的，继续跟平常一样东奔西跑，常见的准备步骤也做好了——化妆、检查剧本、灯光、测量距离、就位、准备就绪、打板。接着我们启程去莫尔吉特岛继续拍摄，艾梅兰兹敬畏地凝视着车外。我想如果她真的到过格兰德酒店，那一定是几十年前的事了。我们就在酒店前面拍摄外景，第二名摄影师在直升机上拍摄。艾梅兰兹的双眼一会儿盯着他，一会儿盯着起重机的操作员。此刻，在这个大型的恋爱场景里，各种机器的表演几乎和演员一样重要。树木、大地……整个世界都在他们的周围旋转，森林也弯下腰来拥抱他们，男女演员也陶醉在激情当中。我们在显示屏上回放。每一场戏都拍得异常成功，比平时还棒。

　　我们停下来准备吃饭，艾梅兰兹拒不进入格兰德酒店。她强烈反对，很不友好，也没有好奇地东张西望。我已然了解她的各种脸色，知道她已经看够了，所以我提议回家。我感觉一定是哪里出了错，但是一如既往地不知道是什么地方出了问题。我觉得我们到家时她就会告诉我。幸运的是，我的角色已经拍完，所以我告辞回家了。坐进车里，她立刻解开衣服最上部的两粒纽扣，仿佛它们勒着了她。在她揭晓自己生气的原因时，我听到了她声音里罕见的极度愤懑。

你们都是撒谎的骗子，她开始说道，没有一样东西是真实的。移动的树只是一个伎俩，其实只有树枝，有人在直升机里拍摄，飞来飞去。可是杨树根本就没有动，却让观众觉得它们在跳舞，整个森林都在旋转。这是赤裸裸的欺骗，实在令人作呕。"你完全弄错了，"我辩解道，"树林在跳舞是因为要让观众体会到这种感觉。重要的是我们实现的效果，不在于树有没有动，也不在于是不是一个技术人员创造出的让它运动起来的想法。你觉得树扎根之后，森林会四处移动吗？你不觉得这是艺术的作用，来打造有关现实的错觉吗？"

"艺术，"她憎恨地重复着，"如果那就是您——艺术家，那么所有的事都应当是真实的，甚至连舞蹈也是，因为您应当知道怎么样让树叶听您的话移动，而不是依赖鼓风机或者别的什么东西。但是你们这群人根本做不到，您做不到，其他人也做不到。你们都是跳梁小丑，比小丑还可鄙，你们比骗子还低劣。"

我震惊地看着她，好像她就在我的眼皮底下，跌向一个我从未见过的地下世界的深渊，像某个跌入井口的人，从那里传来的声音只有咒骂和绝望的喘气声。她在耳语般的低声中说完了最后几句:"确实,很多时候,技术人员都不需要动手指,也不需要直升飞机。在生命的世界里,会生长的东西就会自己跳舞。"我的天哪,我想着。她的人生究竟经历了怎样的浮士德时刻,会令她因为树木在身边旋转就大声呼唤时间停止?我永远不会知道,但它就在那里,在她的过去中。

有一次,我们向她介绍了公寓里的磁带录音机的用法,告诉她这机器可以录下一段话或者音乐。于是她开始设想,如果能把一个人的生命录下来,存在磁带里,可以任意地倒带、停止和回放的话,那会是怎么样子。她说,她会顺其自然地接受自己的人生,更准确地说,是直到她死去,除非她可以回放任何一个她选择回放的地方。我没敢问她想要机器在哪里停下,又为什么。我觉得她无论如何都不会告诉我的。

大限时刻

但是，她告诉我了。不是在一个看似合理或者符合逻辑的时候，而仅仅是她预感到自己将要寿终正寝了。假设说艾梅兰兹会尊奉什么力量，那就是时间。在她不为人知的神话故事里，时间就像一位磨坊主，在磨坊里无休无止地碾磨谷物，轮到你时就把东西筛好装到你的袋里。在她眼里，无人能够幸免。即使她自己不知做何解释，她仍相信这个磨坊主也会无一例外地碾磨死者的谷物，然后装袋，而其他人把面粉背走，拿去制作面包。大约三年后，也轮到我把东西装到自己的袋子了，那时她对我炽热的情感已经不仅是喜爱，更是上升到了绝对信任的层面。

大家都信赖艾梅兰兹，但是她对谁都不相信，或者更准确地说，她只对特定的几个人持有一丝信任，即中校、我、当时尚且在世的波莱特以及尤日的儿子。对于大多数人，她只会告诉他们只言片语。她会把自己觉得合适并且可能被理解的内容告诉给奥德尔卡，但她又会跟中校、舒图或者工匠交谈些截然不同的东西。譬如说，她很早以前就跟我透露过那对双胞胎是怎么去世的，但是很久以后我才发现她从来没有告诉过她侄子，让他一直以为她只有一位兄弟，那就是他父亲。仿佛就算躺进了坟墓，她还是想要愚弄大家。她没跟我们任何一个人说过她完整的人生。在她死后，她绝对会笑眯眯地、自鸣得意地看着我们费力地弄清楚整件事情，每个人都试图把自己专属的零星的信息和其他人手中的信息相互比照。而且至少有三件要紧的真相跟着她进了坟墓。如果她还有机会回望，发现我们仍然且永远不能看透她的行为，那她一定会非常满意。

我清清楚楚地记得她那虚幻的磨坊主把我袋子盛满的那天，因为那天就是圣枝主日①。我并不喜欢有人在我去教堂的路上把我拦住，因为我担心会迟到。我得走很长一段路，才能赶到我在少女时代就很钟爱的法索利教堂，和神对话。那里至今仍然承载着我在抵达佩斯时的那些不真切但又喜悦的憧憬和记忆。艾梅兰兹就在我的大门前清扫街道，我明白这就是一种讯息——她再一次调整了自己的清洁轮值表，以便我在去教堂时就能在这里看见她，并用她那套陈词滥调教导我：一个回家以后总有做好的午餐等着的人，当然更容易变得虔诚。她告诉我，在我把罪孽洗干净并且用好午餐后去一趟她家，她有事要跟我商量。我没怎么在意这件事，不只是因为圣枝主日对我来说是一个非常隆重的节日，还因为自从我母亲下葬到法尔考什雷特公墓后，我每个星期天下午都要去探望她，本来我打算四点钟过去。三点钟，我向艾梅兰兹答道。她摇了摇头说不行，她的一位朋友和她的侄子会在三点钟过来。那么，两点钟。两点钟也不行，因为她要和舒图还有奥德尔卡用午餐，所以为了不打扰她们，我只能在四点钟过去。然后就这样了。但我那个星期天并没有参加圣餐仪式，因为我的内心并不具备参加告解和赦罪仪式所要求的宁静。艾梅兰兹让我感到担心。我做不到不慌不忙，而是忐忑不安地回了家。一进家门

---

① 圣枝主日，是基督教节日之一，标志着圣周开始。

我就被告知维欧拉不在家里，老太太带走了它，还说已经邀请了它和别人一起用午餐。

艾梅兰兹能够唤醒我内心最美好的情感，同时也能激发我最恶劣的情绪。因为我爱她，所以我会对她大发雷霆，以至于有时候我都会为自己的反应感到惊愕。如今我早该习惯，这条狗只在少数情况下才能由我差遣。假如它没有被邀请去用午餐，假如没有这件荒唐事，或许我还能够克制住自己。令我分外恼火的是，我打扮得齐齐整整去了教堂，却为了她而赶回家。记得有一次，作家协会的一场会议和一位西方外交官的晚宴就撞在同一个晚上，我们差不多迟到了一个小时，之后他们就再没邀请过我们，即使是在国家法定节假日也晾着我们。但是外交官的夫人在宴会后给了我们友善的拥抱，而艾梅兰兹面对不请自来的我，依然坐在门廊里摆满美味佳肴的餐桌旁，和舒图还有奥德尔卡畅聊。相比她这种冰冷的优越感，外交官夫人的举止倒显得热情了。就在我吱呀一声推开院门时，维欧拉径直朝我跑来，跃到我的裙子上。艾梅兰兹甚至都没起身，仅仅是瞥了我一眼就去舀鸡汤了。舒图正想挪出一个位置给我，老太太却用眼神示意她不用，就像我不会逗留似的。她问我为什么过来，我怒火中烧，气得没办法跟她讲道理，就单单说了句："我来带狗回家。"

"您愿意怎么样就怎么样。但您最好喂它一顿，它还没用餐。"

维欧拉摇着尾巴，围着桌子跳上跳下。空气中弥漫着诱人的鸡汤香味，盖过了漂白粉和空气清新剂的味道。

"走吧！"我喝令着它。

艾梅兰兹继续上着菜。我本以为一切顺利，因为维欧拉很温顺地就起身了，看都没往后看。但它只跟着我走到门口就停了，并且再次摇起了尾巴，仿佛在说："不要再浪费我的时间了，我要享受我的大餐。"我不想再命令它，以免自取其辱。艾梅兰兹懂得怎么随心所欲地操控它，就像在操控录像机。它没有一丝迟疑就转身背对着我，然后朝向艾梅兰兹的餐桌飞奔过去。它的表现实在令我郁闷，以至于我到家时连一口汤都喝不下。我倚靠在阳台上看书，一个字也没看进去。从这处居高临下的位置望去，可以望见艾梅兰兹家的门廊。我在翻动书页的时候并非有意看那个方向，但即使是无心，我仍然可以瞥见那里发生的事情。舒图等人正在用餐，她们交头接耳，热切地交谈着，但是当尤日的儿子和中校陆续到达后，两个女人就离开了。艾梅兰兹并没有给他们准备食物，而是在餐桌上备好了酒，还放了一盘油酥点心。她的侄子俯身看着一份文件，随后又拿给中校一起看。我并不知道之后发生了什么，因为我径直离开了阳台。我已经想好，就算她喊了我四点钟过去，我也不会去的。她别想拿我寻开心。

四点钟到了，又过去了，然后四点十五分，四点三十分，我并没去看她在忙什么。等到四点四十五分，门铃响了起来。我先生走过去开门，和我们住同一条路的邻居告诉他，维欧拉正躺在外面的人行道上，一动不动，谁也叫不走。它的项圈不见了，嘴套也没了。其实今天是星期天，不太可能会有人检查，但是明智一点还是应当把它带进来。

艾梅兰兹就是一个来自乔鲍杜尔的梅特涅①，一个极端的独裁者！她现在肯定在哈哈大笑，就在她自己的小公寓里，对，因为她知道我肯定会过来，理由很简单——除非维欧拉见到了我，或者得到她的其他指令，否则它是不会起来的。她就是派它来摆平我的。走在路上时，我又一次想，她的才干过人，而且逻辑比钻石还要坚不可摧。若不是她那样充满敌意地拒绝了各种机遇，谁知道她能有怎样的成就？我想象了她和梅厄夫人②、还有玛格丽特·撒切尔夫人站在一起的样子，那个画面看起来并没什么不和谐。我不能理解的是，为什么她要戴着一副面具。如果她能转三圈，把她的头巾、罩衫还有面具抖落下来，并宣布这一切只是伪装，是她出生时神给她的命令，但是她以后不会再戴了，那么我会相信她的。我怎么会不信呢？

维欧拉围着她打转，它比谁都清楚这场危机已经结束。和往常一样，艾梅兰兹大获全胜。而且，我确实也不觉得愤怒了。

餐桌上新鲜烘制好的油酥点心正在等着我，点心并未切成一片一片的，上面还盖着网格布。艾梅兰兹很清楚我的喜好。她站着比我高一个半头，俯视着我，一言不发。她只是摇了摇头，维欧拉和我就明白了我的表现是多么糟糕、鲁莽和不成体统，而

---

① 指克莱门斯·梅特涅（1773—1859），奥地利帝国宰相（1821—1848）和外交大臣（1809—1848）。

② 指果尔达·梅厄（1898—1978），以色列女政治家，1969年至1974年任总理。

我已经到了该懂得什么叫有因必有果的年纪了。她把狗领了进去，门开的时候，一股香甜的油酥点心的味道掺着更加浓烈的消毒液的气味散发了出来。她示意我坐到长凳上，她面前则是一张折叠过的纸，还用了维欧拉的小鹅卵石充当临时的镇纸。随后，她把这张纸推到我面前。屋里没有一点响动，我猜维欧拉肯定已经躺下了。我很想知道它是睡在什么东西上、睡在哪里，但是这些秘密只有它自己才知道，我没法知道，因为我就要迎来一番说教。

"您的脾气真是暴躁，"她开始道，"您就像一只牛蛙一样让自己鼓足了气，总有一天您要爆炸的。您唯一拿手的就是让您的朋友坐在直升机上耍小聪明，好让树跳舞。您从来不知道什么叫作简单，每次入口就在您前方，您却偏偏背道而驰。"

我没有办法反击这一点。甚至我都不能确定这是对是错。

"我毁掉了您的星期天，是吧？但是这些事就该在这种时候做，星期天或者公休日，这才是告诉您人死后应该做什么的时候。"

现在我知道那一页折过的纸上写的是什么了。

"我本想邀请主人和您一同过来，但是您知道，我们俩的意见并不总是一致。不是因为他不是一个好人，他确实是个好人，只是，他不喜欢共享，我也不喜欢。我们并不怎么喜爱彼此，因为我们更喜欢把对方排除在自己的生活之外。现在您不要插嘴，因为我要说话。"

她的神情再度产生了变化，仿佛一个顶着炽烈阳光伫立在山顶上、正在为自己经过的道路心有余悸的人。她回望山谷,行路时的疲倦和艰险、涉过的冰川和蹚过的浅滩等等刻骨铭心的记忆——在她的眼前浮现。与此同时,那张脸孔上还露出悲戚之色,仿佛在怜悯道,可怜啊,你们这些人真是可怜,你们只知道黄昏时的峰峦是绚丽的,对道路本身的意义却全然不知。

"我不能邀请您过来用午餐是因为遗嘱里有您的名字。我也不能邀请我的侄子,除非我和奥德尔卡还有舒图已经商定好全部事宜,并且等到她们签完所有的文件。我曾经给律师工作过,我知道怎么立遗嘱。这不算很难,它也站得住脚,您可以相信它。"

律师……她从来没提过这事。

"您在看什么?我跟您说过,还在我十三岁的时候,我的外祖父就安排我当仆人,随后我就被律师带走了。只是后来他和他的夫人没有能力继续雇用我,我才去了格罗斯曼家。但在那时候,他们并不想让我离开。他们的儿子和我是从小一起长大的。我没邀请你们俩,并不是因为我吝啬,不想给你们提供食物。我认为我们应该像现在一样聚在一起,这确实是我从自己的宗教信条中学到的,基督的最后一餐就是和他的朋友度过的。用不着愤愤不平,我知道那是一顿晚餐,而且它还不是发生在圣枝主日而是濯足节①,可是,基督想要多少时间就有多少时间,我却不能。我不能邀请您或者我的侄子过来,是因为你们都是我的遗产继承人。"

---

① 又称圣周四,是基督教纪念耶稣建立圣体圣血之圣餐礼的节日。

基督是在伯达尼的某个地方用了他最后的晚餐，或许是在拉匝禄①的家里，如今伯达尼还是耶路撒冷的一部分。我很反感她此时此刻的视角，自己的双手庄严地捧着遗嘱坐在中间，右边坐着舒图和奥德尔卡，左边坐着她的侄子和中校，而我和维欧拉则匍匐在她脚下。我心里确实非常抵触，但还是遭到了这样的对待。

"那么，请注意，我和我的侄子一致同意，我留下的所有钱财都由他继承，一分钱也不会落到我的其他亲戚手里。正如您亲口告诉我的，他们任由我家族的墓地自生自灭，而且不管怎样，他们早攫取了他们应得的全部。到目前为止，尤日的儿子无论在任何方面都能做到言出必行，还会把我家族所有的遗体都收集到一处。等到墓室建成，他会把我也安葬进去。修建墓地和葬礼的钱就在邮局的储蓄账户，剩下的则在普通银行的储蓄账户。这里是存折。您来继承这座公寓里的一切。我侄子已经当着中校的面签署协议，接受我的指令，不会对任何条款提出质疑。总之，我留给您的那些东西他也用不着，他不知道该怎么处置，也并不喜欢那些旧物。而且就算他用得上，他也拥有得太多了。他会继承一大笔财产，但不要试图感激我，要不然我会生气的。"

我凝视着下方，试图弄清楚打造一处地下墓穴并且把遗体发掘出来究竟要耗费多少财物，但我只了解一块墓碑的价格。我

---

① 指伯达尼的拉匝禄，据《圣经·新约·若望福音》记载，他在下葬4日后被耶稣复活。

的家人并没有下葬在墓室里。我也不承想我能继承些什么。刚才那些瞬间完全是空幻的，像做梦一般。艾梅兰兹站起来，点燃咖啡壶下方的火焰。她煮出来的咖啡永远比我煮的浓得多。她是在哪儿学的？又是一个她从没提过的雇主吗？

"为什么你会开始想到死亡？"我终于问道，"你又没有生病。"

"没有。只是广播播放了一则公告，说那位律师的儿子过世了，这才让我回忆起了一切。"

在孩提时期，我看到蝴蝶翩翩起舞，总会被勾起一种隐秘的欲望——我想让它落下来。我不是想捕捉它，只是想凑近看看它。

"一连几日，广播都在哀悼他，您也能在电视上看到许多葬礼的新闻。我可不想看它们，而且我也不打算去墓地。我才不会去。他们，还有其他所有人，都没来我这儿问几个问题，这真是遗憾。我原本可以吐露点事情给他们。我从他的熟人那里听说了他的那些事迹，心想，有这么多自告奋勇的人也好，因为我才不打算那样做。他拒绝我成为他的什么人，而且许久以来，我对他而言就如同死了一般。让我重新焕发生机并非易事，这是一项昂贵的消遣。好了，这就是我给自己立遗嘱的原因，因此，我送给你的东西是按照我希望的方式送的，再没有其他人染指我积累的财产。我已经被抢劫过一次，我绝不会让这种事情再次发生。只是他们想再一次地杀死我的猫。没有人可以再次偷走我的东西，或者我内心的平静。"

她的双目如钻石一般冰冷明亮。天哪，我想，艾梅兰兹隐瞒了这件事，不单单是布罗达里奇先生，或者是那位来自秘密警察署的先生，还包括他。但这是怎么办到的？又是在什么时期？新闻上全是他的消息，除此无它。整个国家都陷入哀悼。这大概是什么时候的事？只能是在二十世纪三十年代。

"您以后会在电影院看到他的妻子是怎样的一个人。他们追捕他，他敲开我的房门，那时他还没有订婚，他肯定是在脱离危险后认识她的。'我得和你住在一起，藏在你那儿，你来庇护我，'他说，'艾梅兰兹，你像水一样值得信赖又纯洁无瑕。'别认为我们策划了什么阴谋。我希望你是了解我的，如果你了解我，你也会知道他的为人。我甚至没有询问谁在追捕他，就把他藏在了我的房间里。等到格罗斯曼家把孩子交托给我时，小朋友们根本不懂房里发生了什么。你以为爱娃的母亲会对她仆人房里发生的事情感兴趣吗？小爱娃甚至那时都还没出生。他们经常外出旅行，享受欢乐时光。房子里有特设的仆人区，我们俩就住在那里。你喝你的咖啡，别这么盯着我，谁还没有恋爱过。当他逃出这个国家时，我觉得我肯定是疯了，可若我果真如此，那就太令人遗憾了，因为我又遇见了他——几乎是在最为风声鹤唳的时刻。他晚上登门，那晚月亮出来了，夜色明亮。他经过乔装打扮，但我一眼就认出了他——或许有时就像人的心灵感应似的。所以你看，这才是树丛真正动起来的瞬间，就在那幢公寓外面。我看到月光映照在他的脸上，枞树在他身后旋转。我以为他这次是为另一件事而来，可能是在出国后的那一整段时间里，他领悟了某些道理，所以现在他终于还是回到我身边，又可能是他不畏艰辛，从格罗斯曼家族那里打听到我的容身之地，然后来带我离开的。我坚信这就是他回来找我的原因，虽然他从未这样许诺过。他从来没有对我许下过任何诺言，也从来没有骗我。他直截了当地说明来由，问我可不可以再收容他一次？他伪造了证件、身份、粮票，就欠一个容身之地，暂时性的就行，没有人比我更清楚他不会被发现。之后，他在刚有机会离开的时候就走了，把我留在了这里。现如今，他已经与世长辞。"

我惊得难以下咽，只能望着她。

"所以为了报复他，我和那个理发师开始交往。您难道没听说过什么闲言碎语？要是他亲口告诉我说，对男人而言，我还算令人称心如意的，那我就要见鬼了。但我肯定做错了什么，因为他不仅仅把我抛弃了，还把我洗劫一空。我长得又不赖，不过无所谓，这件事并没有把我击垮。"

她默然片刻，随后揉搓着一片薄荷叶，深吸一口气。

"人不会这么容易死，但我告诉你，在死亡的边缘晃一圈后，你经历过的事情会让你在今后的日子里变得更加聪明，并且反倒希望自己能变得愚蠢，彻底的愚蠢。但是，我学聪明了，对于您这不足为奇，因为我被二十四小时不停地说教着。他和我在格罗斯曼家的仆人区生活了两年，还在这儿生活过一段时间。我一有空闲，他便滔滔不绝，知无不言。你觉得我会一辈子听一个民间教育家不停地说下去吗？"

她的反智主义，她对文化的鄙夷，现在悉数登场了。

"他离开后不久,战争突然结束,随后他回来了,不是为了和我在一起,或是跟我一起生活,而是又一次地跟我大说特说所有的道理。但那并不是我渴望的。我想要别的,一些可以适应这个新世界、适应自由的东西。所以我痛斥了他一顿。我告诉他,他对我的说教已经够了,现在是时候往前看了。他希望我可以入学,但是等我入学,他得等上一辈子。他还建议我接受一些什么表彰,我告诉他说,如果我出现在国会领奖,那将会是天下第一大的丑闻。当我爱他,而他却不爱我的时候,我们要么分手,要么成为知己,他还真以为我是对他在这儿编织的宏图大志感兴趣?我是真的爱他。您知道吗?不是他的头脑、他的学识,这恰恰是把他从我身边带走的东西,不是他所知所学带来的极端自大,而是他这个人,他们后天就要埋葬的那个人。但是这些都已经不再重要。您不会相信的,我知道,他告诉我,他经常跟他的妻子提起我,他甚至还想把我介绍给他的妻子。我直截了当地告诉他,别再操心我的事情,快去陪她吧,去做一个好丈夫。你把布达佩斯重建得很成功,我也会重新建立我自己的人生。他得知我和理发师交往后大发雷霆,但我感到很开心。"

她看起来并不像是真的开心,她的脸庞就如一副面具,嘴角也没上扬。

"一九五〇年,他们把他带走,还指控他是英国间谍,把他打得奄奄一息,您知道当时我有多开心吗?我在想,就这样暴打他一顿,让他像一条狗一样痛苦地尝尝我受过的折磨。他甚至都不会说英语,他是在修士会里长大的,在那里他们只教授法语、德语和拉丁语。那时候我还在他们一家人身边,他在文法学校学了什么我都清清楚楚,这是多么愚不可及的指控!但是我很开心,因为我邪恶、愚蠢,而且充满妒忌。现下,一切都成了过眼云烟。接下来就是国葬,他的天鹅绒枕头上会有神赐予的各种装饰,有匈牙利的还有外国的。我相信他根本没在他的自传里提到我。但是我就在这里,就在他的生命里。"

"他提到过你,艾梅兰兹。"我说道,同时感到一股强烈的疲惫感,好像我也遭到了暴打,在那一刻,我仿佛头一次理解了我们近代的历史。"但是没有指名道姓,只提到他在很多人那里躲藏过很长一段时间,但是其中时间最久的是一个真正令人钦佩的战友,我昨天听到的,就在广播的新闻三台里。"

"他总是对的,"她冷冷地回应道,"好了,我已经聊了很久,至少他的死讯促成了我立遗嘱。您知道吗?他胆魄过人,总是神采飞扬,而且为人格外爽朗,他就像那种永远不可能会死的人,那些数不胜数的书籍还有无边无际的知识。告诉我,谁会想研究那些?我是绝对不会的。但是您不能把他看作骗子。我再说一次,他从来没有对我许诺过任何事,所以记住,他躲在我的房子里,这件事他没有做错,是我愚蠢,我应该在他接近我的时候把他赶出去。现在您可以走了,我真是受够您了。"

她取出一个碟子,装了满满的油酥点心。

"主人喜欢吃甜食。"

她又把门打开了,但是只打开了一条缝,我站起身来,可她拦下了我,让狗跑了出来。那股异味再次冲进我的鼻孔。我察觉到她在看我，便回头转向她。

"还有一件事，就一句话，"她说，"这里还有另外一份遗产，您还是知道为好。公寓里全都是猫，我想把它们托付给您。因为除我之外，它们不认识任何人，只认识维欧拉，所以您不大知道怎么跟它们相处，可要是它们跑上街，那它们就没谁可依靠了，因为它们把狗当作朋友。您和那个给维欧拉打针的医生是好朋友，他绝对会在我死后终结掉这些可怜的东西，还有什么礼物比让它们免遭横祸更好呢。这就是我为什么一直锁着这扇门，因为要是这里住着九只猫的消息泄露出去，那会发生什么呢？可我不会放弃它们当中的任何一个。而且，不能再有猫咪被吊死在这里了，它们确实都是囚徒，但是它们至少可以活命，它们就是我的家人。我从来没有其他的家人。现在，您走吧，我还有事要忙。这个下午真是漫长。"

斋　日

　　一连好几天，我顾不上别的事情，满脑子都是那件事。艾梅兰兹在圣枝主日的下午召开了她的私人议会，还发布了她的敕令，就像教皇一样，不给任何商量的余地和提前的通知。尤日的儿子给我打电话时说，他的感受和我一模一样，问我能否坐下来仔细商量一下这件事，他会过来找我。我们决定就在下星期二见面。和他一样，我也觉得很有必要会面。尤日的儿子认为，艾梅兰兹拥有的不是一笔小钱，而令他惴惴不安的是，艾梅兰兹把两张或者两种不同的存折都放在自己家中的做法是否明智。难道这些钱不应该换种方式保存吗？因为假设存折被偷，银行或者邮局都只会把钱支付给那个持有存折的人。与此同时，这些存折也困扰着我。假设，艾梅兰兹真的无缘无故地遗失了存折，那我就会陷入一种困窘的状态，因为我是唯一一个被维欧拉允许进入她公寓的人。哪怕他的怀疑毫无逻辑，我也不希望在我的人生中遭到这位侄子不可避免的猜忌。我们仔细考虑了应该怎么做，这位年轻的先生在担心钱，而我则被我即将背负的难以预料的责任吓得心惊胆战。还有一件可怕的事情就是，维欧拉一下子扮演起关键的角色。在艾梅兰兹的共和国里，它是一位护卫队长、保安和金库管理员。至于那些猫，我尽量不去想它们。可问题并不仅仅是它们的数量，最让我头疼的是自己要在她过世后承担的责任。谁会做这样的事情？我又不是希律[①]。这位侄

[①] 希律（前74或前73—前4），古罗马帝国犹太行省的从属王。据记载，希律极为残忍。

子跟我提议，艾梅兰兹应该开设一个储蓄账户，而且我们应该把这个想法告诉她。但他最希望的是由我和中校完成这件事，因为他不想让自己显得像个唯利是图、千方百计守住财产的人。可是，太多事情都有可能发生。要是她在出门后忘记关闭瓦斯，或者维欧拉被杀害了，又或者是陈旧的供暖系统在某个冬天发生故障引起火灾，那该怎么办？我答应会考虑考虑，最后我们都觉得应当先征询一下中校的看法。之后这事被搁置了，因为人的脑子里总会存在某种愚蠢的羞耻感。

起初，我想以一种既温和又迂回的方式跟艾梅兰兹提起这件事，但是自从圣枝主日过后，她很明显地开始逃避我们。我们的社区很小，可她仍然像隐形人一样躲了起来。在她的无数本领中，玩消失也算得上一枝独秀，她会成为任何阴谋团队的完美成员。最后，我终于在圣周五①遇见她了。我出发得比平时要早，这样我就可以在仪式开始前去一趟墓地。她握着那把大扫帚在我们门口干活，还奉劝我慷慨地支付费用，因为在这种情况下肯定是要按双倍价格计费，接着她祝福仁慈的太太心情愉快。我从她身边走开，不希望像上次一样被她搅得心神不宁，甚至不能参加礼拜。我告诉她，如果她能使我免于她的冷嘲热讽，至少是在圣周五这天，我将会感激不尽。耶稣的苦难如此令人悲痛，她要是看到他们怎么行刑，就不会站在这儿无动于衷了。甚至，假如她喊我帮她一个忙，我都会不求回报地替她完成，或许这样她就会

---

① 圣周五，基督教的宗教节日，纪念耶稣受难。

停止激怒我。而且如果她已经干完了，能不能去做一下李子羹？水果就放在厨房的餐具柜里。

她看了看我，然后把扫帚递到我这儿，扫帚的手柄很结实。她问我，难道不想试试帮她打扫街道吗？反正我只是去教堂缅怀、流泪的，所以做这点苦差事无关紧要。而且，我还可以通过打扫大街来获得救赎，因为这把扫帚很沉，木柄也很硌手。在她看来，只有真真切切地了解什么是体力劳动的人才有资格哀悼耶稣。我甚至都没空多看她，便匆匆忙忙地跑去赶公交车。清晨庄严的宁静彻彻底底地消失了。为什么这个女人总是要挑我刺？她怎么能这么固执地否定一个尊重历史和倡导向善的教会，仅仅因为一个不太体面的救助包裹？

我告诉自己，她发表这些不正当的言论意在两不相欠，但我立刻放弃了这个念头，因为我知道事情不是这样的。艾梅兰兹并不是在报复，这件事远比报复要复杂得多，也有趣得多。艾梅兰兹为人慷慨大方，而且本性善良，她拒绝信神，但是她身体力行地纪念他。她兼备牺牲精神。我需要提醒自己的事情，对她来说是一种本能。最重要的是，她根本没有意识到这些。艾梅兰兹的美德是与生俱来的，而我则是通过后天培养，强迫自己去遵守那些明确的道德标准。总有一天，不用开口说，艾梅兰兹就能向我证明，我所信奉的只是某种佛教，只是纯粹地出于对传统的尊重，而且我的道德也只不过是一种纪律，只是我的家庭、学校、家人和我对我自己施加训练的结果。圣周五这天的思考在我的心里掀起了惊涛骇浪。

毫无疑问，午餐没有李子羹可享用。等待我们的是辣味鸡、芦笋汤和焦糖布丁，李子都没有洗，原封不动地躺在餐具柜里我摆放的那个位置。圣周五是我父亲要求我们守斋的唯一一天，他也是从我祖父那里学来的。那天的午餐能吃的只有李子羹，而且因为晚上不可进食，我们甚至不会准备晚餐。圣周六的早餐是香芹籽汤，没有面包。到中午斋戒便结束了，可也只能吃些平常工作日的食物，没有肉吃。按照我们家族的习惯，晚饭会稍微丰盛一点，但也不是什么节日大餐，而且任何人都不许吃太多。在圣周六那天还要锁上钢琴盖，以免我们这个狂热爱好音乐的家族中有人忘我地弹奏起来。多年来，艾梅兰兹一直知道我在坚持自己从家里继承的方式，并且从来没有对此发表过意见，她就是会自己捎上一点美味佳肴给主人。在这种时候，他们两人通常会联手跟我作对，还神神秘秘地做小手势交流，拿我取乐。

所以我午餐什么都没吃。那天傍晚，我怒气冲冲地为第二天准备香芹籽汤，味道难以言表。但在那个时候，我眼里只有饥饿，狼吞虎咽地喝下后，我便径直去找艾梅兰兹。

那年的春天来得很早，她就坐在外面的长凳上观望着，仿佛是在等我过来。她安静地听完我对她的控诉——强迫别人做不能做的事情，而且还以此来侮辱人。她不要以为自己大获全胜，因为我尝都没尝辣味鸡，也不打算付钱。就算她做了，那也算是社区服务，因为我根本就没有点这道菜。即使光线变得越来越暗，我还是察觉到她在发笑。我简直想要掀翻她的桌子。

"听着，"她松快地开了口，没有一丝愠怒，就像某个人在

斋　　日

不厌其烦地教导自己愚钝的孩子一样,"我要狠狠地批评您,您会切实感受到的,尽管最初我喜欢您是因为您经得起敲打。我看着您的生活回到正轨,但我对您那迂腐的念头没有一丝兴趣。相信我,给您做李子羹比宰杀一只鸡省事得多,至今为止,我一直都是这样为您做饭的,但是要是您认为这会影响您上天堂,那您可以想吃什么就吃什么。您有一位奇怪的天主,他会根据李子羹来判断一个人。假使我有一位天主的话,他是无处不在的,位于井底、维欧拉的灵魂里还有萨缪尔·波厄尔太太的床上——因为她离世时太安详了,是那种她不配拥有、只有极好的人才能拥有的安详。但她就是那样与世长辞,没有痛苦,而且带着尊严地死去了。您还在瞠什么?今早我扫地的时候,您难道就没有看见波厄尔太太的孙女在街道那边惊惶地奔跑吗?是不是这样,您就只注意到您自己?这个孩子是来找我的,然后我跟她过去了。您要相信,假如我在某个人弥留之际握住她们的手,她们就会走得轻松一点。我仔仔细细地擦洗了她的遗体,预备她的后事。而且我可以告诉您,即使这样,我还是能够抽出时间给您烹制了那顿午餐,简直是绝技,您应该真心感谢我才对。注意,我现在这样敲打您,都是您自找的。您很清楚,主人时日无多了,您以为喝李子羹能令他好转吗?等他奔往另外一个世界时,他能有什么做纪念?每个前往那里的人都是带着某些东西的。波厄尔太太带走了我——塞莱达什·艾梅兰兹——给她的体面,还有对她的承诺,我会照顾好那个孩子的承诺。而且您也得照顾她,我向您保证,因为我不会允许您逃避这个责任。我不希望她陷入那些慈善女士的魔爪之中。她们甚至都不知道波厄尔太太有一个无人照看的孙女,但是您忘不了,因为我会每天提醒您。所以,不要用李子羹送主人最后一程,您也别让他吃那些愚蠢的定制餐。您总是东奔西跑,在家时又整日地敲打您的打字机,这根本无济于事。今天您又抛弃他去了教堂。让他开怀一次吧,那才是真真正正的祈祷。当您把耶稣和天主当成知己一样大肆宣扬的时候,他们在你眼里到底算什么?您所认识的救赎多么廉价!我才不会为您周末的虚伪信仰花费一分钱。您的公寓凌乱不堪,您自己却崇尚渺小生活中的井井有条。我觉得这样太可耻了。星期一下午三点,天都塌到了地上,但您去了牙科医生那儿。你们交头接耳,然后因为没时间走路就坐出租车回来。每逢星期四就是美发师,星期三是洗衣房,从来都在固定的时间。熨衣服也是星期四,无论衣服是干或是湿。一到星期天和节假日就是去教堂。星期二我们就只说英语、星期五就说德语,免得我们忘了它们。剩下的时间我们就不间断地敲打着键盘,主人他死了都还能听到按键的哒哒声。"

我突然大哭起来,此刻,我说不清楚自己是为什么哭泣,是因为她说错的话,还是她说中的话。艾梅兰兹对要洗的衣物一丝不苟,连她那件上了浆的长袖工作服也总是平平整整。她从上衣正面笔挺的口袋里取出一条洁白的手帕,然后递到我面前。这场景就像是一个还在上幼儿园的孩子在挨人训斥,她为自己感到极度羞愧,并且从今往后会做个好女孩。

"好了,您肯定不是因为鸡肉过来的吧?"她问道,"只要主人还活着,这屋子里就不会守斋戒,至少我不会烹制任何有关斋戒的食物。大放假的晚上,您来这儿有何贵干?今天可是星期五,回家练习您的语言去吧。现在已经到用德语叽叽咕咕说话的时间了。狗都会笑您。告诉我,您练习是为了什么?老天能听懂所有的语言,而且您才不可能遗忘您学到的任何东西,您的脑袋就跟树脂一样,不管什么东西进去都跑不掉。不管谁惹您讨厌,即使是我,您都会报复回去。要是您能说出来该多好,但您只会微笑。您是我见过的报复心最强的人,您枕着一把刀睡觉,等时机到来您就会捅上一刀。倘如真的遇上什么糟糕的事,您就不只是捅两刀了——您会痛下杀手。"

报复她?怎么报复呢?用什么?我唯一可能用来伤害她的东西原本就属于她。维欧拉是属于她的,不是属于我们的。她过去曾经有过的人,被人们安葬的那个人,实际上也没有走上迈泽·伊姆雷①的路。我收拾了一下自己的面容,她的手帕凉凉的,还带着些许芳香。随后,我向她转述了尤日的儿子的要求,我可以从她的口型发现她相当地愤怒,那天我见到了她形形色色的表情,但是当听到"钱"这个字眼时,她立刻变得极为严肃。

"现在听着,您去告诉那个混蛋,不要缠着我提建议,更不要去骚扰您。存折就放在这儿,什么都不会改变,而且储蓄账户是什么见鬼的东西。谁在我房子里找到它们,都值得拥有它们。

---

① 迈泽·伊姆雷(1905—1956),匈牙利劳动者党中央领导机构成员,1956年的十月事件发生后,曾要求准许民众游行,期间被任命为劳动者党军事委员会委员,并负责保卫劳动者党布达佩斯总部大楼。10月30日欲撤出被围困的大楼时遭枪击受伤不治身亡。

你们说的那些蠢事都没发生过。这里怎么会失火呢？我也关心自己的房子。很明显，这小子早盼着我入土了。您代我告诉他，再对我指手画脚，我就把他从遗嘱里除名，由您来继承所有的东西。他有胆量就让他接着纠缠您。您是一个真正的圣徒，可以帮我收集我家族的遗骸，并帮我建造墓室，那样您就真的有机会在那里祈祷了。我没有这样做的唯一原因就是，这个讨厌的混蛋可能会因此起诉你。为了钱财，他甚至可以和乔鲍杜尔村的人言归于好，而且不管我怎么看待您，我都不会那样对待您。但这些是您应得的，我的李子女王。好了，您走吧。今天是星期五，回家看您的德语《圣经》去吧。"

我收到了逐客令，维欧拉抬起头等着她发出指令。艾梅兰兹把她的手放在狗的额头上。它接收到那因为劳作而变得格外粗糙狰狞的手指传过来的赐福，昏昏沉沉地闭上眼睛，似乎没有别的方式可以用来回应。我像一个老人那样，迈着沉重的脚步离开了。今天连同之前发生的所有事情，如铅一般压在我的身上。不过，除了狗跟在我身后，艾梅兰兹也走了过来。我被围墙后篱笆内的茉莉花吸引，没有听到她的脚步声，她会在尽可能多的场合穿着毛毡底布鞋，以便舒缓青筋暴起的双脚。我苦涩地想，她为什么过来找我？她认为自己早已看清了我的为人，认为我是一个既迂腐又势利眼的伪君子，可她不知道我是怎样让我丈夫转移注意力的，免得他终日念及死亡。而且如果他真的已经病入膏肓，我还可能继续日复一日平平静静地工作吗？我全力地和我信仰的主抗争，在这点上我是清清白白的，她却来求全责备。

"好了，回来吧，做个好孩子。主人会打开收音机听音乐的，享受维欧拉还没回家的安宁。我不会伤害您的，事实上，我从没想过伤害您，您就是迟钝，还有些蠢。为什么要把我的嘟嘟囔囔放在心上呢？您自己看不出来吗？您是我拥有的唯一了，您，还有我的动物们。"

我们站在这里，身后便是房子，紧闭的窗户里传来了微弱的声音。住在艾梅兰兹楼上的人格外安静，虽然他们把晚间广播的音量调低了，但我依然能感觉到莫扎特《安魂曲》那黑色与金色交织的画面。我没有回应。毕竟，她也没说有别的事。她不明白，正是因为我们互相爱着对方，她才能不断地伤害我，直到我支撑不住。她不明白她能这样做是因为我爱她，而且她也爱我。只有真正和我亲近的人才会真正伤害到我。她也许很久以前就抓住了这点，但是她只有在她自己愿意明白的时候才明白过来。

"请过来吧。没有必要这么固执，您的脾气和我的一样折磨人，因为我们都是来自大平原的人。过来，别瞪着我了，我喊您过来有事。"

为什么？她还想做什么？她仿佛用水银涂好了一面镜子，把它举到我的面前，让我只能看见镜中的自己，却看不到她那张藏在水银涂层背后的狡黠的脸。

"过来，我为您准备了一件礼物，一枚复活节小兔子彩蛋。"

她的口吻就像在哄小孩。当她对街上任何人这样说话时，我都会禁不住转过身或者驻足原地,而孩子们会蜂拥而上,就像维欧拉一样紧紧拉着她。她为了复活节的兔子,在圣周五都不给我做李子羹,还嘲弄我对耶稣的哀痛,但她确确实实给我准备好了礼物。她可以送礼物给我,我却不能送礼物给她,对我而言,这是禁忌。

"我不去,艾梅兰兹。我们需要互相沟通的内容已经全部说完,我会给你侄子打电话,传达你的指示。如果你乐意,你就留维欧拉在你这儿过夜吧。"

天空倏地一下变得乌云密布,我难以看清她的模样。我一整天都在盼望下雨,现在可谓姗姗来迟了,而且在这天通常会起风,还会伴随着倾盆大雨。此刻,就在一天行将结束时,为基督恸哭的泪水就要再次降临,虽然来得有些晚。瓢泼大雨落了下来,骇人的大风也再度席卷而来,预示着一场即将爆发的暴风雨,好似整个宇宙都在渴望空气,并且开始在我们耳边喘息。我没办法回家了。我知道艾梅兰兹唯一害怕的就是暴风雨,而且我没必要拗下去。假如我不跟她走,她将会把我拖进去。维欧拉一边耷拉着尾巴进了门,一边还在呜咽着。它退入了门廊,一直在抓挠那扇永远都关闭的门,试图进去躲雨。一道道闪电划破苍穹,雷声也在狗的狂吠中此起彼伏。到处都是雷鸣电闪,忽然闪出一道纯蓝色的火焰,之后就剩下漫天大雨和彻彻底底的黑暗。

"安静,维欧拉。马上就会结束的,我的孩子,很快。"

天空呈现出深蓝色,随后又变得银白。雷霆仍在肆虐着。闪电闪了很久,我才看到她从自己笔挺的口袋里掏出了钥匙。狗也在呜咽着。

"嘘，维欧拉，嘘！"

钥匙转动了，我们在电闪雷鸣中看着对方，艾梅兰兹的视线一刻也不曾离开我。我觉得是我理解错了，肯定是我弄错了，那扇门才不会打开，更不是在眼下打开。绝不可能的。

"现在听好了，如果您透露给任何人，我就诅咒您。任何被我诅咒过的人，下场都很悲惨。您会看到从来没有人见过的东西，以后也不会有人看到，除非他们把我安葬入土。但是我这里并没有什么您稀罕的东西，今天我还打击了您，比您应该得到的打击还要猛烈，所以我想把我仅有的东西交给您。反正总有一天您会看见的，事实上这就是属于您的。但趁我还活着，您可以现在先看一下。所以，进来吧。不要害怕，跟进来。"

我跟着她往里走，维欧拉从门缝溜了进去。在最初的几分钟，灯还没打开，我便在一片漆黑中一步一步地摸索前进。维欧拉在沉重地喘气，哼哧哼哧地呻吟着。伴着它熟悉的声音，我听到了窸窸窣窣的响动，声音低得像是一只老鼠在深夜里倏地一下窜过地板。我停了下来，不敢往前一步。我从来没走过这么黑的地方。接着我想起了百叶窗，从我们住在这里起，就没人见到这扇百叶窗打开过。

灯光亮起来了，我们周围的光线非常刺眼、清冷，这灯光不是暖黄色，而是透着冰冷的白色。艾梅兰兹真是一点都不节俭，这个灯泡至少有一百瓦。我们身处的这个房间非常宽敞，像冬日的白雪地一般明亮开阔，看起来就像刚粉刷过。房里有煤气灶、水池、桌子，还有两把椅子、两个大食品橱和一张小沙发。沙发上罩的是一张巨大的磨损了的紫罗兰色布罩，显然是历尽沧桑了，里面的天鹅绒内衬也都成了碎片。这是曾经风靡一时的双人款沙发。艾梅兰兹家中一尘不染，就跟那排老式餐具柜里半透明柜帘后的玻璃杯一样。这里甚至还有一台冰箱，虽然同样也很古朴。我盯着冰箱，想要弄明白她是在哪儿买的冰块，因为人类已经好多年不这样制冰了。维欧拉钻到双人沙发底下，预示这场暴风雨即将来到最猛烈的时刻。房里还是那股熟悉的氯气掺着某种空气清新剂的气味，呛得我要咳嗽。除此之外，令我惊讶的是，这间不对好事者开放的屋子，只是个精心布置过的亲切的厨房兼餐厅，并未隐藏任何秘密。这里没什么奇怪的东西，除了一个巨大的钢制保险箱，完全封住了从厨房通向里面客厅的门。除非小偷成群结队而来，否则绝对挪不动它。我暗自想到，这就是格罗斯曼家族以前的财产吧，它的背后一定藏着她获赠的家具。但是谁能通过这个保险箱进门呢，怎么进去？即使只有艾梅兰兹一个人也没法进去吧。外面仍是电闪雷鸣，雨势倾盆。她脸色苍白，但仍在克制自己。后来，我才发现这个保险箱里装满的都是陶瓷杯。

我茫然不安地环顾四周。这里有一个装着花儿的花瓶，在擦得发亮的大理石地板上散布着几张小块的地毯，好像是有人从老旧的波斯地毯上仔细裁出的一些可用的部分。随后，我的目光落在艾梅兰兹最不想让世人得知的地方：一排碗，还有猫砂盆——保持猫咪卫生的必备品。在水池下方，也是靠近餐具柜的墙角处，有九个珐琅盘子和九个小碗，里面只有一点剩粮。我母亲给我的那个裁缝师用的人偶，就仿佛雕塑一般站立在两个餐具柜之间，上面别着的全都是照片，就像一个一丝不挂的女元帅，身上只挂着她的勋章。照片中有一张褪了色的，是从报纸上裁下来的，上面是一张热情的、带着古典气质的年轻脸庞。

"是的，就是他，"她回应了我那个还没问出口的问题，"在他走后，我发现了那只花猫，后来被吊死了。别同情我，我可不需要同情。千万别刻骨铭心地去爱任何人、任何动物。"

维欧拉的呜咽声和雷声此起彼伏。

"后来我又碰见了另一只猫。这里总是有多余的猫，被扔出来的，被赶出来的，还有最开始给孩子们当玩物的，后来因为孩子长大了，猫就会被带到远处，扔到别人的花园里。所以，正如我告诉你的，我遇上了另一只猫，替代那只被吊死的猫，后来，那一只也被毒死了，显然是之前吊死猫的那个家伙干的。这次我学会了沉默。我想清楚了，宠物不一定非得外出。它们可以和杜宾犬一样跟着贵族待在室内。只有在这四墙之内，我才能保全它们的性命。我并不是一开始就有这么多猫的，我又没有疯。我最开始只想要第一只，就是那只老猫，我带它去做了绝育手术，让它安静下来。第二只是一只生了病的流浪猫，等我把它治好了，我又不忍心赶它走。它们都是可爱的小东西，非常温顺，而且我一进门，它们都特别欢喜。要是您回家的时候，没有一个人表现出兴高采烈,那还不如别活在世上。无论如何,我很难跟您说清楚这里怎么就有了九只猫,还有一只是我在'恶魔之壕'①的底下发现的,这只猫当时嘶喊着。它试图用爪子爬出来,却总是掉回去。另外两只是在垃圾桶碰见的。您知道的,最司空见惯的就是把小东西装进尼龙袜,再把它们扔到垃圾里。我以为它们活不成了,但是它们居然长大了,还成了最漂亮的两只。那只灰猫是火炉工离开时抛弃的。这三只黑白相间的猫是在'恶魔之壕'发现的那只猫产下的,它们就像马戏团的小丑,很是奇异,我解决掉了每一只新产的猫崽子,我还能怎么办?但我不忍心这样对待这些小小丑,它们的胸前还有星星,您实在难以把那样的小东西埋进土里。"

我站在这里,寂然不动。暴风雨渐渐退去,雷鸣也越来越弱,闪电几乎停了。唯一的光线来自艾梅兰兹家那只巨大的灯泡。

"它们知道它们得保持安静,因为它们全都记得那个危险的时刻。它们也能嗅到死亡,不要以为当你带着注射剂走来时,它们不知道会发生什么。但是您无须为任何一只猫感到抱歉,被终结总比被赶出门和危机重重的流浪要仁慈得多。在你结束它们生命之前,喂肉给它们,把它们喂得饱饱的。它们不习惯吃肉,要

---

① 原本指公元4世纪古罗马帝国皇帝君士坦丁一世时期修建的一条由土垒和沟渠组成的防御工事,其线路是现今的布达佩斯向东至德布勒森,然后向南延伸至塞尔维亚的科斯托拉茨。

是你加点镇定剂,你甚至都不用去追它们。现在,你得对所有的事情守口如瓶,因为没有人知道它们的存在,您是唯一的一个。它们都是我从死神的魔爪中夺回来的,对我而言,它们比我弟弟尤日的儿子还亲密。如果房子里的人发现这里有多少猫,他们会迫使我至少放弃七只,因为我们只允许养两只猫,防疫局的检查员可能会对我没那么严格。除了把它们托付给你,我没什么可给您了,就让您看看我的家吧,好好照看它们,但是不要挪动它们。它们非常胆小,除了我和维欧拉,它们谁也不认识。维欧拉,你在哪儿?别干蠢事了,暴风雨已经停了。回你的地盘去!"

维欧拉爬了出来,一跃便跃到双人沙发上。我注意到座位中间有一处凹陷,就是它长时间趴出来的。

"晚餐时间到了!"艾梅兰兹喊道。最初什么动静都没有,所以她再喊了一遍。这次声音很轻,整个房间都在动。又一次地,我听见了这些奇怪的声音,并且见到了艾梅兰兹的家人,躲藏在沙发后面和橱柜下面的九只猫,全都从它们躲好的地方跑了出来。它们甚至看都没看我,唯一能听见的就是维欧拉的尾巴扫来扫去的声音。它们紧挨着空碗站着,宝石般的目光投向了站在火炉旁往大盘子舀辣椒番茄炖菜的艾梅兰兹。她轮流给每只猫喂了一些。在她弯腰投食给它们时,她的脸上一直挂着笑容。这看起来不真实的场景更像是真实的样子,像一幕马戏表演,这是真正的训练。维欧拉虽然很想吃,但还是保持一动不动,只是用尾巴表示它也在这儿。这群猫一点都不怕它,它们早就不把它当作一条狗了。最后,它也得到了它的那顿大餐,就放在窗台板那儿。它在家从来不会这样。它大快朵颐地吃掉炖菜，把碗舔舐得干干净净，随后得意洋洋地看着我，就像在说，看，我在这儿乖不乖？"回你的地盘去。"艾梅兰兹说道。它跳上身后的双人沙发，猫咪跃上来，环绕着挨在它旁边。那些没有在它身旁或它身上找到位子的猫，便优雅地倚在沙发靠背的木条上。有两只甚至栖息在裁缝师人偶的肩膀上，就在照片上方。我的照片也位列其中。

突然，她宣称时间来不及了。地下室很明显进了水，她得去收拾干净。她留下了维欧拉，说它可以陪着其他伙伴，反而把我打发回家。我们出了门，一起走了一小段路。唯一能嗅到的就是雨中的芬芳。当我们在阴影下穿梭，裹挟雾气前行时，月亮又一次地仿如《埃涅阿斯记》第六章①中的那样，躲在我们的头顶，试图愚弄我们，但马上又会倾泻出它的光辉。我推开我们公寓的门时，泪水夺眶而出。这是有生以来的第一次，我不能也不愿意向丈夫解释我为什么哭泣。这是我们结婚以来，我唯一一次没有理会他。

---

① 见第73页。

圣诞惊喜

维欧拉已经死去很久，但我总会想起它。在傍晚时分，万籁俱寂之时，我经常被街道上光怪陆离的光影迷惑，仿佛能听到轻微的、有节奏的脚步声。我想象耳边响起了它跟在我身后跑来跑去的声响，它的爪子发出的咔嗒咔嗒声，还在急促炽热地喘息着。我还回想起在夏日的某个星期天，窗台那儿放着一罐罐腌黄瓜，肉汤或烘制糕点的香味飘了出来。我想起维欧拉那时的模样，它目不转睛地盯着厨房里的各种食材，看着它们变成可口的饭菜。没有人比它更聚精会神，把它赶出厨房更是不可能，不过实际上也没人会赶它走，因为每当这个时候，它会表现得如同一个信徒一般极度地克制，虽然它仍旧盼望得到一些特别的食物，它企求时会发出一种特殊的声音，好像它在叹息，而且对于这种哀伤的表现，站在厨灶那的人通常都会扔些食物给它来作为回应。在记忆的洪流中，我也时常回忆起这些叹息。

我经常忆起过去那次，艾梅兰兹怔怔地看着我的神情。她声音空洞地问我，是不是已经厌倦了总是围着她转的生活？而我只是深情地望着她，好像她向我求了婚似的。我想从她那里得到什么？友情，还是亲人般的关爱？"我们对任何事物的看法都截然相反。您总是被他人教导着怎么做这件事、怎么做那件事，却浑然不知什么才是重要的。难道您看不出来，尝试打动我是完全没有必要的吗？除非那个人彻彻底底属于我，否则我不想拥有任何人。您喜欢把每个人都放进一个盒子里，然后在需要的时候把他们拿出来——这是我的女友，这是我的堂亲，这位是我年迈的教母，这是我的爱人，这是我的医生，这枝干花是产自罗德岛的……请别打扰我，一旦我过世了，你偶尔来墓地探望我就已经足够。我拒绝和那位先生成为朋友，是因为我希望他成为我丈夫，您也别把自己当作我从未拥有过的孩子。我给了您某些东西，您也接受了。您有权利继承我的一些东西，因为即使我们之间存在小小的摩擦，我们仍然能很好地相处。我死后，您会继承一些东西，那不算什么，但也应该足够。此外，不要忘记我带您去过我从不让他人进入的地方。除此之外，我没别的东西留给您，因为我自己也是孑然一身。您还想要什么？我给您做饭、洗衣、清理垃圾还整理卫生，我还替您喂养维欧拉。我又不是您已经去世的母亲、保姆，也不是您的好朋友。让我安静一会儿。"

她说得对，但事情进展得并不是那么顺利。她请求我帮忙的就是在她去世后照顾她的小动物园。我会把它们每一只都照顾得好好的。虽然我殷切地希望等到我接手时，这一群小动物的数量会有所减少，或者被处置掉，至少她不要糊涂到再去收容新的成员。现存的九只就已经足够令人惊恐了。这绝对是一项苦差事。我必须清楚：我们的关系是由她来控制的，由她安装的情感温度器是经济和理性的。我们就是用这种同样得体的方式和众多外交官夫妇保持联系的。每次会面之前，我们都会重复提醒自己外交事务中那些不成文的规矩——要控制住情感，外交官每三年就会被派往其他地方,他们不可任由自己和当地人建立起终生的关系……我们必须合理配置我们的情谊,但是当他们身在此处时,我们应该安享他们的存在,安享这份共情,因为他们的陪伴对我们来说确实大有裨益。

我们三个人签署了这份外交协议。家里的第四位成员——维欧拉——缺席了。有一次,它在狂躁之下咬了老太太,老太太用铁锹狠狠地揍了它一顿,打断了它的一根肋骨。不管它怎么咆哮,最终还是被带到兽医那儿治疗。这期间,老太太一直抱着它解释道:"你就是自作自受,你这头乡下来的蛮牛。别告诉我说什么交配季节,你倒想生气,你这个丢人现眼的东西,活该!好了,别耷拉着脸。"给它的奖励是一块点心,这个点心在它坚硬、亮晶晶的牙齿的咀嚼下立刻消失得无影无踪。艾梅兰兹认定了,如果你爱她,你就应该让她成为你人生的主导。在她身边被她视作格外重要的人当中,只有这条狗将这一切视作理所当然并且坦然接受——即使在它咬她的时候。

通常来说,一旦我俩当中有一个人身体不舒服,我们和她的关系就会到达最和谐的状态。这样的时候也真不少。近年来,我和我先生的身体状况堪忧,生病更是司空见惯。要么是我们的身体没抵挡住疾病的侵袭,要么是我们的神经系统告诉我们这样做不合适。在这些糟糕的时刻,艾梅兰兹给予我们的支持给我们带来了实实在在的效果。她粗糙的手指带来了舒缓和痊愈。当我们大病初愈,她帮我们洗浴干净,做全身推拿,并给我们抹上小爱娃寄来的香味浓郁的爽身粉。没有什么比这更能让我们精神焕发了。我先生曾建议，我们应该像一只脚踏进坟墓里那样活着，或者陷进一种她可以把我们拉回来的无底洞状态——如果那样，她就会感到彻彻底底的满足。倘若我们总能战胜病魔或者是无病无灾，她的生活就没意思了。当她不再被需要，她就不能确定自己存在的理由了。

还有一件事令我们永远难以习惯：虽然从不阅读，可是她总能够获知文学领域中所有把我们生活搅得天翻地覆的负面消息。而且，她经常会让我们意识到她已经洞悉了一切，并向我们保证，她会把这些消息视为与自己息息相关的事情，并且亲自告知街区每一位与此切身相关的居民——如果他们自己没有发现的话——阴谋家再次行动起来了。她甚至要求她私交圈子的成员们团结起来，对我们的敌人发出谴责。

随着时间流逝，我们之间的关系日益深厚。只要艾梅兰兹愿意，她就是我们当中的一员。她依旧在外面——也就是她的门廊——接待我，就如招呼其他访客一般，而且，她再没让我进过她的公寓。在其他方面，她的习性并无变化，她还是做着自己接来的种类繁杂的活计，尽管很明显的是，她的身体再也不如以前那么健朗了。她甚至还在清扫积雪。我偶尔会猜测她到底有多少家产。我觉得，尤日的儿子或许足以给他所有的家人打造一幢大楼以供自住，就像打造地穴一般。艾梅兰兹严格区分了应该怎么酬谢我们每一个人：中校得到了敬重；维欧拉得到了她的心；我丈夫得到了她无可挑剔的服务，他甚至崇敬艾梅兰兹的克制行为，使我的外地人的友好性格保持在适当的范围内。对于我，她允许我的靠近，并且把自己人生的关键和最终时刻托付给我。她还告诉我，在我的作品里，促使"枝干"转动起来的应当是真正的激情而不是机器。这是一份厚礼，是她给我的最好馈赠。但我仍觉得不够，想得到更多。譬如说，我多么希望像拥抱母亲一样去拥抱她，并且向她倾诉我不会告诉任何人的事情，那些让母亲用爱的触角而不是依靠智商或者受教育程度来理解的事情。但是，艾梅兰兹并不想让我这样对待她，我对于她并非不可或缺，至少我是这样认为的。在艾梅兰兹和她家的痕迹全都消失后很久，工匠的妻子看见我手上拿着从园中采来的切花，并意识到我是准备前往墓地时，她展开双臂搂住我的脖子。"你是她的生命之光，"她说道，"她的女儿。去问问附近的人她是怎么形容你的，'我的小姑娘'。你觉得呢？这位可怜的人儿甚至在坐下休息的时候还不断谈及的那个人是谁呢？她提到的是你。不过你只知道她是怎么引诱维欧拉，把它从你身边带走。你永远都没意识到的是，她对你就跟维欧拉对她一样。"

艾梅兰兹陪伴了我们约有二十年。在她为我们照看公寓、处理邮件和来电以及接收各类钱款期间，我们经常要出国，或者连续几个星期甚至好几个月都不在家。即使维欧拉大声号叫，她也从不会把它带去自己的公寓，一个钟头都不会，所以当我们外出时，我们家中从不至于毫无生气。有一次，我们从法兰克福的书展回来，给她带了一台小电视。我们早就知晓她不会接受礼物，但我们觉得这可以把更广阔的世界带入她的禁忌之城。在当时，匈牙利还买不到这种东西——整个国家近乎只此一件，她似乎在自己的情感生活中力求独一无二，因此我们觉得这次她的反应可能会有点不一样。她将是街区里唯一一个拥有这种小屏幕电视机的人。我们在节日前及时赶到了家。又是圣诞节，我们遇见维欧拉也是在圣诞节。在那个年代，电视里的宗教节目少之又少，反而经常播放孩子们穿着皮外套和皮靴演唱的民间戏剧，并会在晚餐后播放一部以二战为背景的略带伤感的电影。艾梅兰兹在为我们准备菜肴，我们猜想她应该会开心的。但是她没流露出一丝喜悦之情。她神色复杂、目光凝重地看着我，好像在犹豫要不要跟我们说些什么，但又不打算说。由于她确实接受了礼物，我不禁沉浸在狂喜当中。她向我们致谢，祝福我们"圣诞节快乐"，随后便离去了。那一年的圣诞节格外令人喜悦，就像我在小时候得到了彩色卡片一样。窗外，大片软绵绵的羽毛般的雪花正在袅袅落下。我是最喜爱冬季的，于是驻足窗边向外远眺。沉浸于圣诞节和家中的氛围，令我想到了艾梅兰兹，此时此刻，这位自豪的电视机主人应该正坐在自己的房里庆祝节日吧。

我觉得之后的一切都源自那天傍晚发生的事情。这就像上天把这件礼物扔到我们眼前，又像是那位艾梅兰兹通常都会蔑视和否认的神忽然出现，在这里注视着她一举一动。他赐我最后一次机会来发现，而不单单是看见。我们站在窗户旁，惊奇地看着冬日里羽毛般的雪花翩翩起舞。路灯在我们下方，即使在最猛烈的暴风雪中，它的光线依旧非常明亮。刹那间，艾梅兰兹的身影出现在我们眼前的街道上。她在清扫积雪，由于沾上了一层厚厚的雪花，她的头巾、肩膀还有背上全都变得花白。即使是平安夜，她也还在扫雪，就因为人行道必须保持通畅。

血气涌上我的脸庞。从这儿看去，她就像《奥兹国的稻草人》①中的稻草人。仁慈的耶稣，新生的耶稣，我给这位老太太带的是什么礼物？她被细碎的活计缠身，从这顿早餐忙到下顿，又能有多少时间安静地坐在家？所以她才会用那种不同以往的受伤的眼神看着我们。倘如她的情感不比我细腻、不比我更善解人意，可能她一早就拒绝了这台电视机，又可能会反问我们能否代她清除街道积雪，或者替她处理洗衣房的事情，哪怕只帮她做一次，因为在她能坐在双人沙发上的时间，布达佩斯已经停止放送电视节目了。

我们面面相觑，显然我先生也意识到了这一点，我们羞愧难当，转身背向艾梅兰兹和她的扫帚，没有继续看下去。维欧拉在通往阳台的那边抓门试图出去，但我没允许。我们都没有开腔，有什么好说的呢？真正需要的是行动，不是语言，而我们却只关注自己的电视。直到现在，每当想起自己本可以怎么行动却止步于想法时，我都难以原谅自己。

我总是会讲大道理，也羞于承认自己做错的事。但我忽略的是，我比她年轻力壮，却从来没有出门扫过雪，也没送她回家看电视节目，尽管拿起扫帚对我来讲也是轻车熟路。当我还是个在乡下生活的小女孩时，就经常抱着一把扫帚跳舞。在那段时

---

① 美国作家李曼·弗兰克·鲍姆创作的系列童话之一。

日，我总是把屋前打扫得一尘不染。但我没有下楼，怎么会下去呢。圣诞节到了，我也喜欢节奏的变化，在创作了那么多存在主义的和怪诞的作品后，即使我偏爱咸味和苦味口感，有时也想尝试一下甜美、浪漫又令人心碎的作品。

行　　动

　　是的，我很确定，事情就是从那一刻开始崩溃的。入秋之后，流感就开始肆虐，到二月底时，艾梅兰兹也患上了流感，当然，她依旧漠然置之，毫不在意。那年冬天，雪下得格外频繁，尽管人人都听到她咳嗽得难以说话，她还是心无旁骛地清扫道路。舒图和奥德尔卡东奔西跑，给她捎来伪装成茶饮的热红酒。艾梅兰兹把酒一饮而下，并且不时地倚着扫帚一阵又一阵地咳嗽。奥德尔卡贴身照顾她，直到自己也病倒，甚至严重到住院。显而易见，艾梅兰兹如释重负，因为再也不用看到她来自己面前转悠了。舒图非常小心翼翼，可奥德尔卡这个大嘴巴一刻钟也不消停。艾梅兰兹甚是厌恶整条街道的人都在沸沸扬扬地宣传：老太太一连好几天都没上床休息，这该死的雪一直下个不停，她都病成这样了，还得踩着冰鞋，从这幢房子滑行到那幢房子除雪——这里房子那么多——过后又得重新清扫一遍。之前那个率先跟我说起艾梅兰兹的同学建议我哪天去找老太太谈谈，并且劝她去看医生。她不能再去扫雪了，一定要躺下休养，否则真的会出事的。这位同学听到艾梅兰兹咳嗽，认为令她难受的不是什么流感，而是肺部感染。当我揽着艾梅兰兹的手试图扶她集中注意力站稳时，她的呼吸已经十分困难。她冲我大呼小叫，要我别管她，如果我真的乐于助人，不如照顾好自己还有我先生，自己打理卫生和烹饪。只要这该死的雪一直下，她就不会离开这条街，而且她才不想去休息——多么愚蠢的主意，我明明知道她家没有床,还劝她上床休息,而且她怎么可能躺下休息?随时都可能有人按门铃找她!——住客虽然自己有钥匙,但是一些她不认识也不希望出现的政府人员仍有可能到访——她在夜里还不如只是坐着,她的背也会舒服些,所以我能不能别为她操心,她受够了,她躺不躺下关别人什么事呢。她就从来没有问过我,像我这个年纪的妇女,为什么要在盥洗室里准备那么多的化妆品。我同学还有那位医生要躺就自己去躺,那些妄想对她发号施令的讨厌鬼只要管好自己就行。

她的脸色因为怒火和发烧而涨得通红,随后又奋力地扫起雪来,好像她和积雪有宿怨,只有她才能解决似的。舒图和工匠的妻子给她带来食物,她就在我身后大吵大叫,声音洪亮得整条街道都能听见,所以我还要怎么担心呢。她讨厌被人监视,她这一生从未有过歇斯底里,但如果我们过度纠缠她,她倒是可能尝试一次。她的话被咳嗽卡住,接着又是一阵咳,之后她便转身走开。那些天,她从没带上维欧拉,因为她说自己没工夫和它到处跑,让狗一直待着不动也没好处,所以我还是把它带回家吧,那里暖和些,没必要让它同样染上感冒。

无论从哪方面看,那一年都是非同寻常的一年,对我们来说也是。在我们送电视机给艾梅兰兹的那个圣诞节之后,我的生活也开始发生剧变。从新年伊始,仿佛有一只无形的手在拨弄神秘的水龙头,或喜或忧的事物通过这水龙头注入大家的生活,有时候关闭,有时候又打开。就在那时,水龙头的水充沛地喷涌而出，虽然不算壮观，但也一目了然。在此之前，我从不需要安排或张罗这么多事，直到最后一刻我才知道原因。多年来，我一直被一股外界力量压制。那股力量看不见，却又真实存在。现在我很难接受，似乎某个地方早有定论，从前那个放下的铁路道口栏杆抬起来了，我们多年未曾拜访的门无需叩响便已自行开启，只要我愿意便可踏入其中。起初，我几乎没有留心这些迹象。艾梅兰兹一如既往地一边清扫街道一边咳嗽，我负责购物以及烹饪。此外，我得把房间打理得井井有条，给狗喂食并带它出门溜达，还总是要为这个那个机构冷不丁地向我提出的紧急要求而头疼。自始至终，哪怕情况再糟糕，艾梅兰兹都不肯找医生，一次都没有，可每当我提起这个话题时，她就会大声呵斥我走开——谁还没权利咳嗽；只要雪一直下，她就会去街上干活；我只消把我们家照看好，等她回来工作就足够了；我不必再用药物和医生的事情来烦她，那只是浪费时间。失去艾梅兰兹的强有力支撑，我在各项工作中忙碌得不可开交，仿佛一只乱逃乱窜的甲虫。一时之间，所有和我有过商务来往的编辑都从各种地方冒了出来，摄影师纷纷致电邀请我拍摄。直到那时，我才反应过来，要发生令人激动的大事了——若是他们只打算骚扰我，肯定不会用这种方式闹得沸沸扬扬。此前我从未受到这么热情洋溢的赞美，外界也从未如此关注我。我一直在收到各种邀请，新闻记者不停地打电话进来，广播和电视台的人频频出现：整个世界都彻底变了。甚至当我同学开始不停地暗示时，我仍旧没完全明白。之后的一个清晨，我先生接到了一个重量级机构的电话，之后他变得神采飞扬，那种神色我只在我们婚礼那天见过。他最终说出几个字：获奖了。当然，肯定是获奖了。如今已到三月中旬，所有的迹象，尤其是近来不着边际的善意来电问候，只可能意味着一件事情——那个大奖会授予我。我本该感到喜不自胜，欣喜若狂。毕竟，我十年来的挣扎终于走到尽头。我应该感到不胜欢喜。

但我只觉心力交瘁。我的生活在没有一丝过渡的情况下就被公之于众，连日来的曝光已经令我筋疲力尽。而且，我们家里的秩序也同样溃散不堪——艾梅兰兹不在这里。这种反复无常的状态，一方面把我推到了聚光灯下，本该给我带来真切的喜悦，另一方面却让我难以同时兼顾维欧拉、供暖、做饭、洗衣、打扫卫生、往返干洗店等等。奥德尔卡总算出院了，我们希望她和舒图可以接替艾梅兰兹清扫街道。艾梅兰兹起初是断然拒绝的。她用那发疼的嗓子竭声怒斥奥德尔卡，赶她离开。但她很快恢复平静，离开了街道。舒图当时在售卖炸薯条和炒栗子，她把摊位关掉，放上一条告示："因病闭摊"，而后和奥德尔卡一同拿起了桦木扫帚。整个下午显而易见的是，她们两个人加起来都难以完成艾梅兰兹生病前一半的量，但现在这位老太太把自己藏了起来。布罗达里奇先生大声询问她需要什么东西，她隔着门，气冲冲地说让她自己安静一会儿。再没别人去探望她，反正她也不让任何人去探视。她不让别人给她送药，因为她拒绝服药，也不让别人给她找医生。她需要的就是稍作休息。只要能睡个安稳觉，她就会恢复如初。她也不想要维欧拉陪着，因为它只会上蹿下跳地烦她。我更别想去探望她，因为她才不想看见我或者听我说话。谁都别过去吵她，我们必须理解，她只想要彻底的清静。我也不行。

艾梅兰兹消失了。没有她的街道看起来那么的不真切，就像一片荒原、一片沙漠。我终于还是接受了老太太离开，把自己隔绝起来，甚至把我也排除在外。此时，我已经不再感到失望或者惊慌，而是全然徒劳的愤慨。她不希望任何人探望她，甚至我也不能吗？她可真贴心！就在我生命中的每分钟都被他人提前预约的时候，我竟然卡在这种问题上。事态非但没有好转，反而在分崩离析。所有的重担都压在了我的身上。我先生不宜在冰天雪地时外出；狗一天到晚地叫；我还得把公寓收拾得干干净净，因为时不时有访客到来……简直难以想象，我居然要做这些事。此外，电话一直响个不停，我也被记者围得水泄不通。每次出门，我都发现街道上熙熙攘攘，舒图和奥德尔卡一边打扫道路一边畅聊。邻居们一向知道老太太在别人生病时有多么体贴，便带上杯子、碗和食品罐，踏着雪朝艾梅兰兹的门廊走去，而我没给她任何东西。我每到进餐时间就开两听罐头，我们三个——包括狗——都是这样度日，我总不能把这种食物送给病人享用。当然，其他人分外贴心，没有人做得不好，除了我。虽然我每日都会去她门口好几次，询问她我能为她做些什么，但那已经是我能照顾的极限了。这位老太太没提半点要求。当我站在那里询问她有什么需要时，我总是充满担忧，期望她别真的提出要求。手头上的事已经令我应接不暇，更别说去做其他事了。此外，降雪严重中断了交通,我拽着维欧拉,一天跑四五次商店,因为任何物资都没法及时运进来,我连最基本的东西都买不到。可是厨房里的所有东西都快用完了,需要重新购买。我一路上艰难地抱着撑得鼓鼓的购物袋回家,顾及不了此刻的形象。与此同时,摄影师们已经在我们公寓翘首以待。在奖项宣布前拍摄的照片当中,我从来没有像这次看起来这么憔悴、蓬头垢面以及疲惫不堪。

艾梅兰兹此后再没开门,一次也没露面。频繁的拜访令她暴跳如雷,她要求任何人不得骚扰她。她的声音变得虚弱无力,不是含糊不清,而是听起来很奇怪,感觉很痛一样。她依旧拒绝看医生,而只有我才明白原因。外面的小长凳上堆着给她送来的食物。起初,她还会把它们拿进去,然后把洗好的空盘子送出来。但后来,她不再出来取食物,邻居们送来的碗碟都像受洗一样,一个挨着一个,原封不动地放在那里。此时我真正地担心起来。我们疑惑地去问她,她却隔着门缝回应说她没什么食欲,而且她的冰箱已经塞得满满的了。到那会儿,她说话已经含糊不清,还断断续续,我以为她是在用大量的酒精自行治疗。我清楚她说的是谎话。我见过那个"冰箱",那可不是电冰箱,街上已经很久没人售卖冰块了。就像她在圣诞节扫雪那次一样,我只能意识到一点,那就是她在撒谎。我想不明白,她和猫群要靠什么食物维持生计。我试着安慰自己,或许是她之前的食物还有剩余。毕竟,她当初拿走了很多食物,里面的碗可能到现在还是满满当当的;窗台那儿很冷,食物也许可以堆在那里?我没再多想。我忙得不可开交，不是接电话，就是接待客人。而且，我每日都要到她门前去，重复地询问要不要请人过来，譬如说那位担任医学教授的邻居。我早已知道她会拒绝，而且当她拒绝时我都会窃喜，因为我实在没精力忙活别的事情了。

庆幸的是，我的大脑还能正常工作，足够让我试着联系中校，告诉他艾梅兰兹身体不适。可他并不在警局，而是外出度假了——他们也不清楚是哪个度假村。我通知了尤日的儿子，他来了，但也进不去。他只好把橘子、柠檬还有一大锅肉馅卷心菜放在她门口。后来有一天傍晚，布罗达里奇先生走到我们公寓问我，距离老太太最后一次出现在门廊有多久了。现在已经是三月末了，如果他没记错，她上次把门打开还是两周前的事。住客都很担心，即使她不愿意看医生，如果他们作为社区成员没有为她找医生或者寻求其他帮助，他们也会陷入麻烦的。他还说到一个我也知道的事实：她的盥洗室直通门廊，她一直用挂锁锁着那块私人领地，可她最近并没有使用过。雪花飘进了门廊，可是连日来，除了那些带食物去门廊的邻居的脚印，从门廊到前门并没有新的脚印。那艾梅兰兹要怎么上洗手间？厨房门后传来一股刺鼻的味道，导致他不禁担心起来。我们不能任由她永远这么荒谬地把自己锁起来。我们要做点什么，不然这位老太太就遭罪了。倘如她坚持拒绝邻居或者医生进入，他们就砸门进去。街区的工作人员曾经试图进去看她——奥德尔卡那天早上带了一位过来——但是艾梅兰兹把他轰走了。根据奥德尔卡的说法，她几乎开不了声，还咕哝着被人打搅了。这又不是暗无天日的非洲，所以我能不能尽快联系救援人员？不然这个可怜的老太太很快就会与世长辞。

我马上又陷入绝望之中，她若是不愿意的话，绝不会让任何人进去，她也就让我进去过一次。要是她发现我们打算强行进入，天知道会发生什么。最终，我忧心忡忡地提出一项可行的解决方案。我告诉布罗达里奇先生再等一天。我会跟艾梅兰兹面对面地交流，任何人不能在旁边。过后我会告知他们结果，要是失败了，我们便另寻他法。

那天午后，我匆匆登门，隔着一扇门跟她谈起话来，我承诺会尊重她的意愿，并牢记她不希望开门的原因。没有人会进门的，我会进去把要做的事情做完，但是首先她要出来。如果她不乐意，她可以不去医院。她可以和我们住在一起，和维欧拉一起住在我母亲的房里。医生已经在等候，他会给她做检查，服下他开的药，她马上就会痊愈的。

这个提议激怒了她，她的嗓门大了起来，不再含糊不清、咕咕哝哝，而是冲我大吼大叫。我们要是再来打搅她，只要她痊愈，就会用妨碍邻里罪控告我们。我们所有人都那么爱出风头、无耻，从头到尾地爱管闲事。她有权利慢慢恢复，她乐意在哪儿躺着、坐着或者站着都是她的自由。我一步也不能踏进去，别的渣滓也不行，如果有人敢进去，她就会让那个人见识一下她的斧头，然后宰了他。我被她打败了，惴惴不安地回到家中。那天傍晚，布罗达里奇先生又过来了，还有工匠和尤日的儿子，他们决定把门砸开，医生就在门外待命。不过，尤日的儿子不能带她回自己的家——他担心他家的小女儿被传染，但是他可以把她拖上台阶，带到我们公寓。如果我能让她把门打开一条缝隙，或者是转动钥匙，其他人会把事情解决的。

即使我们背着我先生决定了所有事情，他也没有一丝反对。令他迷惑不解的是，为什么破门的主意会令我如此心神不定，毕竟门可以再装上去。老太太不愿开门已经不是什么新鲜事，毕竟她从来就没有正常过。可她怎么变得这么顽固又孤僻，就跟阿喀琉斯一样？不管怎么样，我们会治好她的。如果她愿意，我会带她回家。我先生不喜欢家里有陌生人，但那不重要。老太太需要照顾，需要待在温度适宜的地方。任何任凭她走向死亡的人，终生都会遭受良心的谴责。死亡是不可避免的，而我的恐慌是可以避免且不合常理的。毕竟我爱老太太，所以为什么把她带来这里的念头会令我如此忧虑甚至双眼噙泪呢？我没有答案。我也不能回答。只有我一个人清楚艾梅兰兹的禁区。

我和医生还有布罗达里奇先生决定，艾梅兰兹可以在她家住最后一晚，到第二天医生结束手术后，我们就行动起来。那是一个煎熬的夜晚。我仍然考虑着，时间一分一秒地过去。最终我下定了决心，我也帮不上别的忙。如果拒不接受治疗，她真的会死。要想拯救她，就只能背叛她。她是钢铁铸成的——或许这样做还不算晚，如果我处理得当，我或许还能保住她的秘密。这意味着有一大堆额外工作要完成，需要一系列天衣无缝的谎言，并且投入大把的精力。

黎明时分，我上她家敲门，请求她看在我的分上，在下午的时候出来待一会儿吧，让邻居们安心。不让任何人见她的做法并不明智，他们只会以为情况比原本的要糟糕得多。没有人想让别人觉得他们漠不关心——她知道他们有多么爱她。我的计划是让她把门打开一条缝隙，医生会在我身后一起抓住她的手臂，把她拉出来。然后在我的帮助下，工匠、布罗达里奇先生和尤日的儿子会把她带走，安置到我们的公寓。

她回答道，她正准备给我捎个口信：她决计不会出来。但是，我能不能带一个大的长方形盒子过来，她那只绝育的老猫去世了，可能要我把猫安葬好。她不需要医生，任何人不得靠近公寓。要是他们不相信她还活着，就让他们滚开吊死自己吧。只要她给了我什么东西，他们就会知道她还在世。我可以说我是帮她带走了垃圾，这足够应付那些好事的邻居和他们的担心了。我难以理解她的喃喃低语，但是当我这样做的时候，我觉得我是疯了。我从来没有收纳盒。我去哪儿找一个合适的、可以充当猫咪棺木的盒子？而且，在我忙得不可开交的时候，我能怎么安置一具尸体呢？但我还是答应了。

回家后，我在地下室找到一个废弃的盒子，终于松了一口气。死去的猫实际上降低了我的工作难度。她会把门打开，把尸体递给我，然后医生就可以抓住她了。所有计划要在同一个精确的时刻启动。差不多在我出发去电视台做个人专访的时候，医生才能抵达这里。电台的人跟我商量好是四点钟，四点差一刻的时候汽车就会来接我，正好是医生赶来的时间，他完全没办法提前一秒钟。我负责跟老太太谈话，她把门打开，然后我把盒子给她，她把猫送给我，到那时，尤日的儿子、布罗达里奇先生还有工匠就会把她拉出来，他们会把她送去我们的公寓，然后我就可以起身去电视台了。我的脸色因为焦躁不安而发青，只能胡乱吞咽几口甜食让自己镇定下来，尽管我之前觉得这一切都易如反掌。而且我很内疚，我怎么没有早点想到这个实际的办法呢。

我更换了母亲房间的寝具，还点上了壁炉。那天下午，不时有记者到访。他们看到维欧拉叫个不停，又看到整个冬季都未供热的房间第一次被整理出来，也是稍显讶异。现在我才明白为什么我觉得事情不会出岔子：因为这是我人生中第一次站到舞台中央，被光辉照射，被光辉包围着，几乎不会留意别的事情。扪心自问，稍有常识的人都不会怀疑我计划的可行性。大家都知道艾梅兰兹爱我们；我母亲的房间也一直空置着；艾梅兰兹搬过来的话，维欧拉也会欢欢喜喜；无论艾梅兰兹多么怀疑，她依然坚信，如果我已经答应不让任何人进入她那锁着的公寓，也答应照顾那些和她生活在一起的动物，那我一定会信守承诺。实际上，令我忧心忡忡的是一个小细节——她开门的那一刻。她会发现，站在门外的不只有我——这个地球上唯一一个她可能为之开门的人，还会出现其他人，也就是她的死敌——医生。尽管我深受怯场之苦，一想到要出现在镜头前就会冷汗直流，但我更害怕那一瞬间，而不是早已排练好的在镜头前的亮相。

我们商定，在艾梅兰兹的门廊等医生过来，我甚至还在家准备了午餐。维欧拉那天一反常态，起初它动不动便咆哮，之后就变得平静了。当我正打算带它下楼散步时，它立刻要求回到家里。即便门铃响起，它也未曾把头抬起来，但它没有睡觉，而是在观察。我本该领会这种低落情绪的含义，可我不是艾梅兰兹。在它看见我出门并把它独自扔在公寓时，我没有理解它狂吠不止的原因。我还带上了猫咪的棺材，牵强地对众人解释，这东西会帮助艾梅兰兹把财物搬到我们的公寓。电视台的车和尤日的儿子同时到达了。驾驶员传信说，他们很抱歉，但是化妆师已经在等着了，而且我在化妆前还得和导演明确一些事情。不凑巧的是，他们不知道我在这儿有事缠身，可我们要马上出发，所以我可以跟他们走吗？我告诉他，我没法即刻动身。我还有事情要做，没办法顺延——这不是立刻就好的事，他们要等一会儿。驾驶员答应再等五分钟。理论上讲，这已足够——我只消跑去艾梅兰兹家，透过门缝把猫放进棺材，然后其他人会把她拉出来，送她来我家。在他们跟她解释时，我会趁机把门锁上，再回到公寓把钥匙还给她，向她保证所有的事情都井井有条，没有人会闯进去——录完节目后，我会坐下劝她，我们会相处得很愉快的，她病愈之前我都会好好照顾她的动物园。劝说艾梅兰兹——我怎么敢这样想？我显然已经失去理智，我只愿相信我期待相信的东西。在这一片混乱中，我努力地思考，我会在演播室里面对什么提问。时间到了，刚好是四点差一刻钟，驾驶员很明显地指了指左手腕的手表，右手伸出五根手指。好吧，我答应过的，五分钟就五分钟,再久也不行了。

那时已经是三月底,天气很冷,但艾梅兰兹的花园飘满了紫罗兰的芳香,虽然她窗户下草坪那儿种的是丁香花。医生、布罗达里奇先生、工匠,还有她侄子,都悄悄地等在了那里。我之前就警告过他们,除非我拿到她的包裹,否则他们不能妄自行动。与此同时,整个街道的人都意识到我们打算做什么。这就像勃鲁盖尔①的油画布,人们聚集在一起,形成一簇簇鲜明的色彩。大家都是熟人,也完全赞同我们最后提出的方案。工匠指了指门边,那儿散发出来的恶臭从前天开始就已经令人心惊肉跳了,现在更是刺鼻且令人作呕。要不是知道不可能,他或许早就以为这里有具尸体了。早在布达围城战②的时候,他就闻过那种味道。

我让大家躲到边上,甚至是走在街上的旁观者也往后避让,因为我得一个人待在门边,不能有任何人,尽管他们愿意付出沉重的代价来围观我们不顾阻拦地强行拯救艾梅兰兹。等到门廊清场后,我才开始敲门。艾梅兰兹告诉我别进来,只需把盒子给她,然后原地等待。在我们房前等候的电视台驾驶员按了一下喇

---

① 指老勃鲁盖尔(1525—1569),尼德兰(约今属荷兰、比利时、卢森堡和法国东北部)的画家。

② 第二次世界大战中,匈牙利追随德国并进攻苏联。1944年10月,苏军反攻进入匈牙利,于12月26日包围了当时由德国国防军及匈牙利军防守的布达佩斯,展开了惨烈的战斗,造成了大量平民伤亡,最终守军在1945年2月13日投降。

叭，可我没法回应他。我看到门开了，艾梅兰兹也把手伸了出来。我一点都看不见她的脸。要么就是她一直都在这个黑漆漆的地方待着，要么就是她把灯关了，因为门后简直是一片黑暗。涌出来的恶臭令我不禁想捂住自己的鼻子，但我就是站着，紧张得像拍电影一样。虽然我在这种紧张之下难以体察到所有的细节，但是公寓里飘出的一阵阵腐烂的恶臭，同时夹杂着人类和畜类排泄物的异味，实在是酷似布达围城战的余波。我把盒子递过去，电视台驾驶员又鸣了一次喇叭。艾梅兰兹把门关上，随后我听到里面打开开关的轻微的声音。医生警惕地盯着这个角落，我暗示他再等会儿。那个驾驶员再次鸣起喇叭，与此同时门开了一条缝隙，艾梅兰兹用一块小小的破布裹着尸体递了出来，并不是装在盒子里，那个盒子显然太小了，里面怎么也容纳不下这具动物遗体。我用手臂托着它，它就像一个被谋杀的婴儿。

她就要把门关上，但是医生已经把脚伸进门缝，尤日的儿子也一步冲上前。我并不清楚他们到底有没有进去，或者是不是按照计划在工匠的帮助下把她拉出来。我带着死猫径直跑回我们的公寓。门外的人群犹如勃鲁盖尔画中的人物，我从他们之间穿梭而过，一时间感到极度恶心，便把猫的尸体扔进了垃圾箱。此刻喇叭一直响个不停，但我径直冲进公寓，脑中只是想着，如果此时不用热水洗手，那么我都没法说一句话，不管他们问的是什么。为什么所有的事情都是以这种杂乱无章的方式出现、都是这般的混乱不堪？艾梅兰兹应该就在来我们家的路上，肯定一路上都在反抗。他们应该会一路拖着她来。我应该在这里陪她，但眼下是不可能的。我不在这儿,我也实在没办法了。"你能帮我忙吗?"我向我先生请求道——后来他才告诉我,那时我的声音走调,面容都变形了。"别等他们过来,快去那里,把那个地方锁上,别让人看见里面。你也别偷看,他们一带她过来,就把钥匙给她,告诉她我会亲自把事情处理好。电视台的人一直在按喇叭,我实在没时间跟她亲自解释了。"

他应允了。我赶去车上,他则直奔艾梅兰兹的公寓。我没有看老太太,也没有去看救护队,只听见一片嘈杂低沉的声音。我充耳不闻,径直钻进电视台的车,驶离了街道。

除去头巾的她

  当你犯下某种确实不可饶恕的错误时，你未必能够察觉，但内心深处必会有所疑虑。我告诉自己，那股萦绕在我心间的忐忑只是怯场，可实际上那是纯粹的内疚。即便我们匆忙赶路，我们发现仍然算错了时间，已经该我上场了。面对镜头，我没有化妆，素面朝天，并且思绪杂乱，如同精神紊乱一般。我察觉记者想从我这儿挖掘到更多信息，一些更有原创性的观点，但即使在回应他的提问，我的思绪依旧飘到了另一个地方——家里那件棘手的事。我们早已和医生商议好，若她的病情尚轻，且并无大碍，就由我们照顾她；倘如事实极为严重或确有性命之忧，就叫救护车把她带走，但这一切在我回家前就会尘埃落定。

  节目涉及的人员不计其数，而且在不断往后拖延。这样的话，就算访谈结束，这场聚会也不会随之结束，因为他们不会让我离场。我心急如焚，想要先行一步，可这又是我的光辉时刻，是我生平第一次上电视。如果我强烈坚持，他们显然会应允我离开，可这又不是什么普通的经历，这是在和每天只能在电视里见到的名人会面。我知道我应该冲回家中，可我没有。末了我突然看了一眼怀表，发现时间后我大惊失色，争分夺秒地叫了一辆出租车便疾驰而去。

  我下车时夜色已深，街上悄然无声，并且异常空旷，唯一的噪声便是从我们公寓传来的维欧拉的哀怨声。因此我下意识觉得艾梅兰兹不在我们家，倘如她在，它才不会如此悲戚。不消别人告诉,我便知晓这情形远比我想象的严峻——我早该反应过来,就在艾梅兰兹突然中断为我们工作、叫我们自己照看自己的那天,我就该明白过来。但在那之后我只把心思用在了自己身上。我是在我们公寓门外下的车,而垃圾箱就在一步开外。我往里面看了几眼,想看下那个令人惊恐的包裹是否仍在里面——不出所料,确实还在。我打了个激灵,砰的一声关上盖子。而后,我并没有踏上台阶,而是去查看我先生是否锁好了艾梅兰兹家的门。

工匠在房子里,正站在窗边轻轻地合上百叶窗,他一向都如此温和。接下来的事则出乎我预料——我本以为他会朝我挥手,示意有话跟我说,然后把我在电视摄影棚发表讲话时错过的事情告诉我。可他拉下了百叶窗,细密的木条把我俩阻隔开来。我想这位先生恐怕不想和我交谈。我感到一阵心慌,当即跑着穿过花园。我之前便遭遇过这种情形,借着他身后的灯光,我看到他的表情就跟你有时看到的护工的表情一模一样——你走进医院病房,然后朝一个病人走去,却发现躺在他床上的是别人,然后护士面无表情并且声音空洞地把你带到主治医生那儿谈话。仁慈的主,事情怎么会变得和我们的计划大相径庭?只是没有锁好那扇门?只是她的那些猫没有四处乱窜?我意识到无论我赢得什么奖项,就算我不是一个多人电视节目的次要嘉宾而是全天候的电视焦点人物,并且在我向整个世界公开自己经受过的诋毁和屈辱时,政府的每一位成员都会安抚和宽慰我——就算如此,我也不应该让艾梅兰兹独自面对那些事。那是第一次,我第一次因为意识到这点而不禁打了个寒战,之后这种寒战更是接踵而至。我那备受追捧的思维只考虑到,我会在那天晚上把她的屋子打扫干净,消除屋里的怪味,这样的话不管招致什么后果,楼里的人都不会有微词。但此刻我明白过来,我应该陪着她,就在她失去自理能力需要我的时候,我应该陪着她;就在他们强行打开她家的门,即使只是打开一点点缝隙只容许医生独自进入,不顾她的抗议把她带走的那一刻——可我从未想过那样做。这个奖项已经开始施展魔力了,我苦涩地想。我奔向它的荣光,急不可耐地钻进电视台的车,什么痛苦、年迈、孤独、丧失自理能力,都被我抛诸脑后。

一到门廊,我便再也走不动,怔怔地看着自己脚上高级鞋子沾到的斑斑点点。我已经想到了情况很糟,但绝没有想到我眼下所见的程度。难以想象我的眼前到底发生过什么。艾梅兰兹的门既非敞开也非锁住:它已经算不上门了。原先的那扇门正靠在盥洗室的木门上,上面的门锁原封不动,但是铰链已经断裂,锁芯也不知所踪——像是有人用什么硬物砸过,整把锁只剩上半部分完好无损,就像你在佛兰德斯画派作品中看到的那样,门的中间破碎了,上半截木板翻折下来,一个面露微笑的女人则用手臂倚着半扇残门探出身去,好像在调整姿势以便作画。我联想到艾梅兰兹戴着头巾不断张望,虎视眈眈地盯着外界的模样;我并不在这里,医生反而站在我的位置上准备抓住她。我无法想象接下来的事情是怎样发展的。我没有一丝力气,不得不坐到长凳上试着稳住自己。我明白我不能逃避,我必须得去那臭不可闻的地方看一下。稍稍休息几分钟后，我僵直着向前走去，我仍记得在那个特殊的夜晚，开关的声响是从哪儿传出的，我四处摸索然后开了灯。这次并没有响起那种匆忙的、窸窸窣窣的奇怪声音，而是死一般的寂静。要是猫群依然藏匿在这儿，它们一定会害怕得从某个地方窜出来。

我第一次来这儿的时候，就觉得这里的灯光十分刺眼，而现下一切都暴露在我眼前。这个房间曾经跟玻璃一样一尘不染并且熠熠生辉，可眼下的我却被人和动物的粪便包围着，一堆已经腐烂的臭气熏天的食物被直接倒在地板或者报纸上，洗礼碗被倒扣在地上，蛆虫大军在旁边不停地蠕动，还未完全腐烂的生鱼和一只切好的鸭子一旁同样爬满蛆虫。来访者带来的食物也被倒在地板上，天知道艾梅兰兹有多久没拖地或是打扫一番了，甚至连蟑螂都在垂死挣扎。一层厚厚的白色粉末覆盖了我目之所及的惊骇场面。这就好像白糖下透着一些面目可憎的、污秽的、早在中世纪便死去的头颅，白花花的头骨蛰伏在下面，还露出牙齿发出冷笑。没有看到艾梅兰兹，也没看到那群猫。窗户全都通透地敞开着——窗扉和百叶窗尽数被拆除，可屋内那股令人窒息的消毒剂气味依旧经久不散，不是寻常的氯气和空气清新剂的味道，而是某种混合得愈发刺鼻的气味。橱柜或者商店里是不会储备这么多消毒粉的。不止医生和救护人员来过，还有消毒所的人。

出于惊惧和自责，等到家门口时，我的双手已经僵得无法转动钥匙。我只好摁下门铃，我先生过来开门，他在此之前从未因为任何事指责我，在此之后也没有。他摇摇头，似乎是对发生的事情感到无言以对，随后便去沏茶。维欧拉缓缓地走到我身边，接着把身子蜷缩起来。啜饮时，我的牙齿碰到杯口，咔嗒咔嗒地响。我什么都没问——艾梅兰兹公寓的钥匙就在桌上，也绝口未提我在荧屏上的亮相。待我强行灌入几口茶后，我先生叫了一辆出租车，然后我们直奔医院，其间却是一言不发，直到我们了解到，医生已经为她安排好了一间病房，她却还未抵达医院，我们才开口说了第一句话。怎么可能？他们没带她来医院吗？"他们正在带她来的路上，"护士说道，"她只是还没到这儿。他们首先得给她消毒，按照她被他们发现时的那种状态，绝不可能直接把她放到病床上。"

起先我并不明白她的意思，我像傻子似的盯着她，随后慢慢瘫软在地。一大群医护人员围上前问我，他们能为我做些什么？——我看起来很糟糕——需要什么药物或者咖啡吗？我什么都不需要。我们就坐在那儿等。这时我无法逃避地向先生询问了细节，他也把他目击的情况告诉了我。他赶到艾梅兰兹的公寓时，医生正拽着她的胳膊，她竭力想要挣脱医生，但又无法多做抵抗。医生和救护人员也察觉出她患上了轻度中风，大部分脑溢血已经被重新吸收，但她的左手几乎不能动弹，左腿则彻底不能动了。她肯定经历过全身瘫痪，而且还长达数天，但她那惊人的体魄使她得以自行复苏。她终于挣脱自己的胳膊，接着猛地把门一关，然后闩上，还拒绝回答任何问题。那时候，所有闲着的邻居都走出了家门，聚集到她的门廊前。她沉默了片刻，对他们的恳求无动于衷，但当医生威胁说要把政府人员喊来的时候，她破口大骂道，如果他们不让她安安静静的，她就把第一个碰她大门的人杀掉。大家如此尊重她的意志，以至于无人打算诉诸暴力。一位路过街道的陌生人被这里的喧嚣吸引，得知这里发生了什么之后，便真的动起手来，试图强行把门打开。就当锁开始转动之时，一块厚厚的木板裂开了，不是按照大家设想的那样从外部被砸开，而是从屋内。透过这条缝隙，就像惊悚片一样，一把斧头蓦地亮了出来，还胡乱挥舞着。在那之后，没人胆敢再接近这扇门——相当重要的原因是那股翻滚而出的恶臭。中风之后，她无法行走的情况约莫持续了一周。她只能躺在那里，用肘部支撑自己。不知为何，她一定要待在公寓里解决自己的困境。她肯定是说服了自己，不能让任何人得知她有多么无助。这样的话没人会得知真相，医生或救护车也没必要过来，也无需去医院。面对重重顾虑，她倾向于第一种，也是她之前便确定的方案。如果那些猫可以照顾好自己的需要，她就无须爬去门廊，她的秘密也能保住。只等她康复，恢复行动能力，她就会让所有的事情恢复原样。但倘如她真的过世，一切便就无关痛痒，她什么都感受不到。她早已频繁宣称自己并不相信很多东西——包括来世。

屋内，动物和人的排泄物已经腐烂分解，一大堆或生或熟的食物就在旁边，不是发酵便是发霉。那个陌生人蹲在门下，拿起工匠的斧头狠狠地把锁砸开，终于控制住了她。出于自卫，艾梅兰兹摔在门廊上，就摔在他们脚下。这场不幸再也无法遮掩，单单是天知道她穿了多久的衣服就能表明这里发生过什么——一贯非常干净清爽的两条腿上如今沾满了早已晾干的污秽物。布罗达里奇先生打电话叫了救护车，救护车即刻赶了过来。那时艾梅兰兹已经神志不清，她刚出门呼吸到新鲜空气便昏厥了过去。两位医生——一位是邻居，另一位则是救护车上的——商量着给她注射了一剂药物，但由于她没有生命危险，救护车并没有把她带走。她确实要去医院，但在那之前，她要被送去消毒所。不仅仅是病人，这座公寓也需要立刻消毒。消毒人员随后抵达了。他们先是四处撒了某种粉末，然后使用喷雾剂对着所有的物件喷洒一遍。他们把艾梅兰兹裹得严严实实，带去了消毒所，告诉她消毒完毕才可以去医院，否则他们不能把她送到救护车上。就在工作人员给散发恶臭的残羹冷炙喷洒杀虫剂的时候，各种各样的生物跳了出来夺门而去，包括好几只硕大的猫。防疫局会决定怎么处置这座公寓，即使考虑到其他租客，这里也不可能做到一如既往，又不可能彻底关闭这里，而且不管怎样，关闭这里毫无意义。腐烂的食物让这个地方臭气熏天，没人想踏足。等到消毒队结束工作，他们就会在门上钉上木板。

至此，这便是我不在场时发生的事情，这便是老太太躺在自己的排泄物中、全身被腐烂的肉类和发酵的汤饮包围以及她缓缓地从瘫痪中复苏却仍然难以行走的场景。尤日的儿子和我们一同坐在长凳上，看起来忧心忡忡。他也令我想起一个很实际的问题：要提防贪得无厌的小偷觊觎艾梅兰兹的帝国。存折极易被他人得手，我们必须找到它们。我告诉他，我会在医院守着艾梅兰兹，能不能请他去找找那个令人烦恼的东西。事实上，这位小伙子不消一会儿便找到了它们，两本存折，都被塞在那个邋遢的双人沙发侧面衬垫的缝隙里。他回忆起这是他父亲一贯藏东西的位置——衬垫之间可以凭借手指摸索的缝隙。

我的先生在埋头看书——他总会随身带上一本。我坐在这里，十指紧扣，仿佛我的左臂早已失去知觉。老太太终于到了，由于不是平时的装束，我们几乎认不出她。她没有说话，任凭他们安置自己，双眼也是紧闭，嘴部的肌肉痉挛着。她几乎没有意识，他们给她注射点滴后随即盖上被子。羞愧和悲痛令我心力交瘁，我情愿躺在那里的是我。医生让我们回家，因为我们守在这里也无济于事，只是和她争夺这里的空气，再说她已经中风，她根本认不出我们。他也不知道眼下能给我们什么保证。凝块已经被持续吸收了，X射线结果也显示她的肺炎已经差不多痊愈，但是她的心脏异常虚弱，以至于目前不清楚她正在遭受什么——他顿了顿，接着说道——或者将会遭受什么。而且病情好转也不一定能解决她的问题，因为她的病情以及她被带到这里来的那种情形可能令她蒙受了极大的屈辱。医学造就了众多奇迹，但是这种情况只能自我修复。他从未遇见过一颗衰竭到如此地步的心脏。

自从我们进入彼此生活，这是我初次目睹艾梅兰兹并未挽上头巾的模样。她的苍苍白发刚洗过，还散发着清香，我似乎从中瞥见她母亲那乌黑靓丽的头发，而她头部的轮廓则让我脑海里重现了多年以前她母亲的完美容颜。艾梅兰兹此刻命悬一线，她全然不知自己已经变成了母亲的模样。倘若在我们第一次相遇的时候，就是我在玫瑰花丛中思考她像什么花的时候，有人告诉我这位老太太是一朵白色山茶花、白色夹竹桃或者复活节风信子，我一定会放声大笑，但现在她的秘密已然泄露，犹如没有任何遮掩地躺在我们面前的她一般，即使行至饱经风霜的暮年，那智慧的额头以及她的美丽仍旧熠熠生辉。躺在病榻之上的老太太衣着极为简单，这身衣着超越了任何形式的装扮。她病重时穿着的简朴、得体的衣物令她像极了一位贵族人物。躺在我们面前的是一位真正伟大的女士，如群星一般纯洁的女士。那一刻我方才真正意识到，当我不在她身旁的时候，我到底做了什么。如果我当时在场，我大可利用我的名声劝告医生不要画蛇添足，就让我们接手，我会照顾她的——不需要什么消毒，舒图和奥德尔卡也会从旁协助，我会给她洗澡，让她焕然一新。电视台没有我照样可以录节目。最重要的是我早已知晓她的个性，我可以避免她遭受陌生人破门而入带来的屈辱。当我站在国会接受奖章时，所有人都认为我是一位成功人士。只有我自己清楚，我早在第一个关卡便失败了。现在，至少在这最后关头，我应该竭尽全力让事情重回正轨，不然我会永远失去她。我必须施展真正的魔术，说服自己并说服她那天下午发生的事情只不过是一场梦，一切都只是一场梦。

颁奖典礼

那天夜里我打了两次电话，艾梅兰兹的情形一切如旧，既无好转也无恶化。到家后，我切了几片肉盛在碟子里，而后返回那幢噩梦一般的公寓。医生一早说过，那些动物已经四处逃散了，但它们知道家里没人的话或许会自行回家。夜幕早已降临，周围一片寂静，即使它们曾经被吓得不轻，现在也该回家了。我到处查看，恶臭令我恶心，但公寓空空如也，连那窸窸窣窣的声音都听不到。黎明时我再次匆匆而至，发现盘里的肉仍未被动过，尽管我充满期待，可整个晚上没有一只猫回来。但我知道若是它们就此消失或者不在这里反而更好。这并不是出于我的实际、现实或是我自己利益的考量。我暗自祷告至少有一只或两只会现身，这样当我把一切都打扫好又整理得井井有条，等艾梅兰兹可以回家的时候就能有几只心爱的猫儿相伴。但是就跟消毒所的人员一样，无论是死是活，我一只都没找到。在门的碎片四处飞进的那一刻，它们一定以为整个世界都在爆炸。艾梅兰兹把它们从那种不可测的、充满危险和死亡的情况中挽救回来，可现在它们只能落荒而逃，再次陷入那种境地，再也没有猫在公寓附近徘徊——仿佛有某种暗号吓跑了它们。比任何人都熟悉那里的维欧拉，也拒绝靠近她家那片废墟。在她死后，这幢公寓便被翻新，而且很快又找到一个新的主人，但它始终漠不关心。门廊上的灯一如既往地亮起，它也丝毫提不起兴趣。每到夏天，她的紫丁香都会徒自绽放。维欧拉会去每一个她们散过步的地方寻找她，但绝不会是她家。即使它没有亲眼看到，它也认得出她那次抗争并落败的场所。艾梅兰兹走后的第一个清晨，街道上安静得可怕，仿佛穷苦的民众因为国家元首病入膏肓而陷入悲恸，这种沉默并不是流于表面的，而是真正地源自内心深处。维欧拉趴在它的垫子上一声不响，甚至没有发出一声呜咽。当我带它出门散步时它头也不抬，甚至都不看其他狗一眼。

年轻时，我曾用简易相机拍摄了许多照片，没有什么摄影技巧。此时此刻，当我回忆起他们为我颁奖的那天，感觉就像我拍摄过的一张老照片在我眼前重现。在那张老照片中，由于某种视觉错觉，拍摄对象似乎在同一时间朝着相反的方向运动。那是我为我母亲照过的一张相，当我从店里拿到冲洗好的底片时，我却不敢相信自己所见，我的母亲，我想永远留住的人，参与了我的生命又离我而去，而她的影像在两个以及一系列相反运动的作用下，就像是逐渐在扩大又像是逐渐在缩小。我的家人有时会向客人展示这张骇人的幽灵一般的影像，因为那个人物在同一空间和时间上均表现出一种自我矛盾感。那天他们给我颁奖的时候，我肯定也是如此。在那个时候，我的每个想法、每个举动都背道而驰，它们充斥在我的内心还有周围，如同在镜子中一般。

那天格外忙碌。黎明时分，我便动身去查看那碟肉，并且寻找那群失散的猫，之后又从艾梅兰兹的公寓赶到医院。我并不孤单，舒图比我到得更早，奥德尔卡也是。我们三个人看着艾梅兰兹，她已经完全恢复意识，但是明摆着沉默不接受我们的安慰，甚至都不打算原谅我们。舒图拿着一个保温瓶转来转去，但艾梅兰兹不要咖啡，也不要冷饮，无欲无求。奥德尔卡不仅带来了她的洗礼碗，还用手提袋装了其他两件礼物作为友情的象征。工匠的妻子准备了些鸡汤，布罗达里奇太太带来的则是浮岛甜点①。艾梅兰兹甚至不瞧她们一眼，她才不关心任何礼物或者她们说了些什么。过了一会儿，护士告诉我们，探病的人已经从早到晚地叨扰她一整天了。第二天是国庆节，人们很希望看到她，但不管谁前来探望，最后都被证实徒劳无功。邻居们怒气冲冲地离开了，因为老太太从没正眼瞧过她们一眼。

我两手空空地过来，不停地盯着自己的手表以确定自己还能坐在这儿陪她多久，但我没说话打扰她，只是时不时地握握躺在被单下她的手，每次她都把自己的手抽回去，除此之外没有任何迹象表明她知道是我来了。不多久，一位医生便愤怒地几乎是冲着舒图和奥德尔卡大喊道，现在就说她脱离了鬼门关真是言之尚早，而且很明显就算这句话没错，她也不会希望任何一个人目睹这个过程。劝她进食还给她带去一大堆食物只是浪费时间，她才不想理睬你们，而且她也不需要进食，静脉注射给了她所有维系生命的必需物质。如果你们真心希望帮忙，就应该让她安安静静的。他说得对，无论是谁柔声细语地跟她说话，她都跟对待我一样对待她们——双眼紧闭，谁都不看。我从医院匆忙赶回家中，换上那身特意为典礼准备的黑色礼服，稍微拾掇下疲惫的脸

---

① 一种法式甜点，由凝结、漂浮在奶油上的蛋白酥皮组成。

孔，当我盯着镜子里看的时候，脑海中浮现出了艾梅兰兹双眼紧闭、酷似遗容的画面。

寄过来的获奖通知被装在一个大信封中，里面还有几样杂七杂八的小东西，包括一张黏贴在出租车前窗玻璃上的通行证，以便我们一路畅行到铺着红地毯的大门入口。这可真是幸运，因为我连走路的力气都没有。路上我一句话没说，在典礼上也只是寥寥数语。这并非我初次在几乎心力交瘁的情境或者类似状态下接受某些东西，如今又经历了一次，正如拍摄的照片所明白显示的那样。早在颁奖仪式开始之前，他们便带领我进入一个宽敞的空间合影，庆祝这意义非凡的一天。即使在那心急如焚之时，我满脑子想到的也是这一切多么悲哀、多么滑稽。我的照片会被收入官方图册，那张离奇的肖像会一直存在——如同一些古代的神看到美杜莎时脸上那挥之不去的恐惧之态。我是从一个病重的人的床榻前赶来参加典礼的，我不需要一个医生告诉我艾梅兰兹可能不会好转，因为我在某种程度上是有责任的。在我说着"谢谢你""那是自然""非常感谢""当然"的时候，我脑中禁不住想，她不会完全恢复了，虽然在医生的帮助下，再加上如果愿意接受药物，她那强健的体魄并非不能撑过这个难关。可这又牵涉到别的事情，令医学无能为力的事情，因此根本没有解决之道。艾梅兰兹已经失去求生的欲望，因为我们摧毁了她整个人生的支柱，还有她那传奇的声名。她由始至终都是大家的榜样和帮手，还是超级模范。她浆洗过的衣服口袋中总是揣着纸包的糖果，从口袋上露出来的棉布手帕像飞出的鸽子一样扇动着翅膀。她是清理街道的"白雪女王",是安全感的象征,像带来夏天的第一颗樱桃,秋天的裂开的成熟栗子,冬天的炉渣中烤好的南瓜,春天树篱上的第一朵花苞。艾梅兰兹是一个纯粹而不被腐蚀的人。她是我们,我们所有人,我们最好的自己,我们一直渴望成为的人。她的额头永远包着头巾,她的面色沉静如水,她从不向任何人索取任何东西,也不依靠任何人。她为他人分担重担,却绝口不提自己的负担,直到她最终确实需要我的时候,我却为了参加电视节目弃她而去,让她重病缠身,还让众人目睹她人生中最难堪的时刻。

我本来无数次有机会替她解释,解释她那颗让动物在家中休养生息的悲悯之心。艾梅兰兹生性高尚,慷慨得不计得失,只把自己孤苦的境遇讲给另一群孤苦的猫听,却从不向外说出自己极致的寂寞。受到不断变化的人际关系驱动,她就像漂泊的荷兰人一样全权掌控自己那艘神秘的船①,总是驶进未知的海域。我很早便得知,事情越是看似简单,就越不容易被人理解,而现在,艾梅兰兹再也没有机会让大家理解她或是她的那群猫。无论她可能说什么,大家对她的信任已被她家中涌出的恶臭以及尚待打扫的污秽物彻底毁灭。围在她身边的鸡鸭尸体,还有腐烂的鱼和滚熟的蔬菜都印证了一件在以前看来绝无可能的事,那就是她疯了。并不是她的身体击溃了她那钢铁般的意志。她已经中

---

① 根据欧洲19世纪的航海传说,有一艘由荷兰人驾驶的幽灵船一直在海上漂荡,从不靠岸。该故事后来有多种版本和改编。

风了，怎么可能打扫卫生或整理房间，又或者把残羹剩饭倒进垃圾箱？在发病伊始，她还能拖着身子出门收回那堆送来的食物已经是医学奇迹了。这场良性的、轻微的、即刻便开始自愈的栓塞，却让她的生活在整个社区人们的眼中变得不可能，而且因为她的双手没法拿动那柄巨大的扫帚，连带断送了她一生的慷慨工作。

一大群家庭成员、远房亲友还有其他人蜂拥进入颁奖大厅，甚至让我都找不到一个座位，但我很高兴，因为这意味着我不会被困在这个地方。我等待着工作人员叫到我的名字，让我上台领奖，随后我便可以去自助餐台那儿假装享用食物。我本来想早点离场，可我有种预感，若是舒图、奥德尔卡或者任何人反应过来，并替我做了接下来该做的事情，我便再没面目见艾梅兰兹了。不止是艾梅兰兹在和自我抗争，我也是。艾梅兰兹和我们相处了这么久，这是我人生中最隆重的正式场合，仅仅逊色于当晚稍迟的接待仪式，但它们都随着一种飘忽之感结束，仿佛和我童年时的某个梦想共鸣起来。我时常憧憬穿上一袭长裙，徜徉在宽敞的楼梯上，所有的人都被我出色的容颜吸引，注视着我，我那么迷人。如果有人走路蹩脚得像唱歌走调一般，那么那天晚上我做到了。我弯着身子，痛苦地蹒跚地走上楼梯，跟每个需要握手的人相握，而后从侧面的楼梯溜出国会大厦。我确信，凭借我这身衣服，他们会毫无意见地放我进医院。但不论我不着一物还是身穿借来的盛装礼服靠近，艾梅兰兹都不会看我一眼。

当我回忆起为我颁奖那天，除了那股由始至终的无助和苦涩，我还记得的一件事是自己那一整天是多么心力交瘁。我这部分的工作持续到凌晨一点才结束。一到家中，我便迅速换上工作服，带着清洁用具朝艾梅兰兹的公寓进发。我不会坐视她蒙羞，消毒所的工作人员也无需过来，等到他们抵达时我早已把所有不该出现于此的垃圾清理完毕。这天是公休日，也是星期六，消毒员早放假了。我确信自己能够完成这项工作。他们到这儿后不会发现任何垃圾，只会看到这里井井有条且干净清爽。但接着，水桶从我手中滑落。就在门廊那里，消毒的人正在抽烟休息。医生忘了告诉我，出于公众卫生的考虑，防疫局要求立即进行消毒，包括彻底销毁所有家具，但会全额补偿。我目瞪口呆地杵在他们面前，看起来肯定像个悲哀的、浓妆艳抹的马戏团小丑——我唯一换下的就是礼服，我脸上还化着妆，发型还是鬈发。但谁会接受，谁能接受他们准备实施的行径？难道他们不知道自己正在像强盗一样摧毁别人的家吗？"话不能这么说。"负责人回答道。首先他们会有条不紊、彻彻底底地把所有地方打扫干净，把地板、家具还有墙面擦洗干净，然后把所有肮脏的、被污染的东西一把火烧掉。"如果可以的话，请您放下那个水桶，请别试图插手。这是专业人员还有政府的工作，无须个人自告奋勇。不过您可以作为这户人家的代表，证明我们是在按照规定执行该工作。严格来说应该是病人自己作为代表，但我得知她不在这儿。因为市政府要把所有被毁的财产补偿给房主，所以能否劳驾您临时充当法定代表，核实物品清单以确保无误？发牢骚不起任何作用，也请别跟我们理论，这是政府的决议。"

我掉转头，冲回家便拨电话。有人告诉我现在可以联系到中校了，因为休假后的他会在公休日上班。我没能跟他说上话，因为他已经在路上了——我们几乎同一时间抵达公寓。政府人员早已开始作业，六个人全都戴着橡胶手套和面罩，穿着围裙，一丝不苟地工作着。他们把腐烂的泥浆铲到带有氯气的清洁车上，把化学溶液仔仔细细地喷洒到所有地方，并且冲刷所有家具，然后把它们扔到花园，就扔在艾梅兰兹心爱的草坪上面，沾满黏稠物的椅子、脏乎乎的双人沙发还有衣柜全都横七竖八地倒在那里。那些相对而言没怎么受损或已被处理的物件则被放置在不远处。就在艾梅兰兹的紫丁香旁边，我看见我母亲使用过的那个裁缝人偶，上面固定满了照片，如同幻觉一般。报纸、散发着恶臭的书籍还有掉到污秽物中的脏衣服都堆积在双人沙发上，还有一些陈旧的日历、报纸、盒子和我自己的作品——她坚持留着我的书，却从不翻看。最终，所有的东西都被搬至屋外，有几件家具和杂物被单独安置，其他的则是被正式记录为需要销毁的东西。他们把汽油倒在双人沙发和椅子上，然后付之一炬。站在这儿目视火焰时，我想到了维欧拉，这儿是它长大的地方，它就睡在这张沙发上。这儿也是老太太平常的休憩之所，曾经还是她的床榻。此外，这还是猫群——如鸟儿落在电话线上一般——经常坐着的地方。但是它不复存在。熊熊大火中还闪现出艾梅兰兹的鞋子、长袜和她的头巾。

这还是中校头一次身兼警察和侦查员二职。在同意销毁每一件物品之前，他都认真检查了一番，如果可以免遭焚毁，他就把它们放置在另外一边，就连几个抽屉也被他腾空。现在厨房里只剩下一件东西，他们接着给厨房消毒，并且擦洗每一面墙壁。以前的一部分家具失宠地躺在外面的草坪上，其他的则葬身火海。行人注意到火光，朝花园投来目光，但被轰走了。此刻，厨房里唯一幸存的东西便是保险箱，它封锁了通向客厅的门。在箭十字党时期，那扇门曾经被强行开启过一次。保险箱上面的金属标签表明它是在老格罗斯曼的钢厂里打造的。这次，它里面没什么东西，只剩那些之前已被取出的陶瓷杯，如果艾梅兰兹真有什么珠宝或现金，那也已经消失在烈火当中了。抽屉里什么都没有，也没人打算检查椅子上那些夹了衬垫的角落，因为尤日的儿子早就仔细搜查过。等到午餐时分，工作人员断定他们已经把遭到污染的东西全部处理完毕。在处置好厨房后，他们便会着手清理客厅。但这时中校接手了，工作人员接受了他的劝说，他说里面的物品并不会危害到住客或是邻居，因为这个保险箱会阻拦艾梅兰兹进入，而且没有什么动物或者寄生虫能够钻到这个把客厅封闭起来的庞然大物的底下。

国庆节长假刚刚开始，工作队应该为他们出色而有益的工作感到满足，无需多费心了。况且，中校是为本地警局工作的，他还认识房主，让内室保持原封不动也是他出的主意。他们已经把她大部分的厨房用品还有私人物品焚烧殆尽——这足够老太太消受的了。他会亲自处理剩下的全部工作，如果还需要进一步的消毒措施，他会上报给防疫局。如果他们没有看到他的申请，那便意味着他已经处理好了所有事情。与此同时，他还在我的名字旁边签下了自己的名字，表示他会以当地警察的名义负责此事。每个人都满意了。队长断定，已经没有其他的风险来源，而且中校的建议确实不错。不过他们还是执行了最后一项任务。他们费了很大工夫才把保险箱从门边搬开，这样他们就可以凭良心说自己并未遗漏任何东西。门上不见钥匙，他们也无意破门而入。这木板上雪白且完整无缺的漆面表明，自从还是基层军官的中校拜访过后，艾梅兰兹就再未挪动这个保险箱，也不可能进入客厅。他们可以离去了。这里不可能有任何食物或者昆虫，数十年来都无人涉足。他们告辞后便匆匆离去。此时，尤日的儿子也从医院过来了。他惊骇地看着火堆，告诉我们艾梅兰兹的病情依旧没有起色，眼下最令人担忧的不是她的心脏，而是她完完全全的消极。她并不配合医生，很显然她才不关心自己遭遇了什么，她还得知了我在国会大厦的发言。主治医生十分担心，因为尽管她明显能听懂人们跟她讲话，可她还是一声不吭，漠然视之。

我在国会大厦的发言？我得想想到底是哪些。我很难集中自己的注意力。我就站在一座破败的房屋的门廊上，脚下是消毒剂的水涡，不远处的烟雾中好像还浮现出艾梅兰兹的过往，那些充满数不清回忆的枕头、木汤匙、朴素的老式家用器具就这样被他们扔进火堆。我骤然意识到，我居然不知道自己是否把装着奖章的盒子带回了家，我在整个典礼上都是晕晕沉沉的。现在我才回想起拍完照片后的一些不大真实的片段，我和另一位嘉宾坐在一个专门的房间里，一位电视台的人在追问我的想法：我能达到这个高度，最想感谢谁的帮助？我说的是艾梅兰兹的名字，来代表那些让我的创作免除后顾之忧的人——每一项声名显著的成就背后都有一群默默奉献的人，没有他们，何言人生成就。"医院里的护士们也听到了这个报告，"她的侄子说，"有一位护士甚至冲到老太太床前告诉她，他们谈论的人物是她，并且将小收音机放至她耳边，这样她便可以一直听到结束。艾梅兰兹不为所动，一言不发。她那时正在接受各种各样的药物治疗，或许正因为那样她才沉默不语。"可我知道艾梅兰兹听得清清楚楚，她就是视而不见。她这一生都憎恶宣传以及华丽的辞藻。我本该在她身陷险境、在她受难之时陪着她，可我没有，她只能独自支撑，还要忍受人们对她施加的一切。所以，她如今才不关心我说了什么，长篇大论多容易啊，我更应该在自己的葬礼上躺在棺材里看看有多少人前来凭吊。艾梅兰兹对我了如指掌，她知道没有什么比让我不能说话更狠的精神打击了。

尤日的儿子告辞了，急于回家与家人团聚。临走前，他还因厨房以及我将继承的财物遭受的损失安慰了我一番，是那种很笨拙的同情。"他们烧毁了那些东西，"他说道，"这确实是一场损失。"我从未如此想过，虽然情绪低落，但我突然大笑起来。我失去了一半的继承物——真是不幸！中校和我在长凳上坐了片刻，旁边还有工匠的年轻妻子，她总是这么友好，关怀着每一个人，还给我们端来咖啡，但我们谁都没喝，就只是搅拌，眼睛定定地望向远处。

"事情怎么会这样？"中校最终开口发问。

"我的天，全部都是因为我，"我对他说道，"我辜负了她。"对我而言，把他在维谢格拉德①附近森林漫步时在这里发生的所有事情倾吐出来是一种解脱。如果我当初联系上他，很多事情可能永远不会发生，或者至少说不会如此发展。即使我对艾梅兰兹弃之不顾，在她人生确实需要帮助的这一刻，他也绝对会和她共度这决定性的时刻。他沉默不语，既不好指责我，也不方便安慰我。他询问我接下来有何打算。没什么，倘若她渡过这个难关，我和先生会带着老太太住在一起并且取消我们的出国之行。我们原计划三天后出发去雅典，同匈牙利代表团一起出席由希腊作家协会组织的一次国际和平会议。我们还想去海边住几天，本打算真正休息一场，但事态发展使这些计划化为泡影。我再也不会如此令她失望——即使我再也见不到雅典，即使那样我也不会了。

他勃然变色，提高了声调说道，我已经铸成大错，还要招惹更多麻烦吗？倘若代表未能前往，那些外国官员绝对会心生不悦。他们会揣测每种可能的原因，包括我们被禁止出境。我没有权利因为个人事务影响整个国家。所以，我必须出国，待在这里没有任何意义。假设老太太次日便去世，我也无能为力。倘若她活下来——而且医生非常确定她可以活下来——她会等我回国。

---

① 匈牙利西北部多瑙河边的著名旅游城市。

短短的一周根本无关紧要,他会在这段时间内接手全部的事情。他会把门重新安装好,去市政府领取被销毁家具的补偿金。艾梅兰兹也不可能被人起诉,因为她的身体瘫痪了不能动,手瘫痪了不能收拾东西,这是不幸,而不是什么罪过。老太太也不愿意危及公众健康。他还会为她准备一些家具,比她先前的家具更新、也更舒坦。国家的仓库里会存放一些从已故但未立遗嘱的公民家中整理出来的物资,他会前去看看。我没有必要跟他争论下去,外交关系才是更重要的。除了照看艾梅兰兹,他还要执勤,我先生还有我也应该继续承担我们的职责,那同时也是国家对我们的期许。等到我们归来,艾梅兰兹的身体就会自然地做出选择:若是能够有所好转,到那时她应该能站起来;如若不能,他们便会把葬礼推迟。我回来后仍有时间腾出一个房间,今天他就会让人用木板把她那扇空空荡荡的门封住。公休日过后,他就会派警局的人打开客厅的门锁,在门上放上板条,等我们进入房间后再决定是否需要深度清洁,但是他认为用不着,艾梅兰兹根本就没使用过那个房间。

终于回到家,我扯掉身上的连衣裙,好像自己的背受到火烧一般。我甚至没用午饭。我打算给狗喂食,但我先生已然尝试过并且失败了。维欧拉开始了绝食抗议。我们带它外出,它就拖着脚步跟在我们旁边,一旦它把树木标记完毕,就只想回家。它不吠,也不喝水。这场危机已经到达最紧要的关头,可我们束手无策——它是在以自己的方式回应发生的一切。我也同样食不下咽，在国会大厦时，大家把我的盘子放满了，我却一口也吃不下去，只是一直含糊地回应连我自己都不清楚的提问。我在阳台躺了片刻，然后猛地起身。我要是不去看看艾梅兰兹，她会死的。只有我可以让她脱离那股把我们两人都淹没的恐惧。我朝着医院病房奔去，艾梅兰兹已经完全恢复意识，医生也笑容满面。他告诉我，她的身体有明显好转，并且开始讲话了。她请求护士帮她盖好被子，令她保持得体，她可不能忍受裸露，过后她又想要一块头巾，所以他们就给了她一顶外科医生用的手术帽。她在里面画了一个奇怪的图案，但这顶帽子确实让她得到了平静。他猜想她已经开始治愈自己的痛苦，不管怎么说，我们应该给她带些睡衣和必需品过来，她抵达医院时可是一无所有。

医生跟我交谈时，我不敢看艾梅兰兹——不仅仅是因为发生的事，更是因为她此时此刻的形象。她戴着外科医生的手术帽的情形让人觉得不可思议，并不是因为这顶帽子不合尺寸，而是因为实际上这尺寸恰到好处。我看着她，她就像一位伟大的教授，施展她未曾使用过的、被藐视的、真正的技能。我默默地听着他的话。我能说些什么呢？医生才不在乎她以前放在自己衣柜里又全都消失不见的什么毛巾、睡衣或者其他东西，又或者是那些现下还在草坪上被消毒剂浸透、散发刺鼻味道的东西。如果我把自己那些在她眼里不算得体的贴身衣物带过来，她会起疑心的。她也认得出我的毛巾，我的东西不像她的东西那样是亚麻制成的。好吧，我得想想其他办法。

她一看见我步入房间，便用手巾盖住自己的脸，好像古时候的国王遵循着"君王荣耀之镜"①来掩盖他们死亡时的痛苦模样,不让宫廷中人看见。但这不是什么死亡——她看起来比那天早晨有活力得多。这更像是,她不愿意见到我。好,那就这样,我暗自想道。我步履蹒跚地回家,先去顺便拜访舒图的小摊。我询问她,如果她打算探望艾梅兰兹,能不能给她带些艾梅兰兹自己认为合适的物品,比如毛巾、洗漱用品之类的,并且编造一些故事解释为什么没能把艾梅兰兹自己的东西带过来。有人会陪着舒图一起过去,邻居们正在商量应该派谁前去,选择什么时候去看望,又该给老太太烹制什么食物。我再次回到家中,等候中校的人上门用木板钉住厨房的门。我知道无论他什么时候上门,我都得等着,至少得看到这项工作圆满结束。我已经濒临自己可承受的极限了,眼前出现了一阵阵的眩晕和波浪。如果有谁过来摇着我的手并说,"没必要鬼哭狼嚎,你只是做了个噩梦",我一定会献上我灵魂的救赎。我越发觉得发生在我们身上的事情太不真切。这么多糟糕的事情像雨点般砸在一个人身上,真是不可思议!便衣警察很快带着木板到了。现在的棺材都不再用钉子了,而是用夹具密封。但他们用四块竖板和四块横板加固这两扇残得只剩半扇的门时,给我的感觉就好像是在钉棺材。敲打声勾起了多重的消逝感:生命的终结、家的湮灭以及艾梅兰兹人生长篇故事的末章。

---

① 中世纪和文艺复兴时期的一种文学形式,用于教导未来的君王为维护尊严和体面应如何保证行为规范。

现在该出发去国会参加仪式了，可我并不太想更衣。这就好像我被一发迫击炮弹裹挟着。我先给医院打了电话，她的病情又一次略有起色。他们还告诉我，他们之前给她打了一剂强效的镇静剂，此刻她已入睡。她还接受服用抗生素，所以情况是足以令人期待的。但她自苏醒后便寡言少语，探望者一靠近她的床，她就会用手巾盖住自己的脸。很多人都过来探望，事实上简直是络绎不绝，她的吊瓶一直都在摇晃。

艾梅兰兹活了下来，而且日益好转，所以我可以装扮自己来迎接人生中最精彩璀璨的夜晚！这身裙子还算得体，但是我那天的脸色令任何化妆师都无力回天。在国会大厦，我对碰到的第一位熟人说，很抱歉，但我实在不方便出席这个场合。此时的我无须过多解释，她当即领会了我的意思。大家也并不惊讶于我离开那如同夏日璀璨的星空一般的大厅。我周身全是璀璨夺目的奖章以及珠宝，枝形吊灯闪烁着的光芒在明镜般的地砖的映照下摇曳生辉。古代的舞池肯定也不过如此。但我脑中只想离开，要多快有多快地赶回家，然后倒头就睡。第二天早上，我就能更确切地知道给我的宣判了。如果她死了，那便无需逃避。如果她还活着，那么那股强撑我到现在并令我免于崩溃的力量便会再次把我从颤抖的深渊中拉回来，这也许是最后一次。

失　忆

　　我睡得并不安稳，虽然幸运地一夜无梦，但还是突然一下醒来，似乎听到电话在响。我请求护工一有情况便立即通知我，但并没有电话打来。清晨的时候，我带着神色漠然的维欧拉出门散步，它依旧拒绝进食。随后我赶去医院。至此，艾梅兰兹已经明显好转。她们刚给她洗好脸，一位护士正用小推车给她送来早餐。就在她透过开着的门瞥见我时，她立刻开始摸索什么东西，随即把一条手巾往脸上一盖。我内心一阵苦涩，敲了敲昨晚值班护士的门，得到的倒全是好消息。倘如她能以这种速度恢复，我们便可放心出国。老太太会渡过难关，甚至还会好转。但我这几个星期还不能接她回家，只有在某种特定的情况下，比如她无法再从事工作，我才能把她接回家中。"她有家吗？可以让她得到照顾的家？""她当然有，"我想，"只要她想得到。"我对她答道，我们已经达成一致，直到她身心完全恢复之前，她会跟随我们共同生活。

　　现在，我们看起来真的像要出发了，我先生也到处翻找出入境证件，但我对这次出行提不起任何兴趣。我踟蹰地整理行李，荒唐地寄希望于主办方会在最后一刻撤销邀请，连同取消会议。最后一次去医院探访时，我跟医生交谈过，就艾梅兰兹的身体状况而言，他十分确定我们可以安心出行，但他补充道，她大脑的情况只有神经学家能够治疗。至今为止，血栓已经差不多被完全吸收，并且尚未影响到语言中枢。受到制约的依旧是她的行动，她的一条腿现在仍处于瘫痪状态。不过，造成她沉默的原因是心理上的。我回忆起我到达病房的时候，她再次用那条可怜的毛巾蒙住她的脸，这样她就不用看见我。好吧，我不会再去刺激她。无论如何，她唯一一个不会蒙脸以待、不会憎恶的只有维欧拉。我转身便走，根本不想和她告别。蹒跚走在回家的路上时，我注意到两个邻居走过斜坡，还带着炖好的菜肴。回到家，小狗依旧在绝食抗议，但现在我才不关心——我满腹苦涩，充满内疚，还如此困倦，以至于我什么都不在乎了。我把它的物件收齐，包括它的枕头、碗还有一罐罐狗粮，一并带去舒图家中，请求她在我们出国办事的时候照顾它几天。它立马就伏在舒图狭窄的家中，不带一丝抵抗，我离开时甚至都不看我一眼，好像它不是我们养的狗一样。我继续打点行装，现在的我就跟一台机器别无二致，没有一丝情感。我唯一想到的便是什么都不重要了，包括我自己。晚餐后我再次拨打电话到医院，但没有再行探访。我为什么要去？艾梅兰兹很好，还能正常进食。我祝愿她早日恢复并致以我们所有的问候，我表达得很客气得体。到了眼下，我的语言就跟政府报告一样正式。我托护士向她转达，她毋庸担心她的工作。所有的事情都井井有条。她的中校朋友已经接手，她的公寓也会以一种她期待的状态等着她回来，并且纤尘不染。必须做的事情全都已经完成。我在想，等她出院后，估计要花好一会儿才能弄清楚到底发生过什么。随后我交代了，让她这些天别等我了（等我？她甚至没瞧我一眼！）。我没有告诉她我们准备出境，但我给尤日的儿子打了电话，以免他恰好想联系我的时候发

　　　　　　　　　　　　　　　　　　　失　忆

现联系不上。随后我们乘坐晚上的航班飞往雅典。

　　第二天早晨，我们还在酒店就被希腊作家协会的电话吵醒。我异常疲惫，以至于没听清他们在说什么，这并不是语言或者通话质量的原因。我肯定是在某种程度上休克了，因为突然间我什么都不明白了，无论是何种语言。我甚至不能开口请求一杯水，更别提讨论什么国际和平共存的愿景了。会议时，我们就坐在前排，而且我几乎是在会议伊始便沉睡过去。我先生一边尽他所能地代我向所有人致以歉意，并且把我之前发生的事情告知给主席，尽可能地帮我解释，一边带我回到酒店。我本应该主持其中一场会议，但不可思议的是，那时我已经断断续续地无法讲话。他们怜悯地看着我，把我送到车内并且送我抵达位于格利法扎①的酒店，让我在那儿休息——面对一位显然已经生病的代表，他们又能如何？在一大片香桃木、芙蓉、茉莉、百里香中，爱琴海在我眼前波光粼粼地铺展开来，但我已接近精神崩溃的边缘，并且对一切毫无感知——还是我先生为我描述了这些景象。我们到达时，海水呈现出宝石蓝颜色，及至黄昏，便成了琥珀色，当阳光倾泻进去时，爱琴海又变得火红火红。我是从他口中得知这景象的，我什么都没看到。我几乎昏睡了一整天。等我最终从这种几近昏迷的状态中醒来后，我们便在格利法扎的街上缓缓散步，尽管我如今对任何一个建筑或是酒店的名称都毫无印象。我唯一

----
① 位于雅典南部郊区。

记得的是那股把我包围的别致芬芳，还有那散发着狗的尸臭味的海浪。我恍然间想起维欧拉，仿佛梦见了它、我自己，还有一切降临在我身上的事情，比如获奖、艾梅兰兹、消毒队、门上被斧头劈开的那道口子等等。

那年的复活节很早降临，就在四月之初，我们在这儿待到圣周五。我还清晰地记得我们去教堂做礼拜，记得躺在灵柩中的耶稣形象。门口放置着一个金色的花篮，里面盛满了玫瑰花瓣，人们经过时把花瓣撒在圣子的圣体上，直到花瓣把他全部掩盖。之后，他们在小钟楼里敲钟，村里所有老人都聚集过来，然后环绕着它站立。他们注意到我们在教堂的入口处为圣体撒花瓣，便来到我先生面前，做手势示意他加入他们悼念救世主的队伍。我依旧能看到他敲钟，他那浓密的、染上些许灰白的金发被海风吹得扬起。随后他们把钟绳递到我手中。我觉得我一定令他们非常满意，因为我在敲钟的时候一直泪流满面，不过这泪水和仪式并不相干，我只是为自己哭泣。第二天我们便返回雅典，从埃利尼科机场乘机回家。一如既往地，这场出行令人感觉很不真切。希腊的作家们对我的态度似乎比想象中友善，还坚持把一个装满礼物的送别篮塞到我手中，感觉像是某个人被货车撞倒了一样。他们甚至还把我们送到机场。假如他们从此不再邀请其他的匈牙利作家，那么我便是罪魁祸首。

还没下飞机，我们便决定让我直接赶去医院，我先生则负责把行李带回公寓。进入电梯的那一刻我几乎是在哽咽，因为我脑海中想到了每一种可能发生的变化，在我离开的这段时间里，什么事都可能发生。若是事情全都朝着不好的方向发展，若是艾梅兰兹已经被冰块保存好躺在地下室里等着下葬该怎么办？若是仍然活着，但这无法治愈的疾病令她生不如死，该怎么办？若是有人不跟我商量就把她安置到另一家医院，又该怎么办？毕竟，从法律上来说，这些事情该由她的侄子处理。

然而，等待着我的是我唯一没考虑到的可能。穿过走廊时，我听到一阵阵的笑声——是她的笑声，真是罕见，我可以在众人的笑声中把她的区分出来。在我狂奔时，护理人员全都笑吟吟地看着我，还有人大声跟我说了些什么，但我来不及听清，便朝着声音传来的那个敞开的房间奔去。房内黑压压的全是探病的人。很明显，艾梅兰兹对这儿的每一个人——远远超过了医院允许的探视人数——施展了魔法。六个人全都围在她床前，舒图还在清理剩下的饭菜，不是什么标准的医院餐而是邻居们自行烹饪的菜肴，用的是我不认识的盘子、碗、罐子、碟子，连窗台那儿都堆得满满的。艾梅兰兹垫着枕头坐在床上，背对着房门。她肯定从其他人的表情上意识到有惹人注意的新访客到了。她一边哈哈大笑，一边转过头来，满以为来人是医生。看到是我的那一刻，她的血气涌上脸颊，原先的表情消失不见，每一个欢喜的迹象都隐去了。待我进来时，她的两只手已经全部可以活动，而她几天前还只能用那笨拙的右手抓取手巾。她坐在众人面前，没有戴头巾，但看到我的那一刻便盖住了自己的脸。大家一下变得沉默。这动作甚是粗鲁，力道好比她扎了我一刀。一瞬间，每个人突然都有急事忙活，大家收拾起饭菜和碗具，清洗好她的餐具，然后局促地相互道别。舒图没跟我交谈一句话，甚至没有提到狗，她只是在门口伸出她的手指，我明白她是喊我六点钟去见她，或她六点钟会来找我，我们再做交谈。我从不知道她们会如此机智，她们的情感触须能够如此敏锐地察觉出，在我离开的这段时间，艾梅兰兹已经对我有了定论：我不是她的对手。无人清楚具体情况，但没必要把她们也牵扯进来。无论发生何事，保持距离是明智的，更得体的则是不要涉身其中。

第一次，这是在一连串的事情如雪崩般发生后的第一次，我感到怒不可遏，我的自责也开始在崩溃的边缘摇摆。看在神的分上，她究竟在指控我什么？指控我没有放任她走向死亡？不注射不用药，她早就失去生命了。我未能陪伴她是因为我没办法，我并不想离开她，我离开她也并非因为娱乐而是因为工作。在所有人当中，唯有她最能理解，上电视就是我的事业。所以，倘若她不想见我，那是她的抉择。尤日的儿子可以探望她，中校可以，舒图、奥德尔卡还有其他人都可以，她根本不需要我。我根本不想跟她说话，也不打算自我辩白，我十分了解艾梅兰兹，她可以把自己藏在头巾之下，一直到末日审判降临的那天。我在医院之间来回奔波有何意义？又一次如此地筋疲力尽。我本可坐在家中泡澡的。我出门走向电梯，这时一位护士拦住了我。

"请稍等，作家女士……"她开口说道，很明显是在选择表述方式，"这位老太太的情况并不好，她们以为她好了。她只有跟探病的人在一起时才生龙活虎，其他时间里她是完全缄默的。"

那就让她缄默吧。护士看看我的表情，继续说道："恢复显著，但仅仅是表面上的，"她尝试换种方式继续表述，"在您上次探望时，我们无法进行综合评估，而眼下我们已经评估完毕。她的四肢可以活动，但是她无法行走。中校每天都前来探望，我们正在和他商量后续安排。"

那么，中校每天都来的话，我就安心回家吧。警察唱诗班肯定也会来，先锋队也可能来，算我白费苦心。整个街道的邻居都给她带来需要的东西，还有小道消息，中校还能保障至关重要的安全。如果不需要我，那就这样吧，这就是我最后一次过来。

"若是可以……"

护士顿了一顿。我很明白她不便表达的是什么。话语是我的职业。我不能造成任何伤害，一切我都应该通通忍受，包容艾梅兰兹每一个不公的手势，包容每一次的恣意妄为——因为她今后不单单可能会瘫痪在床，也可能命不久矣。胡说，她肯定会一直活下去，我无须担心她。现在，当我敲打出这些字眼，我有一种再一次、也是最后一次决定她的命运，放开她的手的感觉。

"无论如何，如果她需要您，我会给您打电话的。"

"不，不麻烦打电话了。她不会需要我的。她不会接受我提供的任何东西，无论从物质还是情感而言。"我慢慢地朝家里走去，告诉先生我了解到的情况。他静静地听着，沉默了好些时候却依旧没有回答我，随后我从他那里了解到一些出乎我意料的事，就在刚才发生。这完全出乎我的意料，他深深地叹了口气，说道："可怜的艾梅兰兹。"

可怜的艾梅兰兹！多年以来，我一直跟当地神父争论她到底是一个什么人。就在那时，我觉得自己比以往任何时候都更接近他的观点。

"你有时候真难以理喻，"我先生继续着，"大家都看得出来的事，你怎么就丝毫察觉不出？所有人都知道——包括整条街道和中校，从你告诉我的情况来看，你很明显没看出来。"

什么叫做"很明显"？我就像维欧拉一样看着他，每当我下发的指令不甚清晰，它就会试图解读我那不严谨的信号以及命令。关于那可怜的一天上演的事情，我犯了什么罪？从那时起，我的生活就充满了自责，那股自责每一分钟都萦绕在我心头。到颁奖典礼那晚，我都被莫名的恐惧占据，雅典一行也变成彻彻底底的灾难，而且只要我清醒着，我内心的担忧就如狼群一样把我重重包围。

"在你以及整条街道面前，艾梅兰兹感到狼狈不堪。她假装自己已经丧失记忆，这样会令她更加容易承受自己在众目睽睽之下躺在那里、沾满自己的排泄物、作为人类的自尊心被彻底撕成碎片的事实。看在所有人的分上，还要我教你什么是难堪吗？实际上这不就是你带给她的？不正是你在'行动日'的所作所为？当你本该不计代价保护她的时候，你却把她干净利索、五花大绑地移交出去，还把她的秘密捅出来。在这个世界上，只有你的话能诱使她打开她的房门，你是她的犹达斯，你背叛了她。"

所以现在我是犹达斯？我累得半死不活，眼冒金星还不够吗？我受够了这一切，而且我觉得现在并不是说教的时候，我只想躺下休息。舒图答应六点钟登门，我告诉先生，若我仍在沉睡，到时请把我唤醒。随后我爬上床，不再去想自己以及艾梅兰兹。我以为我会被倦意压倒，可即使那样我还是难以放松，当听到预示维欧拉归来的狗叫声和挠门声时，还是我去开的门。它很瘦小却十分欢快，这还是它这一生第一次因为见到我们而心花怒放，好像它希望我们得知它再次回家了，而且只要见到我们，它的噩梦或许也就结束，艾梅兰兹也会现身。我向舒图致以谢意，并询问我应该付多少钱。她报了一个合理的数字，我支付给她，但她并不打算离开。

"作家女士，"她开口道，"倘如医生和护士还未告诉您的话，有些事您应该知道。艾梅兰兹正在好转，可是过程很奇怪。发生的那些事，她只记得一点，像是丢失了一些记忆。她完全不记得再早一点发生的事——不记得小斧头、救护车还有她的反抗。她还询问我们，她是怎么来到医院的，我告诉她这是您的安排。她尤其关心的是她的公寓有没有被锁好，我们回答说公寓当即就锁好了，钥匙就在作家女士那儿。她了解的故事就是中校安排我们告诉她的那些：有一天我们敲她房门时，她并未回应我们，于是我们才不安地跑来找您，可她连您也不理睬。直到那刻，我们才确信问题有多严重。医生先生强行把门打开。（其实那是我丈夫，街上的人都管他叫'医生先生'，我试着想象他手中拿着一根撬棍的模样，但不怎么成功。）我们发现她不省人事地躺在门口，工匠把她裹得严严实实，然后把她挪上布罗达里奇先生的车并送她上医院，然后她一直在那儿接受治疗。我们绝口未提消毒人员，还有那些猫或其他事。没有人跟她透露您去过雅典，因此请告诉她一切正常，您立刻就锁上了房门，而且每天都会前去检查所有的东西。在她发现她自己的房间已经遭到摧毁又经历了一系列可怕的事情之前，我们可以瞒她一段时间。大家都极为温和地对待她。中校撒起谎来就像一个漏水的水龙头，那位塞莱达什家的男孩也是如此。在她被告知这一切后，她甚至相信她会复原。只是我不知道在她发现真相的那一刻将作何感受。"

我一直听着，她期待我的称赞，或许是她应得的，但我仍示之沉默。整条街道的邻居都通过了荣誉以及机智的测试，但我仍然缄默着，我了解艾梅兰兹的本性。一束亮光突然穿透了黑暗，我终于明白过来。艾梅兰兹失忆了？开什么玩笑！那怎么解释她用手巾盖住自己的脸？她一生中如同君主一样，不断调整她的记忆以适应现实政治。我并没有因为自己最终意识到这点而感到惊讶，我是被震惊了。当我们互道再见并且握手时，舒图说我的手指冰凉，她希望我并非身体抱恙。

我先生恰好得出同样结论，因此这点毫无争议。我倒在椅子里，一边抚摸维欧拉。我已经想好如何处理了。我先给中校打了一个电话，他没接到，但他们保证会告诉中校我找过他。然后我给那位侄子打电话，他接到了。他和舒图一样活在那个乐观的童话中。他姑妈不记得任何事情真是上天的恩赐！过不久，等到公寓焕然一新，厨房整洁干净，一扇崭新的门也在等着她时，我们就能更方便地安慰她面对那些已经发生的事情。

我的医学造诣不比他高，但我更加了解艾梅兰兹。我曾亲眼看见她毁灭自己费尽心思准备的那顿盛宴，也目击她走进记忆的迷宫。她能忘得了她的猫儿？绝不可能。她果真忘却了的话，便绝不会问起自己的公寓。不，她全都记得。她只是不敢公开询问。起先，药物治疗或许会导致她记忆缺失，令她的脑中丧失某些画面，但随着时间过去，一个个消退得只剩下模糊轮廓的图像会逐渐变得鲜明。如果她记得舒图，记得街道上的每一个人，那么关于她家的一切也必定根植于她的脑海当中，包括住在里面的动物们，处理到一半的鸭子，腐烂的鱼——在她暂时瘫痪的最后那段时间里覆盖在她周围的一切。她保守秘密，是因为她希望自己可以从秘密中杀出一条路来，她这一生已经在各种深渊的谷底拼杀了无数次。可怜又痛苦的艾梅兰兹，没人敢把真相告知给她，甚至她自己也不敢过问，只能寄希望于失忆的阴影！所以，我何必如此敏感？现在并不是追究一个受到伤害病人的时候。好了，回到医院去吧。这场戏里只有一位主角，不是我，而是艾梅兰兹。这是她的独角戏。

她并不孤单，医学教授的太太正在探望她，在回应对方时，艾梅兰兹既活跃又欢快。显而易见，这位女士同样表达过什么支持她的话。医院里一定很惊奇，怎么这么多人重视这位老太太。这位年轻美丽的女士是意外到访，并且是受人尊敬的访客，艾梅兰兹可不敢在她面前继续用手巾盖住脸颊。但等到她让我和艾梅兰兹独处时，艾梅兰兹立刻伸手去抓手巾。我没有判断错，一点都没错。她的大脑完全正常。这位教授的妻子是无辜的，她自然毫不知情，因而艾梅兰兹用不着在她面前遮住脸，但对我就不一样了。在我向她的床榻靠近时，她盖上了手巾，就像一位神父披上他的圣衣。通过这层手巾，她把自己连带着她的难堪和我阻隔开来。我四下查看了一番，桌上有各种各样的医疗工具，旁边放着一个写有"谢绝探视病人"的指示牌，当她还在接受抢救时这个牌子就放在门外了。我把它悬挂在走廊的门把手上，然后揪掉艾梅兰兹头上的手巾，扔到另一张空置的病床上。她够不到，只能面对面地看着我，眼中随之喷出怒火和憎恨。

"放下吧，"我告诉她，"如果你是因为我没有任你去死才这么恨我，我接受。但别想继续盖住你的脸。跟我直说吧，因为再也不能这样下去了。即使你不相信我，我也想帮你。虽然事情偏离了我的计划，但我没有恶意。"

她一直盯着我，就像一个人同时面对着审讯员和法官一样。出人意料地，她的泪水突然夺眶而出。我知道她为何哭泣：她那不再是秘密的秘密，她甚至都不敢过问那些动物的下场，她维护自己原先那完美无瑕言行的拙劣姿态，那柄斧头，她传奇的终结加之我的背叛。她什么都没说，但我依旧明白，倘如我在她还活着时，在整条街道仍旧对她保有崇高的尊敬时，就接受她在虚弱时对死亡的选择，并且倘如我从未令公众发现她的难堪，那么她会感觉到我对她的爱的。艾梅兰兹并不相信天堂，只相信当下。我让别人打开了她的门，她的整个世界因此天翻地覆，把她埋在底下。我这么做是为什么？我怎么可以如此？对于此事，我们没有说一字一句，但无言的话语仍在我们之间互相传递。

失　忆

"艾梅兰兹,"我开始说道,"倘如反过来说,你会眼睁睁地让我去死吗?"

"那是自然。"她冰冷地回答,止住了泪水。

"而你不会有任何后悔?"

"绝不。"

"可即使我没有坚持救助你,一切还是会暴露的,鱼、那群猫,还有那些脏东西。"

"那又怎样?您就让我去死,之后会不会被人发现根本没有关系。一个死人会知道、看到、感受到什么吗?只有您会相信人死后有天堂,维欧拉死后也会去那里,而您的家还有其他所有东西也会和现在一样,一位天使还会把您的打字机和祖父的书桌带上去,一切照旧。您真是愚蠢!对于死人而言根本毫无差别。死了就是什么都没了。您怎么还不明白?您年纪也不轻了。"

所以这不仅仅是难堪,还夹杂着愤懑和怨怼。那就这样吧,但别指望我会忏悔,我又不是奥德尔卡。

"那么坟墓的意义何在,艾梅兰兹?为什么你要把你的双亲和那对双胞胎一同葬入那个童话般的墓穴?壕沟旁的野锦葵,再加上那些野草不就足够了?"

"对您是如此,但不是对我,也不是对我的家族遗骸。您的家人大可以躺在野锦葵里面。死者虽然没有知觉,但他们确实希望得到敬意,这是应该给他们的。但您知道什么是荣誉?您以为在国会施舍给我小恩小惠,我就会双手捧心,跟维欧拉一样,变成您的奴隶?是的,您可以这样妄想。您知道如何大书特书,在

237

您解救我的生命时、在我需要您时留下来,向世人掩饰我的苦痛,不,您才没工夫做这些。您走,去发表另一篇长篇大论吧。您竟然有脸要我祝贺你得奖?"

她清楚她在干什么,她在当着我的面宣泄这一切。我们了解对方。我站起身来,还没出门便听到她在身后唤我。

"您至少处理好垃圾了吧?您有没有好好照顾我的那群小动物?有没有修好我的门?"

在那冲动的一刻,我真想告诉她公寓只剩下一半,门变得无影无踪,那群动物也走丢了。倘如我果真向那股冲动妥协,那晚我也许又要辗转反侧了,幸运的是,我并未犯下那种错误。我回答道,除了我,再没人踏足过她家。在医生把她拽出来的那刻,我先生和布罗达里奇先生已经把门重新给装好,用她的擀面杖钉到那条裂缝上,因此没有任何动物会跑出来。等他们把她安置进医院,我就查看了所有的情况——就在当晚。第二天我做的只是善后工作。把那儿收拾干净并不轻松,但我还是做到了。我没把垃圾倒进她门口的垃圾箱,而是用一只桶装了出来,分别倒进对面马路的垃圾箱,这样没有人会意识到这是我干的。这些话跟泉水一样溢出来,如同在公开朗诵一篇短篇小说。那些猫平安无事,当然那只死去的猫除外。我已经把它葬在野玫瑰的根下。我用肉喂养着那些猫,因为我没有时间做饭。现在我得赶回家了,我们可还没用餐——只有那些猫已经吃过——而且我也担心自己会挨雨淋。

我起身离开,这一天真是受够了。但她只说出一个词就让

失　忆

我顿住了："玛格杜什卡①！"

只有我的父母才会如此称呼我，别无他人。我像石头一样怔住，等待接下来会发生什么。我的心脏在剧烈地跳动，矛盾的感情在内心翻滚——撒谎的羞愧感、期望、负罪感以及如释重负的感觉。她轻轻地抬起她的手，把我喊到她床前，再次唤出我的名字。这个字眼似乎还带有别的含义，一些更多的、隐含的东西，一股如电流一般不易察觉的颤动。她的语气低沉却并不令人感到愉悦，那声音近似刮碰声——好比拉开窗帘一般，或者是某个软壳裂开。我再次坐在床沿，她拿起我的手，一边说话一边端详我的手指。

"所有那些臭烘烘的东西？所有腐烂的脏东西？都是这双不中用的小手完成的？是您独立完成，所以没有人看到？是夜里打扫的？"

我扭过头，不敢与她直视。她蓦地一下张开嘴巴，用她那掉落牙齿的牙龈咬住我的手。那是我一生中最为震惊、触动最大的时刻，谁看到我们这副模样都一定会以为我们关系不正当或是已经丧失理智。但我知道这代表着什么，仿佛难以用声音表达自己的维欧拉——我非常熟悉它的啃咬，那是快乐无比的狗语。她是在再三向我致谢。她错了，我并未背叛她，事实上是我拯救了她，她并没有沦为笑柄。邻居们毫不知情，也没有目睹那些污秽

---

①　匈牙利语的人名"玛格多尔娜"（Magdolna）有两种形式的爱称："玛格杜什卡"（Magduska）和"玛格达"（Magda）。

物。她没有丢脸,而且她现在可以回家了。在我人生中,一想到便让我充满颤抖和恐惧的时刻并不多,但此时算得上一个。在那之前及以后,我都从未如此真切地感受到这种交织着恐怖与狂喜的感觉。最终,一切都重归于好——艾梅兰兹的猫在我们周围追逐嬉戏、百叶窗保住了令人心安的昏暗、那张双人沙发——艾梅兰兹的整个帝国早就在火海中湮灭。我抽走自己的手指,感觉到发生的一切远超过我的承受能力。我意识到自己的泪水已经喷涌而出。她爱抚着我的眼睛,不住地问我怎么了,因为现在她可以昂头挺胸地回家,而且她保证自己会尽快康复的。离开前我擦拭了自己的脸庞,她收拾了些蛋糕还有几块巧克力,还让我把它们喂给维欧拉。

舒　　图

　　她恢复得很顺利。环绕她那优雅而无皱纹的脸庞的浓密发丝曾经在消毒时被剪去，此刻却重新变得浓密。每个人，包括医生、街道来的探望者们、中校，全都注意到她心中的某种包袱减轻了。可艾梅兰兹越是轻松，越是受到鼓舞，我就愈发地忧心忡忡。我已经不可避免地纠缠进这些谎言，并且无法逃脱。因此，我和她的主治医生再次做了一番交谈。他并不太满意事情的走向，但也想不出替代方案。我们将推迟告诉她事情的真相，直到最后一刻。与此同时，中校会粉刷好厨房，配置新家具，并送来一扇崭新的门。我懒于跟他解释，即使把这座公寓装修成温莎城堡的套房那样，她也不会满意，因为她心爱的那些物件是无可替代的。如果她想更换自己的家具，那她早已更换完毕，但是天知道她的厨房关联着什么回忆，里面也没有什么物件可以与之相配。而且还存在一个问题，不仅仅是她不会喜欢新物件，而是她的健康也会受到威胁。假如新家具出现在这儿，那么一定是旧家具出现了什么状况，如果是那样，她绝对会知道我撒了什么谎。"请您理解，"我对医生说道，"这位老太太是靠着一股信念活下来的，她相信我帮她保住了秘密、所有的东西都有条不紊，而且她不会在整个街道面前难堪，因此她可以满怀信心地回家。她甚至不会孤单，因为那些猫还在等她回家。""她会活下去的。"他安慰我道。我丝毫不抱指望地看着他，他还是不明白，他也不理解艾梅兰兹。

与此同时，所有的邻居都在寻找那些猫，希望至少还可以把它们找回来。但是我无法描述它们。我就见过它们一次，我记得它们当中有一只黑白相间的猫，有些猫长有条纹，事实上，我们在主干道发现了一具灰猫的尸体，它是被碾死的，也没有人来认领它，或许这一只也是她的猫。其他的猫了无踪迹。至此，我们都很担心早晚会发生些什么。人们再次把艾梅兰兹的门廊围得水泄不通，随着人们一个接一个地上门，这个圈子不断地扩大，大家坐在脚凳和厨房凳子上讨论她的问题。而且，她们非常严肃，舒图俨然是她们的带头人，即使是流浪猫也被带到她面前接受检查。奥德尔卡是她狂热的助手，尽管她从未见过那群小东西。唯一一位拒不踏足门廊的便是维欧拉，它可以嗅到一股不同寻常的气味，一种敌对的气味，它对此很是厌恶。大约在此时，维欧拉开启了它为时数月的一系列行动。幸运的是，这并没有以悲剧收尾，多亏中校把它的详细资料送给了市政府、当地所有的警局和捕犬员，请他们把一条会对"维欧拉"这个名字有反应的流浪狗带回我家，它正在寻找它的主人。就在我们从雅典返回后不久，维欧拉开始不定期地一连消失好几天，在附近侦查，有时甚至远至树林寻找艾梅兰兹。有一次它跑来，还用叫声召唤我。它处于一种极为兴奋、近乎狂喜的状态，很明显想展示什么给我看。它跑过两条街道，带着我来到一处篱笆，随后又内疚地看着我，似乎在请求我不要动怒——它拽着我出门看的东西已经不在那里，但它确实见过。我明白了它为何召唤我——它肯定在那个花园发现了艾梅兰兹的猫。因为它认识这只猫，所以没有躲避它，但当它把我带过来时这只猫又躲远了。之后，一位女士在市场发现了又一具猫的尸体，那是一条黑白相间、胸脯上还有一颗星星的猫，已经被一条狗咬死。考虑到艾梅兰兹把她的猫养得丝毫不惧它们古老的天敌，令它们认为狗不会伤害它们，这样的结局倒也合乎情理。其他的猫消失得无影无踪，仿佛从未存在过。

到那时，我不再每日前去医院探望。我早已应接不暇，也觉得无此必要。最初，我试图隐藏自己的担忧，但无济于事。我渴望写作，但如我之前所言，创作需要一种从容的姿态。成功需要很多必备因素——灵感、沉着、宁静的内心以及一种苦乐参半的兴奋，而此刻，这些全都荡然无存。每当我想到艾梅兰兹，我并没有因为她还活着而感到一丝一毫的如释重负。相反，我觉得千头万绪又孤立无援，连带有一种萦绕不断的羞愧之感。

一天，奥德尔卡跑来喊我前去门廊，邻居们也在，我们需要再次商议一下。舒图直奔主题：我觉得事情将如何演变？在艾梅兰兹康复回家后，事情会变成什么样？我回答道，就我所知的情况来看，还跟我们之前商定的一样。首先，她不能再去工作，在她恢复期间，她是我们的客人。她的大脑还有双手可以照常工作，但是她没法独自行走。不过医生很肯定，这只是时间的问题。我如同一部烂片里拙劣的演员一样大谈特谈，表现得比往常还糟糕。舒图挥了挥手把我打断。

"但是您看，她再也无法承担工作，而且没法确定她会完全康复，"她几乎是兴高采烈地宣称道，仿佛试着用截然相反的情况说服我，"艾梅兰兹已经没有希望了，亲爱的作家女士，就算不是现在，也是一年内。这里是一幢服务式公寓，总得有人照护。入口还有楼梯间都需要人打扫，这个地方需要找一个新的管理员。您不能一直把杂务都分摊到房客头上，直到末日审判来临吧。即使艾梅兰兹不再承担超出五个人的工作量，她仍能胜任管理员的职位。"

工匠的妻子迅速回应了她，仿佛是她自己的名誉受到了侵犯。"话可不能这么说。"她大声道。她以楼里所有房客的名义表示，他们不会抛弃这位老太太，而且她们确认会继续分摊这些杂务，等着她恢复健康，无论需要多久。每个人都在参与，这也是她们直到现在依旧在做的事情，以后也会如此。舒图到底在想什么？她们才不会把艾梅兰兹扔到大街上。

"谁在讨论什么大街？"舒图看了她一眼。她就如同摩伊赖①本尊一样，只是更加务实。据我所知，我们当中，舒图是唯一一位负责任地把所有可能情况考虑进去的人，只有她有勇气面对它们。"她不必流落街头，如果中校施以援手，他们会让她住进一间临终病房，或者一家好些的养老院，又或者她的亲戚可能会接她回家，还或者如同作家女士想的那样，也可以由她照顾。但根据她签署的协议，必须得有人照看这幢公寓、扫雪，不仅扫她自己家，还包括别人家的积雪。作家女士自己是无法提供帮助的。如果她没法照顾自己，她又怎能照看别的事情？"

鸦雀无声。然后每一个人不约而同地开始说话，就像五旬

---

① 希腊神话中命运三女神克洛托、拉刻西斯和阿特洛波斯的统称。

节的话语①那样七嘴八舌，然而刹那间又没有人听清别人在说什么。我第一个大声喊起来，艾梅兰兹当然会和我们住在一起，也会有其他人来接管房子，和我们在一起她会开心的，只因为她爱我们。舒图突然大笑起来，但她的笑声兴致不高。

"别胡扯了，"她说道，"事实上您从未想过她会和您住在一起吧？只有当艾梅兰兹坚信自己的家还在的时候，她才愿意活着。我们不该琢磨一下当她发现真相时会发生什么吗？她现在还没有听到风声。你们所有的人各自分摊那些杂务当然很好，可你们亲口询问过她，她希望你们这样帮忙吗？作家女士会收留她，真好，她还会养活她。但这是艾梅兰兹盼着的解决办法吗？艾梅兰兹希望别人来养活她？她同意了吗？"

奥德尔卡哽咽着，擦拭着自己的双眼，余下众人则全都陷入沉默，而我是最沉默的。打一开始，我便被舒图说出的话吓了一跳。

"您想怎么敷衍了事？"舒图继续说道，"您了解她，无论如何，她不会跟任何人住在一起。一旦他们把她送回家，她会发现公寓的情况，您还是小心为上。她已经很强壮了，所以您最好把那柄斧头藏好。她曾对救护人员紧追不舍，一旦她回家，紧追的对象便是我们，无论是医生、作家女士还是中校，

---

① 见《圣经·新约·宗徒大事录》第2章："五旬节日一到，众人都聚集一处。忽然，从天上来了一阵响声，好像暴风刮来，充满了他们所在的全座房屋。有些散开好像火的舌头，停留在他们每人头上，众人都充满了圣神，照圣神赐给他们的话，说起外方话来。"

无论是哪个任由他们焚毁她家具的人。艾梅兰兹不想要任何类型的生活，她只需要自己的生活，而她已经不再拥有自己的生活了。"

这次见面在每个人的沮丧中散场了。奥德尔卡很是摇摆不定，以至于没做抗议，舒图收拾好自己的东西便自行离去。我也走了，我们一无所获。在工匠妻子的张罗下，布罗达里奇太太把房客们挽留下来，在一张横格纸上拟定了接替艾梅兰兹任务的计划。之后那一天我都心烦意乱，也没睡好，就像在害怕某些不可控的、更加糟糕的变化。我确实预料到会有麻烦，要么是新问题，要么是一个扭曲的老难题，而且我的担忧确有理由。一周以后，布罗达里奇先生抱着不安的心情告诉我，舒图曾致电他表示，如果房客们同意的话，她很乐意终止那个货摊的生意，把许可证上交，然后完全接管艾梅兰兹的工作——那份房屋管理员岗位上所有的事务。那时，在房客会议上，布罗达里奇先生已经被选作艾梅兰兹缺席期间的管理员了。因此，对此我怎么看？又有何说法呢？

我时常站在耶稣的角度分析革责玛尼庄园①之夜，但这是我第一次想到，若望或斐理伯当时会作何感想？那时，他们意识到，陪他们跋涉过漫漫征途的那个人，他们比任何人都清楚他的能力。毕竟他们曾亲眼见到拉匝禄、还有雅依洛的女儿得到复活，而且直到最后一刻，他仍为他们带来了超越理解、超越生命

---

① 据《圣经》记载，革责玛尼庄园是耶稣被他的门徒犹达斯出卖的地方。

之永恒的确定性的力量。就是这样一个人,他却遭遇了背叛。布罗达里奇先生再次询问了我一遍,我怎么看待这件事?我无言以对。这是不道德的,这是一种耻辱。我放下电话,舒图居然有胆申请!舒图陷入绝境时,是艾梅兰兹在中校的帮助下给她争取到一个摊位,把她解救出来,这个舒图,在艾梅兰兹发现她衣柜空空如也时,还给了她食物和衣服。好了,现在万事皆有可能!可我不止是恼怒,我忽然害怕起来。布罗达里奇先生目前确实拒绝了她的建议,但如果艾梅兰兹回家后仍然无法工作,房客们迟早需要做些事情。可他们不能一直代替她工作直至她过世。他们或已非常年迈,或在种类繁杂的活计之间往返奔走。他们大多数人身兼二职,无人能够随叫随到地处理什么积雪、爆破的水管,充当邮差或者打扫烟囱,而且无论哪个管理机构都不会为了这些事情而迁就房客的个人安排,无论是谁碰巧当值。要么艾梅兰兹完全恢复并且重拾之前承担的所有工作,要么她就搬离公寓,或许和我们住在一起,因为她得放弃那幢公寓和工作。我的天哪,我该拿她怎么办?若是她无法行走,无法打扫卫生、烹饪、购物或端着洗礼碗四处走动,那我究竟该怎么办?

第二天在医院时,有人告知我主治医生想见我。我早知道他要讨论什么。他就像有的批评家,那些人按照不成文的规定,扔出一些避重就轻的、微小的赞美,让作者像一条老狗一样反复咀嚼,然后在它咀嚼时又给它一击。他容光焕发地称赞艾梅兰兹令人惊奇的复原能力，以及在最初经历那场沮丧后她开始和人生抗争的那股力量，那带来了积极的成果，还有她纯肌肉体重的增加。不知你是否留意到她双眼里正在成形的白内障？没有吗？也没关系，这只是衰老的迹象。因为她从不阅读，因此目前并不会对她产生什么影响，而且她依旧可以看电视。我等着他给出那一击——果然它来了。

"我必须请求您，开始让她习惯她必须离开医院并且返回家中的这个主意。无论如何，这是她目前最希望做的事，她一直说起这件事，并且渴望回到自己的花园。她称她已经错过了初夏，这可是她一年里最喜欢的时节。我知道她还未得知真相，这是明智的，若是她最初就知道了一切的话，她不可能这么快好转。但现在她的体力已经恢复，依我看她有能力面对这些事实。因此能否劳驾您请求中校把公寓收拾好，我们就要送老太太回家了。"

"现在还不行，"我回答道，"现在还不可能，我们还没商量好她以后怎么办。这幢公寓现在还跟消毒后别无两样，什么都没开始，我们必须再考虑一下，我们无法办到您的要求，我们做不到。"

"并不尽然，"医生答复道，"这甚至没必要争辩。她会在医院再住一周，而您需要在这段时间内把事情安排妥当。请牢记在心，她不管做什么都需要别人的帮助。至于行走，就算她最终能够恢复，至少在可预见的近期内，她仍是无法做到的。不过，我们会为她提供国家救助。我们已经和本地的城市委员会谈过此事。您需要找人帮她购置物品并且给她做饭，因为她下不了床。此外，她还需要一个便盆。街道护士会前来为她注射药物，给她擦洗并更换床单。假如您无法和她的亲朋好友安排好这件事，那么很显然，中校会为她找到一个合适的地方。照我们见证的慰问和喜爱，我们确信有人会接纳她。"

就像听到舒图的话语一般，我感到了同样的无力感。

"但是，医生，假如她不希望跟任何人共同居住，又会怎么样？"这些话脱口而出时我便意识到自己说了什么胡话：她不希望、她不愿意、她不接受、她拒绝。她如何拒绝？每个人都清楚，在此之后，艾梅兰兹只能被动接受事情的发生，她什么都做不了，除了死亡，没有任何事情取决于艾梅兰兹。

医生温和地看着我，好像他并未听到我最后说出的那番愚蠢的言论。他站起身来，握了握我的手。

"我们得相互体谅。我并不是为她出院感到庆幸，这里的每一个人都爱她，包括我。她的体质是老年人的奇迹，她的心智应该也是如此。她的情况非比寻常。对于我们可以医治完全康复的患者，我不能一直为其保留病床，但这位老太太，我只能抱歉地说，她极有可能就此瘫痪，我们无法把她留在医院直到她去世。相信我，我们为她做的比为其他任何人做的还要多。此外，还有一件事，这或许是重中之重。"

我等待着他的第二击，宛如猛兽嘴下掉落的一只苟延残喘的猎物。接下来我听到的确实是至关重要的一条。

"请不要把她安置在救护人员带走她的那个地方，那个新刷了油漆并且装备崭新家具的地方。请把她安置到别的场所，因为她不能自理。此时此刻，她已经坚强到足以接受此事，所以告诉她真相吧，那柄斧头、消毒等等事实。您必须告诉她。就在医院跟她说，在这儿我还可以给她打一针镇静剂。别让她回家再去苦苦寻觅自己的旧家具以及那群猫。我已经和邻居们讨论过，她们告诉我她最亲近的人是您，所以应该由您告诉她。毕竟，是您促成了这一切，她也该感谢您拯救她的生命，如果您没有劝她把门打开，四十八小时内她就会离世。"

是的，我想，她倒是应该感谢我的拯救，把她带入了目前的这种生活——为她排遣寂寞的猫群已经或走或死，她视若珍宝的物件已经化为浓烟。至于那些房客的慷慨相助，很明显，并不可能持续很长时间。艾梅兰兹绝不会踏入养老院。就算把她杀了，她也一定要回家，可是回哪个家？她在我们家里不会舒心，她需要属于她自己的东西，那些与她相关的私人物品。此外，我们该怎么适应和一位瘫痪、需要定时照顾的患者共同生活？虽说这是唯一的选择，可我什么时候才有时间给她拿便盆，为她擦洗，好让她不生褥疮？街道护士并非每日都会上门，当我必须出门时我又该如何？我先生又该如何？假如我邀请的话，她会过来吗？她会断然拒绝这个主意，之后她又何以为家呢？其他人也没有房间。尤日的儿子不会照顾她，中校也刚和第二任妻子新婚。别无他法了，她只能来我们这儿。

舒　图

　　我起身回家，一路思索如果她对我的邀请提出异议该怎么办。我甚至没探望她，而是赶去和先生商量。显而易见的是，艾梅兰兹的公寓正有事情发生。在外面的街道，人们簇拥在一辆停下的货车旁。我径直向前查看发生了什么事，他们正在给她的厨房粉刷，还在翻修门廊。门板已被移除，有人正在安装新门，替换下那扇破门。妇女们在用力擦洗地板，她们是中校的劳力大军。所有这些工作已经在进行当中了。我继续走到我们的公寓拨打电话。中校毫不理解我此刻究竟在担心什么。门已经就位，墙壁已粉刷完毕，地板也刚好擦洗完，家具不日便会送达，夏天刷的墙很快就会变干的。所以还能有什么问题？为什么总是耷拉着脸？

　　还能有什么问题？没人看到吗？我跟他提起舒图的背叛。这确实令他大吃一惊，但他当即强调了法律会保护艾梅兰兹。他们无权把她赶出公寓，更无权强制她搬出去，因为她再也无法从事工作只是一种假设。无论如何，房客委员会必须等上两年，这是关于因病休养的规定。而在这两年，很多事情都有可能发生。她或许会恢复，或者这位可怜的人会去世。直到那时，邻居们才能看情况善后。此外他还保证会有一位社区护士上门照顾。因此我还有什么可担心的？一切都在掌握之中。我们会安然渡过这个关键时期。谁都有权利生病。他问我，我能处理好由我引起的事情吗？艾梅兰兹现在还活着，是因为我借着她对我的信任，令她相信了邻居们美丽动人的谎言，但如今她已经不再需要那些。现在，是时候给这一切画上一个圆满的句号了，用好消息淡化那些坏消息，告诉她那些失去的东西已经换上了新的模样，那个旧时的家和这个崭新的家已经融为一体并且毫无区别，都在等着迎接她。

他还是没明白我的意思，或者他根本不能理解。我们不在一个频道上。在艾梅兰兹的词典里，重点是污秽物、被曝光、流言蜚语、沦为街道的笑柄以及难堪，而在他那里的则是法律、秩序、方案、齐心协力和有效措施。这两类短语都很准确，但它们不是同一种语言。所以，他能不能至少向艾梅兰兹解释一下到底发生了什么？我并不在场，我去了电视台，她需要知道谁当时在场，谁又不在。

"我才不怕告诉她，"他回答道，"艾梅兰兹是一位睿智的女士。如果您是因为这个奇怪的幸福结局——而不是那场绝望的挫败——从而怯于告诉她是您挽救了她的生命，那么您是低估她了。今天中午我便把一切都告诉她。一句话也别和舒图说，甚至没必要跟她打招呼。我会告诉艾梅兰兹舒图背叛了她，您无需担心。那样只会令她更加强壮，比任何药物的效果都好。她的愤怒会令她重新站起来。如果舒图胆敢露面，她注定要享受特殊待遇了。不管如何，我会多加留心。但我必须告诉您，我对您很失望，在这最后阶段您还能保持镇静可真了不起。"

尾　声

　　我经历过很多次和那天下午一般如坐针毡的时刻,当我先生在接受肺部手术时,或在我父母下葬前夕,我便是被这种别无二致的焦灼占据。我躺在母亲曾经安睡的地方,维欧拉在旁边一动不动。约莫在六点钟时,奥德尔卡忧心忡忡地上门跟我说,我肯定不会相信,但他们确实不允许她探望艾梅兰兹。她完全不知道发生了什么事。她门外挂着一个"谢绝探访"的指示牌,当她跟护士说想把汤送进去时,护士却让她径直带回家,艾梅兰兹什么都不要,而且目前不希望有人探访。工匠的妻子同样被拒之门外,她也带了满满一大袋东西过去。所以,那柄斧头是在反击了,我想,我得立刻过去,于是挣扎着站起身。舒图正在我们门外的街道上打扫,很明显,出于某种天生的职业道德,她工作起来宛如还在梦中。当她注意到我时,脸上毫无愧色,更像在冥想,或许她已经从奥德尔卡那里听说了新的探访限制规定,还正在想这些发生的事情究竟会有助于还是妨碍到她的职业,就跟她在艾梅兰兹门廊那里摊牌时别无二致。

　　我在前往医院的路上遇见了两位邻居,她们正带着她们的汤罐折回。两位女士担心艾梅兰兹的情况肯定是变糟了。天空灰蒙蒙的,一股寒流席卷而来,风暴肆意撕扯着街道上的树枝,或许是她对这个比较敏感,因此护士才不让任何人见她。可即使在这可怜的人看似快要过世的情况下,她们也并未如此严格看护她。所以我还是去吧——或许他们会跟我说实话。

我乘坐电梯上去，然后把"谢绝探访"的指示牌撤下。护士看到我便点头示意了一下。显而易见，有人嘱咐过她。走进门时，我想中校是正确的。我已经闯入她的生活，本该鼓起勇气探索命运三女神的作坊，可现在我却不敢把致命的剪刀从阿特洛波斯①手中夺回来。艾梅兰兹背对着门躺着，她并未转身，不过她像维欧拉那样听出了我的脚步。和前一天相比，令人吃惊的反差是她再次盖住了她的脸，但我明白她知道我的到来。

我们默默无言。那天下午，没有人比她更难以揣测、更沉默、更捉摸不定。夜幕就这样降临，枝丫不断拍打着窗户。我挨着她坐下，手中还拿着"谢绝探访"的标牌。

"还有几只猫？"她最终问道，仍旧盖着头巾，声音全如她看不清楚的脸庞一样不真实。

这个时候，已是无甚差别。

"一只不剩，艾梅兰兹。其中三只我们觉得已经死亡。余下的尽数走丢。"

"继续找。仍旧活着的那只会躲在一个花园里。"

"那是当然，我们会的。"

沉默，树枝打在窗户玻璃上沙沙作响。

"您对我说谎，您说过您把所有东西都打扫干净了。"

"没有任何问题，艾梅兰兹。消毒人员已经把工作全部做

---

① "命运三女神"之一，掌管人们生命之线的长短，她在古希腊神话中一般手持剪刀出现。

尾　声

完了。"

"您就放任他们不管？"

"我无法违抗政府的命令。中校也是。那是一场悲剧，一场灾难。"

"一场悲剧！您应该当天或者第二天去国会。"

"即使我在家，我也没法阻止他们。我告诉你，这种情况是要按照规定处理的，有专门的公众健康条例。我不能违犯那样的规定。"

"您当时不在家？您去哪儿了？"

"雅典，艾梅兰兹。我们要参加一场会议。你应该忘记了，但前些时间在家里时我们的确说过这件事。我们是代表，我们必须去。"

"您走了，您还不知道我是死是活就走了？"

我无从应对。我看着雨点慢慢地从窗户上滑落。事实便是如此，我确实离开了。

突然间，她拿掉她脸上的头巾并且瞪着我，脸色蜡白。

"所以您是什么样的人？还有中校是什么样的人？主人是你们当中最高尚的了，至少他不会撒谎。"

我再次无从回答。我先生确实从不说谎。话说回来，中校是我遇见的最令人钦佩的人之一。对我而言，我就是我。我去雅典出差，即使是我自己的父亲命悬一线我还是会去——因为如果匈牙利的官方代表避而远之，希腊外交部可能会对此进行一定的解读；因为在获奖后，我被任命为代表是政府的决定，我无法

255

置身事外；因为我是一位作家，我没有一点私人生活可言；因为事情发生在我身上就如发生在演员身上一样，我必须发挥带头作用，即使家里确实遇上难事。

"出去，"她轻声吐出，"您从不买房，尽管我请求您买——而且我还为您准备了大量财富，给您存放在房里。您没有孩子，尽管我保证我会抚养他们长大。把指示牌放回到门上，我不想看见任何一个目击我的难堪的人。当我意识到我再也无法承担实际工作时，我已经下定决心死去，如果您任由我过世，我会在坟墓里看着您。可现在，我连您靠近我都受不了。给我出去！"

她终究是相信来世的，此前她只是为了激怒神父和我们。

"从此刻开始，您可以做您想做的事。您不知道怎样去爱。不过，我相信您终有一天会明白，您可能会因此救我？因为遗产救我？您甚至还想带我回您家，您好照顾我？蠢货！"

"艾梅兰兹！"

"出去。去电视上长篇大论，去写小说，或者逃到雅典。要是她们想送我出院回家，你们谁也别想接近我，奥德尔卡把她的剪刀落在这里，谁靠近我，我就用它对付谁。您干吗还这么关心我的命运？这里多得是护理院，这是世界上最神奇的国度，而且我还有权利在病床上躺整整两年。这是您朋友说的，现在出去，我还有事要做。"

"艾梅兰兹，和我们……"

"和你们！您变成一个家庭主妇一样照顾我！还有主人！见鬼去吧！您公寓里唯一清醒的东西就是维欧拉！"

尾　声

　　她的晚餐被放在一旁，却原封未动。她出于恼怒轻微挪了一挪，差点把盘子打翻，但我不敢上前，我肯定她会用她的剪刀捅我。现在她正仰面躺着，眼睛盯着天花板看。我出门时也只能模模糊糊地看到她。我不辞而别，冒着大雨跑回了家，一直在想我本来应该怎样以别的方式表述，但我什么也想不出来。

　　一小时后我静下心神，相信潜意识里的我已经做好了打算，迎接更坏的状况。但是和平的幻象还没维持多久，我先生的行为就开始令我恐慌。他在公寓来回踱步，说艾梅兰兹不喜欢这种压抑的平静，这不是她的作风。一次大爆发可能更符合她性格。不过我对她精神状态的分析突然被打断了，一时之间，维欧拉猛然发了狂——这说法毫不夸张，它又是号叫，又是对着地毯又咬又抓，弄得皱成一团，然后把自己撞到地板上，口吐白沫。如此这般情形，以至于我以为它快死了。我打电话给兽医，请求他即刻赶过来。他很快到达，就跟最初那个难忘的圣诞节前夕一样。维欧拉敬爱他，在注射过后，它还会跟他炫耀自己的绝技。此刻它就躺在这里，呼唤它时甚至都不会站起身来。医生跪在它身边，一边用瘦削、善解人意的手指安抚它的身躯，一边跟它说话。不久，医生掸了掸膝盖上的灰尘，并且耸了耸他的肩膀。这并不是身体上的原因，它一定是感受到了某种打击，某种可怕的打击扰乱了它神经系统的平衡。他变着法儿地试着召唤它，但维欧拉没有一丝遵从的样子。它不坐下，也不行动。医生一把它拥起来，它又在他身边倒下，就和瘫痪了一样。送医生出门时，他答应第二天会过来再看看它。那晚我得给它喂食一些葡萄糖，并且按照儿童的剂量用些镇静剂。他完全不知道这条狗怎么了，就算我拿枪指着他的脑袋，他也说不上来这条狗到底发生了什么。就这样，医生告辞了。

我正在摆放餐具准备晚餐，维欧拉却一动不动。我叫它来跟我亲昵一下，可它甚至看都不看我，就像一块抹布一样躺在那里。随后它骤然开始咆哮，那声音令人匪夷所思，我被吓得惊恐万状，动也不敢动，手中装满食物的托盘也打翻在地。我都不敢靠近它。我确信它疯了，并且可能攻击我。我和先生待在厨房，旁边便是烧焦的晚餐，即使有冷静、理性的先生陪伴在旁，我仍旧不愿相信那声音是在告诉我什么。他看了一眼他的手表，喃喃说道："八点十五分。""八点十五分，"我跟着他重复这句话，好像一个疯子通过我在说话，一直报着这个时间，"八点十五分，八点十五分。"当我说到第三次时，我先生拿出我的雨衣，然后我才安静下来。一时之间，我感觉所有发生在我周围的事情都变得很不真切，我仿佛一只鹦鹉那样叫唤那个时间。我怎么了？我疯了吗？但我在自欺欺人，好像我的性命就仰仗这些，从而避免把维欧拉宣示的事情诉诸语言。但是它知道，我先生也知道。维欧拉是第一个明白的，它还告诉了我们。此刻的它呜咽得就像一个孩子。

医院的走廊里挤满了医生，在护士长办公室的外面，我甚

尾　声

至能听到护士长在打电话。"行行好，什么也别问。"医生一看到我们便如此说道，很明显没有耐心跟我们介绍情况。在我走后，艾梅兰兹先是安静地躺了一会儿，紧紧攥着头巾，并且拒绝回应任何人。这种表现很不寻常，在以前，她也很多次表示过自己不希望受到任何打扰。大约在八点钟后，当护士进来熄灯时，艾梅兰兹要求立刻把自己送回家中，并且当晚就要回去。她要去附近的房子、花园，那些她心爱的猫等候她的地方，寻找她的猫，它们没有人找，也没有人喂。他们换了很多种说法向她解释，她始终不听。首先，现在已经入夜，他们无法为她办理出院证明；而且不管怎样，公寓也无床可睡。她开始变得尖刻又蛮不讲理，并且大声通知她们，不消她们送她回去，现在她的身体已经痊愈得足够战胜她那该死的虚弱。她此时此刻就要出院，她不能留在这里，她真的需要出院。之后她确实试图离开，把自己摔下了床。可她又无法行走，甚至无法站立。当她跌落到地板上，或者说甚至是在她刚要跌落时，一个新的血栓袭击了她，这是因为中校的摊牌以及她之后与我的会面导致的，但这次瘫痪的可不是她的大脑，而是她的心脏。我难以置信，但即使在那种不真切的时刻，在他们告诉我的情况和维欧拉那不是用语言表达出的事实一模一样时，我发现艾梅兰兹已然失去某种东西。我剥夺了她拥有的最后一件东西，她可能一直都引以为傲的东西，那就是为她有尊严地走完最后一程而应得的掌声。尽管她还是躺在这儿，也重新被安置到床上，但从那刻以后，没有人再去注意她。就在我看到她的那刻，我就像被击倒一般瘫在门口，整个医疗团队的注意力全部转移到我身上。过去好长一会儿时间,他们才令我重新苏醒。他们没让我离开,而是让我在医院住上一周。所以此时此刻,带着汤罐的人则是为我而来,艾梅兰兹已经英勇地脱离公众的视线。他们把我安排在一个带有电话和电视机的房间,满足我所有的需求,对我加以照顾和安慰。我沐浴在亲切的问候的光辉中,更像一位刚刚获得荣誉的多尔第①,倚着一把无形的铁锹,刚刚从拉约什国王手中领受到宽恕的荣光,连同我的本采的尸体也匍匐在我的脚边,而且在我头顶上,碎片式的云彩诗意地承载着一系列的传奇。我先生每日都会前来探望,但只在九点过后,他可以确定他在那个时刻不会遇到陌生人。来到我床前的人全都面带鼓舞人心的微笑,只有他从不吝于表现那股遗憾以及悲痛万分的模样。

---

① 多尔第是匈牙利诗人奥洛尼·亚诺什在叙事长诗《多尔第》中的主人公,以英勇善战著称。下文中的拉约什是多尔第效忠的国王,本采是多尔第的贴身仆人。

遗　　产

我时常想起这一切的结局是多么简单。艾梅兰兹并未给她少数几位血亲还有朋友遗留什么麻烦，也没有什么棘手的难题，就像一位真正伟大的将军一样，她亲手把自己所有的事情料理完毕，还是以一种简单又深刻的方式。如果她的身前事再无遗留，她没有什么可做，那还不如走向终结。人类从诞生至今已走过漫漫长路，未来的人类更是难以想象自己这个物种曾经或单打独斗或成群结队地争抢一杯可可的早期野蛮时代。但即使在那时，一个在生活中无人在意的女人的命运也不可能得到善待。如果我们全都缺乏勇气对自己承认这点，那么至少她做到了，并且还体面地离开了。现在看起来，即使是对她个人信息一无所知的政府部门，或是承担过度工作的政府人员，都好像是在遵从她的命令，不把事情捅出去。房客名单已然随着那个双人沙发消失，随之还有其他受到污染的证件，但是中校设法在文件缺失的情况下为她举办了葬礼。医院方同样认为，对于一位易怒的八十岁以上的病人，若是她因为心脏病发作离世，也在情理之中。遗产听证会和火葬仪式的日期马上确认完毕，但这只被视为初步的葬礼，因为按照遗嘱，艾梅兰兹最终安息的地方是那座尚未建成的泰姬陵。尤日的儿子向我出示了相关发票，并请求我和尊敬的神父商议举行一场教会葬礼。我当即反对了这个想法，因为事实上我并不希望如此。这点很特殊，我希望至少可以按照艾梅兰兹的意愿行事——她从未希望举办一场宗教葬礼。但是这位侄子认为，这条街上住的人会感到愤怒，批评他没有做到必须做的事情。我们决定，不再准备讣告，而是在报纸上公布葬礼的时间。他给乔鲍杜尔村的亲戚们写信告知此事，他们也致以哀悼。不幸的是，他们琐事缠身，无法亲自送别，不过他们认为艾梅兰兹把财产留给她弟弟尤日的儿子是正当的，因为他们实际上从未支援过她——她从来也没有提过这样的要求，总之他们已经断了联系很多年了。另外，如果这位侄子希望把葬在纳多里的遗体迁葬到一起，他们绝对毫无异议并且会格外感激。

我们正在拟定待处理事项的清单，就在艾梅兰兹曾经的花园里，那也是通往禁忌之城的通道。维欧拉躺在我们脚边，冷漠得超乎寻常。如今我可以放心把它带过来，带到老太太的故居。它表现得好像它从未拜访过此处。一连三天，我先生都听到它在啜泣，之后这股呜咽声平息了下来，直至最后完全沉默。不久，它突然放弃了像一块碎呢地毯一样瘫在地上的姿势，而是站起身，抖抖身子并舒展开来，然后看着我先生，像是刚从梦中醒来一样。自那天起，它再也没有张口发出声音。毫不夸张地说，不管发生何事，它再没引起我们对它的注意，它再没表现出开心或者抗议。最多在生病时，它可能会朝着医生龇牙低吼，但直到它临终一刻，它再没开口叫出声来。

中校把遗产听证会议和葬礼安排在同一个日期，我、那位侄子，还有中校，早晨九点便抵达政府大楼。无须进行现场检查，中校也出示了防疫局的记录，并且解释道，房里还有一个存有私人物品的房间，但他在几年前检查过，里面全是漂亮的旧家具，除此无它。在设备齐全的房间里发现的寻常物件全部是死者的财产，不过很大一部分厨具已经遭到焚毁。如果他们希望的话，可以前去查证此事。不过他们并无查证的意愿。尤日的儿子声明，艾梅兰兹在生前便将钱给了他，其他私人物品则由我继承。这些事十分钟便办理妥当。主持会议的年轻女士微笑着请求我说，如果死者秘密藏有任何需要纳税的财产，请一定要告知她，我保证我会照办的。这场会议进行得既迅速又彬彬有礼。他们甚至还为我们提供了咖啡。我们身穿黑服，包括中校也穿着他被指派去接待国家元首时才会换上的制服。随后，我们便乘坐他的车前往法尔考什雷特公墓。尤日的儿子告诉我们，艾梅兰兹真正的归宿预计在八月二十日的圣伊什特万节①建成，到那时，纳多里的发掘工作也已经在进行了，他会在八月二十日在新建成的墓穴那里再次招待我们，好把艾梅兰兹的骨灰瓮最终葬进墓穴。

一群身着黑装的凭吊者把停棺前的空地变成黑压压的一片。我并未亲眼看见，但之后有人告诉我，因为参加葬礼，周围每一位个体户全都暂时歇业，包括鞋匠、编织围巾的女士、出售苏打水的小贩、裁缝、沉默的修理工、华夫饼生产商、足科医生、毛皮商，当然还有舒图。他们每家店的大门上都有个内容大同小异

---

① 公元896年，马扎尔游牧部落从乌拉尔山西麓和伏尔加河湾一带移居多瑙河盆地。1000年，圣·伊什特万建立封建国家，成为匈牙利第一位国王。8月20日是匈牙利的国庆节。

的指示牌——"因家庭原因闭店，下午两点开门。参加葬礼中。"鞋匠则表达得分外简洁扼要，他只在他的营业时间旁边写了几个字：艾梅兰兹。远处奏响了哀悼的音乐声。无数小花束簇拥着骨灰瓮，但我不忍心去看。尤日的儿子和中校指引我坐在亲属席。我担心神父可能不会过来。我们艰难地探讨了长达半个小时，就像早期教会的教士在共同探讨一个他们那时的问题，以便在神学杂志上发表一样。神父的立场是，这样一个人怎么够格要求举办教会葬礼？她明确背弃了天主，从不拜访教堂，还有组织地利用自己的宣言激怒虔诚的人们。在我试图令他理解艾梅兰兹是个怎么样的人时，他冷冷地看着并回答道，关于一位从不践行他们信仰、积极阻挠信众、过着一种不合规矩的生活，并且从不参加圣餐仪式的个人请求举办教会仪式，他必须得从神和教会的角度同时加以考量。"并不是她提出的请求，"我回道，"是我，而且她为人如此亲切，作为一种敬意，这再恰当不过。"她可能曾经强烈抨击过教会等机构，但我极少发现哪位虔诚的信徒能够如同这位老太太基督徒一样真诚。她对宿命论的看法是，她从来不认为神不在她身旁。当维欧拉做错事，她时常顾及它并非人类，而且也不会一直惩罚它，所以神怎么会在他尚未审判她此生做了什么的时候，便如此不公地谴责她？这位老太太并不是那种会在早上九点至十点之间在教堂里奉行基督教教义的人，但她整个人生都与之相随，抱着一种对人性纯洁的爱在她自己的周围践行着，您可以在《圣经》中发现那种爱，要是他不相信的话，那他绝对是有眼如盲，因为他早已看得够多了。她一直捧着自己的洗礼碗四处活动。这位博学且甚是严厉的年轻人既没认可,也没答应。他询问道,葬礼什么时候开始,并且极为彬彬有礼地把我一路护送到门口,不过并没有流露出任何同情之色。在他这么做的时候,他令我明白,艾梅兰兹没有给他机会了解她自己崇高的品质可真是遗憾。

当他身穿长袍现身时,我大为感动。他的演讲才华横溢,条理清晰。他认可这些使用双手工作的人所做出的具有价值的贡献,但也警醒会众,请勿一味追求我们赖以生存的面包,请勿认为宗教信仰是我们和神之间的私事,或者以为信仰的生活可以通过私人的方式度过,从而脱离了圣母教会①。在他冰冷的、正确的、但确有成效的演讲中,他送别了老太太。他的言语不带一丝情感,仰仗这些话语重构真实的艾梅兰兹毫无可能。在倾听时,我感到的是一股麻木,像是氯仿的作用,而不是感到什么由衷的超乎寻常的痛楚。这股痛楚来自你站在所爱的人对面,而那人就在像个小盘子的东西里,变成了灰尘,你还必须得相信这就是曾经对你微笑的那个人。

此刻,哀悼的人群已是浩浩荡荡,你可能会以为艾梅兰兹育有十二个孩子,每一位孩子都拥有同样数量庞大的家庭成员,并且以为她在某种很大的像是工厂一样的地方工作了一生。无论主干道还是小路上全都是黑压压如潮水一般的"追随者"。一些人站在神父身边,倚靠着他端正的悼词以及慰藉人心的话语,其

---

① 指罗马天主教。

他人则站得远些，如此可以幸运些，能哭出声来。我们缓缓朝着骨灰瓮走去，在骨灰瓮旁边放置着我从我们的花园采来的一小束花。祈祷文朗诵完毕后，他们用水泥和墓石把骨灰瓮封上。舒图哽咽着，奥德尔卡则关切地看着她。她专注地盯着舒图，而不是骨灰瓮中的艾梅兰兹。

倘如有人用一把利刃在你的心头扎上一刀，你不会当即衰竭，就像我们全部意识到，失去艾梅兰兹的痛苦并未填满我们心间，只有在之后我们才会感受到打击，我们才会被击垮。不是此时此刻，不是我们还能找得到她的地方，假如不是在这难以置信的骨灰瓮中该多好。那崩溃的一刻更可能发生在我们的街道上，她再也不会在那儿打扫的街道，或者是在花园，长着如天鹅绒般的爪子的受伤的猫和走丢的狗在那里无望地搜寻，但如今再没有人会投掷食物给它们。艾梅兰兹带走了我们生活的一部分。中校坚持到仪式的最后一刻，仿佛受到召唤要成为荣誉的捍卫者，尤日的儿子和他的妻子由衷地流出泪水，但是我，我无法在人前哭泣，此刻并非我哭泣的时候。之后我才能哭，泪水不会如此轻易淌出。

一切结束之后，大多哀悼者依旧留在这儿。自从艾梅兰兹死后，奥德尔卡变得不安静起来，愈发地殷勤且不知何故变得愈发尖刻，好像艾梅兰兹强硬的性格压制了她，并掩盖了她的秉性。现在，她突然无处不在，显然是在安排葬礼后的聚会，要么是喝茶，要么是饮一杯啤酒，而她的主顾们仍然站在周围聊天。

舒图依旧受到孤立,并且立刻离开了。自她提出她的建议的那一刻起,她就已经被列入黑名单。

我们启程返家。中校询问侄子,在他为我把客厅打开时,他是否希望在场?他的队伍午后便会过来,我们将会清理公寓,他还会去检查那张跟防疫局承诺过的清单。尤日的儿子表示他更想径直回家,艾梅兰兹这部分的遗嘱和他不相干。我们应该把公寓的钥匙交还给房客委员会,我可以取走任何我用得着的东西,不用的可以丢弃。很明显的是,他的妻子希望同去,想看看我继承了些什么,但他告诫她不要如此好管闲事。如果有什么东西对他们而言很有意义,那么艾梅兰兹会考虑到的。他们拥有的已经够多,因此他们对老太太已经感激得无以言表了。他们自己开车驶回了家。中校则开车载我们回家,就如来时一样。我先生在我们公寓门口先下车,而后我们继续前往艾梅兰兹家中。街道上空空荡荡,我明白奥德尔卡的想法了,很明显她是在墓地附近安排了葬礼餐。

斧头仍旧在门廊这里,倚在墙角上,中校用它撬开了封板,他那群便衣警察不仅把外面那扇门封住了,还同样封住了内部那扇没有钥匙的门。他询问我需不需要他陪着一同进去。"有劳您了。"我回应道。艾梅兰兹是那种神话般的人物,而我的继承物有可能是任何东西。现在,这里也没有神父平静理智的话语来消除我的紧张不安。

"您在害怕什么?"他问道,"艾梅兰兹爱您,在她手上不会发生任何不利于您的事。我之前进去过,所有的东西都被布罩罩住了。她把一整套家具放在了这儿,还有一面尤其精致的镜子。所以走吧。"

我们一同向前,里面漆黑一片,起先我们什么都辨别不出来。当然——是因为百叶窗。中校沿着墙壁摸索,在门旁边,消毒剂的味道飘了出来,天知道这个地方多久没通过风了。置身于令人窒息的刺激性气味当中,我们咳嗽起来。最后他找到了开关。灯一亮,他便把我推到门外,离开那个此时此刻已经完全恢复齐整的房间,因为他瞥见我有一点恶心的症状,像是气体中毒。直到他把所有的窗户打开,他才让我重新踏进客厅。不过我早已看到艾梅兰兹遗赠给我的一切。

你只会在电影里看到这类场景,但即使在电影里,你恐怕也很难相信你的眼睛。家具上的灰尘厚达好几厘米,蜘蛛网也一步一步地弥漫在那个演员的脸上还有发丝上。如果她曾经使用布罩保护这些家具,那么这些布罩肯定是在警察查看后刚刚移除的,因为现在根本看不到它们的踪影。我现在身处的是一个我此生见过的装潢最为精致的房间。我轻轻拂过其中一张法式扶手椅,淡粉色的天鹅绒布料在镀金的洛可可框架中摇曳着光芒。我正置身于一间十八世纪末期的会客室,置身于那些过去的工匠为贵族豪宅打造的杰作和博物馆藏精品之中。为了那套我从未购买的房子,我现在倒是拥有了一间客厅,里面有镶嵌着牧人放羊的精致图案的桌子,还有一个小沙发,它那镀金的四脚纤细得如同小猫的四足。我轻轻拍打了一下衬垫,灰尘便扑腾起来,然后再次落下。但随着我这一拍,织物应声撕裂,碎裂得好像被残忍地杀害。这里还有一张小的墙边桌,后面墙上的镜子一直向上延伸到天花板,桌面上伫立着两尊精美的雕像,雕像中间则摆有一座还在走的时钟,这个至少还活着的物件,显示了昼夜更替、月亮盈亏以及恒星的公转。它现在还在工作。我想上前替它拂去灰尘,但中校制止了我。

"别碰任何东西,"他警告我,"不管触碰哪件物品都很危险。布罩已经老化得消失不见,这些家具也已经死亡,除那座钟之外,这里所有的东西都早已死亡。我把它取下来吧。"

我想伸手去拿雕像,或是看看桌子里有没有藏着什么,因此我并没有听他的。我握住抽屉的把手,没有反应,我原想把弄一番,看看只有那个家族才知道的特殊的秘密机关究竟是如何运作的。之后发生的事则异乎寻常。一瞬间,我周围所有的东西都变成卡夫卡笔下的幻象,或者说是一幕恐怖电影——墙边桌塌了。不是那种暴力的、迅速的坍塌,而是非常轻盈、逐步的坍塌,并且逐渐粉碎成一条金色的木屑。雕像随之倾颓在地,连带着还有那座时钟。桌子的框架及桌面破碎得无影无踪,抽屉以及桌腿也只剩一片尘土。

"是钻木虫,"中校说,"这里的任何东西你都带不走了,它们全都毁了。自从艾梅兰兹允许我进门检查后,她就再没开启过这扇门。所以,这些家具是她解救格罗斯曼·爱娃的报答。按它们原本的样子,这些家具应当价值不菲,但您也亲眼看见它们化为乌有了。您看!"

他的手压在一张扶手椅上,扶手椅同样倒塌了。我不知为何——这是一种疯狂的联想——但霍尔托巴吉坦克战①的画面确实浮现在我的脑海当中。这张椅子倒塌了，天鹅绒也变成碎条，散出了木框。桌腿在我们眼前变得粉碎，好像它们一直无人问津，但一些秘密的化学溶剂却令它们保持了生命。我的眼前再次浮现出自己幼时看到的那个场景，那是一群被日耳曼人用机枪扫射的牛群，天空似乎刺透了它们的牛角，而椅套就如这群野兽的兽皮一样，粉碎得空无一物。

"这里的东西您全都用不了，"中校说，"我会收拾这里。您能去捡起那座钟吗？它还在嘀嗒作响。那雕像，我很抱歉地说，已经碎了。"

我不想要那座钟，它就躺在地上。我什么都不想要。我甚至没有回头看一眼，便离开艾梅兰兹的家，依旧没有泪水。中校也告辞了，但并没有把身后的门随手关上。奥德尔卡告诉我，清洁队的人抵达后并未发现什么破碎的瓷器或是时钟，这里什么都没有，只有变得粉碎的家具。但我再也不关心了。

---

① 又称德布勒森战役。霍尔托巴吉位于匈牙利东部的草原地区。1944年10月间，反攻进入匈牙利的苏联军队连同加入盟军的罗马尼亚军队在匈牙利德布勒森以东地区同匈牙利与德国联军交战，双方都出动大量坦克。战役的结果是苏军占领了匈牙利东部地区，但没有同时成功切断喀尔巴阡山地区匈牙利军队撤退的路线。

解决之道

回家后,我发觉维欧拉情绪低落,几乎是无精打采的。我带它出门散步,其间路过艾梅兰兹家门,值班房客正在那里打扫人行道,我们亲切地互相问候。我还遇见了舒图,她又坐在自己的小摊那儿,没有人在她的摊位买东西,但看不出她有一丝灰心丧气或者伤感的迹象。她在吃自己摊位上的水果,并且客客气气地跟我打招呼。街道上格外寂静,只有少数几栋房子里在播放电视节目。我不知该做何事,于是前去拜访神父,顺便付给他教会仪式的费用。办公室空无一人,但我在花园里找到了他,他正在看书并且收下了这笔费用。我为他的好心向他致以谢意,但他坚持拒不领受。他告诉我这只是他的工作。此刻,我们比以往任何时刻都更接近彼此。他好像突然意识到一件他整天都未留心的事情,他看着我并说道:"所以,现在没有几个人在看电视。"

"他们在哀悼,"我回应道,"佩斯有很多乡下居民。这种寂静是乡间习俗。就像在圣周五,丧葬日那天不应该听音乐。"

"可她只有一位亲戚,而且他并不住在这儿。所以,是谁在悼念呢?"

"每个人,天主教徒,犹太教众,每个对她有所亏欠的人。"

我从未想过他能这么做,但他确实送我走到我们街道的那个角落,在那里可以看见艾梅兰兹的故居。一位女工程师正在默默清扫道路。神父再次看向我,这次他没有再提问。葬礼后的星期天,我一如既往地去做礼拜。这次的圣会比以往都要宏大,一些从不参加礼拜的人也来了。本地那位一贯亵渎神明的菜贩爱莱梅尔也穿着一身黑色到了这里，还有基督教福音派教会的医生、天主教教授、信犹太教的干洗工以及基督教一位论派的信徒毛皮匠。这次的仪式像是普世教会①的追思弥撒，若是避而远之的话，真是令人可耻。只有工匠——这位从不缺席福音派会议的人——缺席了。因为昨晚的大风把落叶吹散各处，轮到了他清扫街道。在神父把圣餐递给我时，他看着我的眼睛，尽管我的眼神应该专注于象征三位一体的三个手指，可我还是回视了一下，他也了解我是感激他在艾梅兰兹葬礼上对街坊们表现的敬意。

还有一个人没有去教堂：舒图。我们回了家，知道我们没有罪孽，而且尽管我们没有多说，但我们都认为自己比她更强。就是这样！没有人需要她。街道众志成城，房客全都自力更生。有一次，尽管力不从心，我还是亲自打扫落叶，奥德尔卡见状便夺走我手中的扫帚，之后我便走到一边，自感十分愧疚，认为自己什么都做不好，或许连自己的工作也做不好。只有舒图没有参与任何摊派的工作，然后我们很少见到她。她关闭了她的摊位，怎么继续维持生计也是一个大谜团。我感觉她是待在家中，并且在等待什么，但没有任何迹象表明她是否还在此处或是已经离开。那时是夏天，她的小屋里没有升起任何炊烟。之后，她所期

---

① "普世教会运动"指的是现代基督教内提倡所有宗派重新合一的运动。福音教派、一位论派均为基督教（新教）的派别。

望并为之等待的事情也已经变得不言而喻。

几周后,维欧拉的老伙计工匠先生带来一条新消息。他爱抚着狗的耳朵以掩饰他的为难。他开始说道,布罗达里奇先生有条口信给我,说这栋公寓似乎终究离不开艾梅兰兹。天气好的时候,他们勉强能应付过来,像现在一样,但是秋天已经来临,落叶很快就要纷纷掉下,他们便难以应对了。他们当中没几位年轻人,而且全都要从早忙到晚。

"别再说了,"我打断道,"布罗达里奇先生告诉我,这栋公寓不能没有全职管理员,所以要么雇用别人过来,要么已经雇用了。我明白了。您发过招工启事了吗?"

"当然不是。"

他把目光从我身上移开,睫毛因焦虑而颤动。维欧拉突然从我身边猛地冲出去。我并非有意伤害它,但是我的手指很紧张,不知不觉地便掐住了它的喉咙。

"您看,"工匠说道,"我们认识她足够久了。她没有污点,为人理性,工作勤奋。她不喝酒,并且年纪已经很大,不会和男性交往。当舒图申请的时候,那时还为时尚早,而且我们那时全都感到焦虑不安。但是既然我们已经全都冷静下来并且开始思考,最终,我们还是同意了。"

"同意是舒图。"我苦涩地说道。

"不,不是舒图,是奥德尔卡。布罗达里奇先生认为我们应该知会您一声,不要令您诧异。"

但没有任何事能令我惊讶了。他刚离开,我便朝阳台走去,站在那儿向外面看。艾梅兰兹的门廊一览无遗，就在那里，奥德尔卡坐在桌子旁边，桌子上整齐地铺好桌布，是艾梅兰兹喜欢的风格。她弓着背坐在碗边，剥着什么东西。而且她并非独自一人，鞋匠的妻子同样弯着身子待在一旁。最终没有人看到我，我可以哭泣了。我的先生无从安慰，尽管他眼里充满疼惜。

"这栋公寓离不开艾梅兰兹，街道上的人们也是如此，"我听到他说，"奥德尔卡不是一个坏女人，我们都知道这是真的。她很聪明，知道等待时机。舒图则是操之过急。你现在为何伤心呢？别再为艾梅兰兹伤心了，死者总是赢家，只有生者永远是输家。"

"我为我们感到难过，"我回答道，"我们全部都是叛徒。"

"没有叛徒一说，只是很多事情仍要继续。"

他站起身来。狗挣扎着站起来，朝着他跑去，并把头埋进他的膝盖。自从艾梅兰兹死后，我先生便替代了她的位置，又一次不是我。艾梅兰兹生活中的一切总是那么古怪、那么非同寻常，从来不会平淡无奇。

"你是在自寻烦恼，而且你再次中断了创作。你的所有工作都已经滞后了，为什么还不坐到打字机前？"

"我做不到，"我回答道，"我疲惫不堪，还很难过。我恨所有人，我也恨奥德尔卡。"

"你感觉辛苦，是因为你既要烹饪、打扫卫生，还得购物。而且你无法找到你能够忍受的人接近你，因为你寻找的不是随便一个人，而是再也不会回到你身边的那位。可是，艾梅兰兹已经去世了。明白吗？彻底明白吧。你还有合约，你得工作，你需要继续你自己的工作，若是你没有累得命悬一线，你早应该知道下一步该怎么处理。街上的每一个人都能明白。布罗达里奇先生和工匠都能，只有你不能。所以看在神的分上，现在就去。公寓里的人已经用他们自己的方式间接提示过你了。"

我捂住自己的耳朵，不想再听到什么。他等着我，直到我稍微平静下来，随后他从挂钩上取下维欧拉的牵引绳。

"工匠过来拜访是因为大家都爱你，而且他们希望能让你更容易去做你已经决定要做的事，只是你缺少勇气承认。你还打算犹豫到什么时候？这毫无意义！你已经教会艾梅兰兹，没有什么是可以和创作行为相匹敌的，所以你为什么会在艾梅兰兹的继任者面前感到愧疚？她自己也会看着的。"

在我给维欧拉套皮带时，它被动地接受了。它既没有表现出愉悦，也没有一丝抵抗。它已经准备好出发。

"把狗带下去，和它一起散散步，在其他任何人找到她之前跟她达成一致。"

"我不会和奥德尔卡达成任何协议。我不需要她。艾梅兰兹其实也从没需要过她，她只是同情她。"

"谁说是奥德尔卡？奥德尔卡令人讨厌、为人怯懦并且愚蠢。我说的是舒图。当我们在雅典时，她把事情照料得无可挑剔。舒图直截了当、勇敢并且实事求是。她不会犹豫不决，一旦涉及工作，她便和你一样严苛。"

"艾梅兰兹。"我用力唤出她的名字，近乎倾尽全力，好像知道我再也不会这样大声呼唤她,不会在任何人面前这样。

"艾梅兰兹已经死了,可舒图还活着,而且她不爱你,也不爱其他人。她不具备那个能力,但是她另外的无数品质可以弥补这点。如果你对她示以尊敬,舒图将会在你的余生协助你,因为你从不会把她置于危险当中。她没有任何秘密,也没有上了锁的门,就算她确实有这么一扇门,也不会有什么诱惑使她为你、为任何人敞开大门。"

门

我的梦境永远是一样的,分毫不差。回顾那些幻象,我总是梦到相同的内容。梦到我站在我们家门口的楼梯口,在一扇铁框架上嵌着防爆玻璃的门的里侧,试图打开门锁。外面街道上停着一辆救护车,透过玻璃窗看到医护人员闪闪发光的剪影,扭曲地变大了,他们的脸不仅肿胀还泛着光晕。

钥匙转动。

但所有努力,都是枉然。